अम्बा नहीं, मैं भीष्मा!

(उपन्यास)

अम्बा नहीं, मैं भीष्मा !

(अम्बा की व्यथा-कथा पर आधारित उपन्यास)

चित्रा चतुर्वेदी 'कार्तिका'

भारतीय ज्ञानपीठ

लोकोदय ग्रन्थमाला : ग्रन्थांक 812

ISBN 81-263-1156-8

अम्बा नहीं मैं भीष्मा!
(उपन्यास)
चित्रा चतुर्वेदी 'कार्तिका'

चौथा संस्करण : 2017
मूल्य : 140 रुपये

प्रकाशक : भारतीय ज्ञानपीठ
18, इन्स्टीट्यूशनल एरिया, लोदी रोड, नयी दिल्ली-110 003

आवरण-सज्जा : डॉ. लाल रत्नाकर

मुद्रक : चार दिशाएँ प्रिंटर्स, नोएडा

AMBA NAHIN MEIN BHEESHMA!
(Novel)
by Chitra Chaturvedi 'Kartika'

Published by : **Bharatiya Jnanpith**
18, Institutional Area, Lodi Road, New Delhi-110 003
Ph. : 011 24698417, 24626467; 23241619 (Daryaganj)
Mob. : 9350536020; e-mail : bjnanpith@gmail.com
sales@jnanpith.net, website : www.jnanpith.net

Fourth Edition : 2017
Price : Rs. 140

एक ज्योति
जो पूरी प्रखरता से कौंधी
और बस!
कौंध कर रह गयी!
किन्तु

जीवन के संघर्षमय
महामेघों को चीरती हुई
जिसकी स्मृति
आज भी रह रहकर
कौंध पड़ती है

स्व. कनकलता जीजी
(1935-1958)
की उसी स्मृति
को

तर्पण

भीष्मः शान्तनवो वीरः सत्यवादी जितेन्द्रियः।
आभिः अद्भिरवाप्नोति पुत्रपौत्रोचितां क्रियाम्॥

वैयाघ्रपद-गोत्राय सांकृत्यप्रवराय च।
अपुत्राय ददाम्येतज्जलं भीष्माय वर्मणे॥

वसुनामावताराय शन्तनोरात्मजाय च।
अर्घ्यं ददामि भीष्माय आबालब्रह्मचारिणे।

—शान्तनु के पुत्र सत्यवादी जितेन्द्रिय वीर भीष्म तर्पण के इन जलों से पुत्रपौत्रोचित क्रिया (सत्कार) को प्राप्त करते हैं।

—वैयाघ्र (व्याघ्र) पदगोत्र सांकृत्यप्रवर पुत्रहीन कवचधारी भीष्म को यह तर्पण का जल अर्पित करता हूँ।

—वसुओं के अवतार, शन्तनुपुत्र आबालब्रह्मचारी भीष्म को अर्घ्य देता हूँ।

गंगानन्दन देवव्रत भीष्म का देहावसान माघ शुक्ल अष्टमी (भीमाष्टमी) को हुआ था। उनको तर्पण उपर्युक्त विधि से किया गया है। किन्तु आश्चर्य की बात यह है कि भीष्म को तर्पण सब करते हैं। मान्यता यह है कि भीष्म को तर्पण किये बिना कोई भी श्राद्ध या तर्पण पूर्ण अथवा सार्थक नहीं है। अपने समस्त पूर्वजों को तर्पण करने के पश्चात् सूर्य को तर्पण होता है। सूर्य के तर्पण के पश्चात् भीष्म को तर्पण सब से अन्त में होता है। कहीं कहीं सूर्य से पूर्व भी उनको तर्पण करने का उल्लेख आता है। भीष्म के तर्पण की परम्परा कबसे चली आ रही है यह तो ज्ञात नहीं, पर जब से हमारे कुलवृद्धों को स्मरण आता है, वे सदा ही भीष्म पितामह को जलांजलि अनिवार्य रूप से अर्पित करते आ रहे हैं। सामान्य तौर पर व्यक्ति के पुत्रपौत्रादि ही उसे तर्पण करते हैं किन्तु भीष्म पुत्रहीन (अविवाहित) थे अतः उन्हें सभी तर्पण करते हैं। वे सब के पितामह माने गये।

श्राद्ध में अथवा तर्पण में गंगाजल का विशेष महत्त्व रहा है। फिर भीष्म तो स्वयं गंगापुत्र हैं अतः उन्हें तर्पण न करने से गंगा की अवहेलना होगी। अतः गंगाजल के महत्त्व के कारण गंगापुत्र को तर्पण करना आवश्यक है। दीर्घजीवी पूर्वजों को भी तर्पण करने का विधान है। इस दृष्टि से भी भीष्म को तर्पण करना सर्वथा उचित है क्योंकि वे दीर्घजीवी थे। इसके अतिरिक्त उनको तर्पण करने का एक और कारण समझ में आता है। श्राद्ध में क्रमानुसार पिता, पितामह, प्रपितामह के उपरान्त वृद्धप्रपितामह का स्थान है। प्रपितामह के पूर्व, वे पूर्वज अथवा वृद्धप्रपितामह हैं जिन्हें हम जानते नहीं, हमारे लिए सामान्य तौर पर वे अज्ञात हैं। सभी अज्ञात वृद्धप्रपितामहों को तर्पण करना भी पवित्र कर्तव्य है। भीष्म पितामह एक प्रकार से हमारे लिए सभी अज्ञात पूर्वजों तथा वृद्धप्रपितामहों के प्रतिनिधि या प्रतीक स्वरूप हैं। भीष्म को तर्पण करने का अर्थ है उनके माध्यम से सभी अज्ञात पूर्वजों तथा वृद्धप्रपतिमहों को विनम्रता से स्मरण करते हुए जलांजलि के द्वारा उन्हें श्रद्धांजलि अर्पित करना।

भीष्म निःसन्तान थे, अतः हम सभी उनकी सन्तान हैं। इस नाते सहस्रों वर्षों से उन्हें तर्पण होता आ रहा है। राजपुरुष होते हुए भी अपने परिवार, कुटुम्ब के कल्याण में सदा संलग्न रहने वाले वे महात्यागी व तपस्वी थे। वे आजन्म ब्रह्मचारी रहे। ब्रह्मचर्य ऋषि-मुनियों के लिए भी अनिवार्य न था। विवाहित तथा अविवाहित ऋषि-मुनियों को भी मेनकाएँ तथा मत्स्यगन्धाएँ उपलब्ध थीं। अतः भीष्म अपवाद थे जो पिता से की गयी प्रतिज्ञा हेतु ब्रह्मचर्य का कठोर व्रत धारण कर अद्वितीय हो गये और ब्रह्मचर्य-प्रतिज्ञा का पालन करते करते भीष्म हो गये। उनका चरम वृद्धावस्था में अपने किशोर पौत्रों-प्रपौत्रों के साथ रणभूमि में उतरना रोमांचित कर देता है। उनकी तेजस्विता, अद्‌भुत पराक्रम, त्याग, प्रबल इच्छाशक्ति और दृढ़ संकल्प के सामने नतमस्तक ही हुआ जा सकता है। इस प्रचण्ड वीर, श्रेष्ठ शासक, राजधर्म के सर्वश्रेष्ठ शिक्षक के हृदय में भक्ति की पुण्य सलिला कलकल करती प्रवाहित थी। वे परम भक्त थे। शायद उनके हृदय की यह भक्ति-सरिता ही वह गंगा थी जिसके वे पुत्र थे।

भीष्म अपराजेय थे। उनके शौर्य का ऐसा दबदबा और आतंक था कि कोई भी नरेश हस्तिनापुर की ओर आँख भी नहीं उठा सकता था। हस्तिनापुर का विशाल राज्य भीष्म के बाहुबल की छत्रछाया में सदा सुरक्षित रहा। कोई बाहरी शक्ति उसे नहीं तोड़ सकती थी, इसीलिए वह टूटा भी, तो आन्तरिक कलह से। मात्र एक रथ के बल पर, सैकड़ों क्षत्रियों को पछाड़ते हुए वे स्वयंवर-मण्डप से काशिराज की तीन कन्याओं का अपहरण कर लाये थे। ऐसा और कोई दृष्टान्त दिखता नहीं जहाँ एक साथ तीन कन्याओं का हरण हुआ हो। यह अपहरण उन्होंने अपने लिए नहीं, अपने अनुज हस्तिनापुर महाराज विचित्रवीर्य के लिए किया था, जो अपने विवाह के

लिए भी उन ही पर निर्भर थे। विचित्रवीर्य स्वयंवर में नहीं गये, न ही अपने लिए किसी कन्या का हरण कर पाये, न ही किसी राजा ने स्वेच्छा से महाशक्तिशाली हस्तिनापुर राज्य के इस नरेश को अपनी कन्या देनी चाही। यह विचारणीय तथ्य है। भीष्म ने अपने कुरुकुल के कल्याण का बीड़ा उठाया था अत: यह दायित्व उन ही पर आ पड़ा। सामान्य तौर पर राजकन्याओं का हरण उनकी इच्छा से होता आया है, जैसे रुक्मिणी का हरण या बाद में संयोगिता का पृथ्वीराज द्वारा हरण। किन्तु भीष्म द्वारा तीन कन्याओं के हरण में, इन कन्याओं की कोई भूमिका या सहमति न थी। वे तो स्वतन्त्र रूप से स्वयं ही अपना वर चयन करने स्वयंवर मण्डप में तैयार खड़ी थीं। यहाँ हरण के औचित्य का भी प्रश्न उठता है।

विधाता महानतम न्यायाधिपति है । उसके जैसा नीर-क्षीर-विवेक किसका हो सकता है? यदि विधाता के पश्चात् कोई महान निष्पक्ष न्यायाधिपति है तो वह महाभारत का रचनाकार है। कृष्ण द्वैपायन वेदव्यास ने अपने पात्रों के साथ नीर-क्षीर विवेक के द्वारा जो न्याय किया है वह अपने आपमें अद्‌भुत है। जहाँ उन पात्रों के श्रेष्ठ गुणों को पूरी उदारता से उजागर किया है, वहीं उन्होंने उनकी दुर्बलताओं तथा दोषों को सार्वजनिक करने में लेशमात्र भी कृपणता नहीं बरती, फिर चाहे वे धर्मराज युधिष्ठिर हों या स्वयं भीष्म पितामह ही।

भीष्म ने अम्बा, अम्बिका व अम्बालिका का हरण किया। इसका गहरा प्रभाव न चाहते हुए भी उनके जीवन पर पड़ा। और अनजाने में ही भीष्म के अविवाहित जीवन में एक नारी का प्रवेश हो गया जो उनकी मृत्युपर्यन्त उनके जीवन पर छायी ही रही। काशिराज-सुताओं के इस अपहरण पर भीष्म के गुरु परशुराम ने उनसे दो टूक शब्दों में स्पष्टीकरण माँगा—

भीष्म कां बुद्धिमास्थाय काशिराज-सुता तदा।
अकामेन त्वयाऽऽनीता पुनश्चैव विसर्जिता॥

— उद्योग, अम्बोपाख्यान, 178/28

—भीष्म! तुम्हें तो पत्नी पाने की कामना नहीं थी, फिर भी काशिराज की पुत्री को हरण कर लाये और फिर उसे निकाल दिया!

विभ्रंशिता त्वया हीयं धर्मादास्ते यशस्विनी।
परामृष्टां त्वया हीमां को हि गन्तुमिहार्हति॥

— वही, 29

—इस यशस्विनी (अम्बा) को स्पर्श करके धर्मभ्रष्ट किया तुमने, अब इसे कौन ग्रहण कर सकता है? भारत! तुम इसे हर लाये इसलिए शाल्व ने इससे विवाह करना अस्वीकार कर दिया। मेरी आज्ञा से तुम इसे ग्रहण करो (वही, 30)। तुम्हें ऐसा करना चाहिए जिससे इस राजकुमारी को स्वधर्म पालन का अवसर मिले।

राजाओं का इस प्रकार अपमान करना तुम्हारे लिए उचित नहीं है—

स्वधर्मं पुरुषव्याघ्र राजपुत्री लभत्वियम्।
न युक्तस्त्ववमानोऽयं राज्ञां कर्तुं त्वयानघ ॥

— वही, 31

तुम्हारे द्वारा अपनी मर्यादा से गिरने के कारण इसे पति-प्राप्ति नहीं हो रही है, इसे ग्रहण करो (अपने अनुज हेतु) । — वही, 42

भीष्म उत्तर देते हैं कि यह तो पहले ही कह चुकी है कि यह अन्य पुरुष में अनुरक्त है। ऐसी स्त्री सर्पिणी के समान भयंकर होती है। इसे जानबूझ कर कौन अपने घर में लाएगा?

को जातु परभावां हि नारीं व्यालीमिव स्थिताम्।
वासयेत गृहे जानन् स्त्रीणां दोषो महात्ययः ॥

— वही, 45

भीष्म को एक किशोरी कन्या की दुर्गति पर खेद नहीं है। न ही वे उसकी स्थिति को सुधारने के लिए कुछ करना चाहते हैं। वे उसकी स्थिति को संशयपूर्ण मानते हैं कि वह ग्रहण करने योग्य है अथवा नहीं तथा परशुराम पर आक्षेप लगाते हैं कि वे भीष्म के साथ अन्यायपूर्ण व्यवहार कर रहे हैं (दबाव डालकर)। उल्लेखनीय है कि उनके मन में तब भी संशय रहा था जब द्रौपदी ने उनसे न्याय की गुहार की थी।

अम्बा को ग्रहण करने योग्य मानने में संशय तथा पहले से स्वयं को हारे हुए युधिष्ठिर द्वारा दाँव पर हारी गयी द्रौपदी दासी हुई या नहीं, इस पर मौन साधकर भीष्म् स्वयं को द्वापर का मर्यादापुरुषोत्तम सिद्ध करते हैं। किन्तु त्रेतायुग के मर्यादापुरुषोत्तम राम जनता के प्रति अद्वितीय समर्पित शासक थे। उन्होंने सीता का परित्याग किया तो जनता की इच्छा का सम्मान करके, इसलिए आजीवन वे वेदनापान भी करते ही रहे। जनता की इच्छा उनके लिए सर्वोपरि थी जिसके लिए उन्होंने पत्नी के माध्यम से परिवार तथा पुत्रसुख भी जनता के चरणों में निर्माल्य की भाँति चढ़ा दिया। भीष्म के समय में क्रान्तिकारी निर्णय भी लिये गये थे। कृष्ण ने भौमासुर की बन्दिनी स्त्रियों को अपनी पत्नी रूप में स्वीकार कर उन्हें सुरक्षा व सम्मान से विभूषित किया था। भीष्म का क्षितिज कुरु-कुटुम्ब तक सीमित था। पिता को दिए हुए वचन के कारण वे कुरुकुल का हित-अहित सोचते रहे। कुरुवंश की मर्यादा व कल्याण की वेदी पर कई नारियों को बलि चढ़ जाना पड़ा। अम्बा, अम्बिका, अम्बालिका, गान्धारी, द्रौपदी आदि सभी आखेट हुईं।

अम्बा को अपने परिवार में स्थान देने की अपेक्षा भीष्म अपने गुरु परशुराम से

युद्ध करना उचित मानते हैं। वे परशुराम को ललकारते हुए कहते हैं कि जहाँ आपने अपने पिता को जलांजलि देकर आत्मशुद्धि का अनुभव लिया था, वहीं मैं आपका वध कर आत्मशुद्धि अनुभव करूँगा!

अपि यत्र त्वया राम कृतं शौचं पुरा पितुः।
तत्राहमपि हत्वा त्वां शौचं कर्तास्मि भार्गव॥

— वही, 60

उस समय भीष्म तरुण थे। वीर थे। प्रचण्ड योद्धा थे। अतः अपनी शौर्य-क्षमता से स्वयं अभिभूत थे। वे अपने इस शौर्य-दीप को छिपाते नहीं। वे अपने गुरु से कहते हैं कि अकेले ही संसार के समस्त क्षत्रियों का नाश कर देने हेतु आप जो आत्मप्रशंसा करते रहते हैं, तो उसका उत्तर सुनिए :

न तदा जातवान् भीष्मः क्षत्रियो वापि मद्विधः।
पश्चाज्जातानि तेजांसि तृणेषु ज्वलितं त्वया॥

— वही, 63

जब क्षत्रियों को आपने पराजित किया था, तब भीष्म जैसे तेजस्वी क्षत्रिय थे ही कहाँ? वे तो घासफूस के तिनकों के समान, तृणवत् थे। तब भीष्म कहाँ पैदा हुआ था! आपके दर्प, अभिमान को नष्ट करनेवाला भीष्म तो अब उत्पन्न हुआ है! मैं युद्ध में आपका घमण्ड चूर-चूर कर डालूँगा—

सोऽहं जातो महाबाहो भीष्मः पुरंजयः।
व्यपनेष्यामि ते दर्पं युद्धे राम न संशयः॥

— वही, 64

परशुराम ने ताड़ना देते हुए उन्हें 'युद्धकामुक दुर्मद', आतुर व मूर्ख कहा है। (वही, 69)। युवावस्था में अपने शौर्य तथा बल की प्रशंसा करना किसी भी वीर पुरुष के लिए स्वाभाविक है। यद्यपि यह भी सत्य है कि यह स्पष्ट रूप से अहंकार ही है। व्यास की लेखनी ने बड़ा स्वाभाविक चित्रण किया है।

ऐसे कठोर-हृदय महाबली लौह-पुरुष के लौह-कवच के पीछे एक कोमल हृदय धड़कता था, जिसे लोग अनुभव न कर पाते थे। जब परशुराम भी भीष्म को पराजित न कर पाये तब अम्बा चारों ओर से निराश हो गयी और फिर उसने स्वयं ही तपोबल से इतनी शक्ति अर्जित करने का संकल्प लिया जिससे वह भीष्म का वध कर सके। जैसे ही भीष्म को ज्ञात हुआ कि अम्बा ने कठोर तपस्या का व्रत लिया है वे अत्यन्त विचलित हो उठे। यह उनके लिए कल्पनातीत था कि एक सुकुमार किशोरी राजकुमारी वन में रहकर, कष्ट सहकर तपस्या करे। उन्हें भारी आघात लगा

और वे ग्लानि और पीड़ा से सुधबुध भुलाकर अचेत से हो गये। वे स्वयं ही दुर्योधन को बताते हैं कि वे अत्यन्त व्यथित और दीन होकर चेत गँवा बैठे थे—

यदैव हि वनं प्रायात् सा कन्या तपसे धृता।
तदैव व्यथितो दीनो गतचेता इवाभवम्॥

— वही, 186/15

तब उन्हें नारद और व्यास ने समझाया कि अम्बा के इस निर्णय के लिए वे अपने आपको दोषी न मानें। यह तो दैवविधान है जिसे पुरुषार्थ नहीं टाल सकता—

न विषादस्त्वया कार्यो भीष्म काशिसुतां प्रति।
दैवं पुरुषकारेण को निवर्तितुमुत्सहेत्॥

— वही, 18

इसके बाद से भीष्म कभी भी अम्बा से अपने को मुक्त नहीं कर पाये। जितना प्रभाव उनके जीवन पर उनकी विमाता सत्यवती का रहा, उससे कहीं अधिक अम्बा का रहा। एक प्रकार से वे आजीवन अम्बा की छाया से ग्रस्त रहे, अम्बा से त्रस्त रहे। वे उसे भुला नहीं पाये कभी तथा उसके बारे में सूचना पाने हेतु उन्होंने विशेष गुप्तचर उसके पीछे लगा रखे थे। (वही,186/13-14 इत्यादि)। अम्बा की उपस्थिति-अनुपस्थिति, अम्बा के जन्म-मरण, उसकी गतिविधियाँ, चेष्टाएँ आदि पर उनकी पैनी दृष्टि सदा बनी रही। कैसी कैसी तपस्या वह कर रही है, उन्हें सब ज्ञात होता रहता। उसकी कठोर तपस्या को उन्होंने मानवीय शक्ति से परे बताया—

यमुनातीरमाश्रित्य तपस्तेपेऽतिमानुषम्।

— वही, 19

तबसे न भीष्म चैन की साँस ले पाये, न अम्बा ही चैन की साँस ले पायी। दोनों एक दूसरे के प्रति वैमन्यस्य के ग्रस्त रहे। दोनों में यह 'कोल्ड वॉर' या शीतयुद्ध सदा बना ही रहा जिस का अन्त कुरुक्षेत्र में महाभारत-युद्ध में तब हुआ जब अम्बा शिखण्डी के रूप में अवतरित हुई।

अम्बा को अपने प्रति हुए अन्याय का प्रतिकार स्वयं ही करना पड़ा, यद्यपि उसे हर स्थान से सहानुभूति व प्रेम मिला। होत्रवाहन, अकृतव्रण और परशुराम जैसे ऋषि-मुनियों का वात्सल्य उस पर बना रहा किन्तु वे भीष्म को सीधा नहीं कर पाये, न ही शाल्व को प्रताड़ित कर पाये। अम्बा की शत्रुता भीष्म से ही थी। उन्होंने उसका जीवन नष्ट किया था, वे ही उसके दुःख का मूल कारण थे—

मम तु व्यसनस्यास्य भीष्मो मूलं महाव्रतः।
येनाहं वशमानीता समुत्क्षिप्य बलात् तदा॥

— वही, 177/38

भीष्मं जहि महाबाहो यत्कृते दुःखमीदृशम्।

— वही, 39

यही नहीं, अम्बा भीष्म को नीच, लोभी तथा घमण्डी तक ठहरा देती है—

स हि लुब्धश्च नीचश्च जितकाशी च भार्गव।

तस्मात् प्रतिक्रिया कर्तुं युक्ता तस्मै त्वयानघ।

महाभारत के रचनाकार वेदव्यास इतिहासकार तो थे ही, वे मानव-मनोविज्ञान के भी महान मर्मज्ञ थे। स्वयं भीष्म के ही मुख से उन्होंने पूरा अम्बोपाख्यान कहलवाकर बड़ी चतुराई से भीष्म की हृदय-पटी को अनावृत कर दिया है।

वेदव्यास का यह ग्रन्थ इस अर्थ में भी अद्वितीय है कि यह दो युगों के सन्धिकाल का विलक्षण प्रतिनिधित्व करता है। एक ओर युगान्त हो रहा था, दूसरी ओर नये युग का सूत्रपात हो रहा था। द्वापर और कलियुग के इस महान् संक्रमणकाल के विशिष्ट लक्षणों का महाभारत में बड़ा अद्भुत तथा रोमांचकारी रूप से यथार्थ चित्रण मिलता है। यह वह युग था जब प्राचीन मान्यताओं को ठुकराया जा रहा था, नये मूल्य प्रतिष्ठित हो रहे थे। अतीत की परम्पराओं की पुनर्व्याख्या हो रही थी तथा प्राचीन नियम पुनः परिभाषित किये जा रहे थे। कल तक जो कुछ आपत्तिजनक व अनुचित माना गया, उस वैधता की मोहर लगाकर महिमामण्डित किया जा रहा था। इस प्रकार अतीत की कठोरता, नवयुग की तरलता और लचीलेपन में विगलित हो रही थी।

यह युग मिसाइलों, प्रक्षेपास्त्रों, टेस्ट-ट्यूब बेबीज़ (परखनली शिशुओं), यौन-परिवर्तन, अज्ञात पितृत्व (अथवा सुप्रानैचुरल), तथा सरोगेट माता (प्रतिनियुक्त-जन्मदात्री) का युग था। आध्यात्मिक, दार्शनिक, धार्मिक, नैतिक, सामाजिक, राजनीतिक तथा वैचारिक और वैयक्तिक क्षेत्रों में विभिन्न प्रकार के संघर्ष, द्वन्द्व तथा अन्तर्द्वन्द्व इस युग की विशेषताएँ हैं। हर संक्रमणकाल की भाँति द्वापर और कलियुग के सन्धिकाल में भी एक विचित्र प्रकार की बेचैनी,आकुलता तथा आन्तरिक छटपटाहट लगभग हर क्षेत्र में दिखती है। व्यक्ति की स्वतन्त्र इच्छा पूरी शक्ति से वैचारिक अभिव्यक्ति तथा आचरण की स्वतन्त्रता हेतु छटपटाहट रही है। हर व्यक्ति की आन्तरिक ऊर्जा परिपूर्णता पाने को व्यग्र है। अपनी प्रकृति, सोच तथा प्रतिभा को हर व्यक्ति परिपूर्णता देने को प्रयत्नरत है। इसलिए व्यक्ति और समष्टि के परस्पर संघर्ष भी सबसे अधिक प्रखर रूप से यहीं उजागर हुए हैं, फिर चाहे वह चार्वाक हो या एकलव्य, कर्ण हो या शिखण्डी अथवा कुन्ती हो या द्रौपदी, हर व्यक्ति अपने मौलिक ढंग से अपने आपको स्थापित करने के लिए कटिबद्ध लगता है। अपने विचार-स्वातन्त्र्य को पूरे प्राणपण से अभिव्यक्ति देता है। यही कारण है कि यह

एक से एक श्रेष्ठ जुझारू व्यक्तियों का युग है। किन्तु महाभारत के इन संघर्षशील पात्रों में अम्बा (अथवा शिखण्डी) का अपना पृथक्, विशिष्ट तथा चमत्कारिक रूप से जुझारू व्यक्तित्व उभरा है जिसने कीर्तिमान स्थापित कर दिया है क्योंकि उसने अपनी अन्तिम साँस तक केवल संघर्ष ही नहीं किया, विजय भी पायी।

अम्बा समाज की ओर से निराश अवश्य हुई किन्तु अपनी संकल्पशक्ति पर अटूट विश्वास होने से हारी नहीं। आशावादी बनी रही। स्थूणाकर्ण यक्ष उस काल का अवश्य ही महान वैज्ञानिक तथा शल्य चिकित्सक रहा होगा जिसने उसे पुरुष-शरीर प्रदान किया।

भीष्म का वध एक शिखण्डी द्वारा हुआ, किसी महावीर पुरुष द्वारा नहीं, इसका दुःख बहुतों को हुआ। पर शिखण्डी बनाया किसने, शिखण्डी का जन्म किसके कारण हुआ, इस पर किसी ने खेद व्यक्त नहीं किया।

अम्बा की कथा अपने आपमें अद्‌भुत है, विस्मयकारी है, क्योंकि अन्य कोई ऐसा दृष्टान्त कहीं नहीं मिलता जब एक नितान्त बालिका या किशोरी ('टीन एज़')ने प्रचण्ड शक्ति से समाज के महाप्रतिष्ठित प्रौढ़ महाबली को ललकारा हो! उस युग में ऐसी चमत्कारिक संकल्पशक्ति सत्रह वर्षीया कन्या में होना अचम्भित करता है क्योंकि किसी बाहुबली को चुनौती देने का साहस तो आज भी नहीं दिखाई पड़ता। मृत्यु भीष्म की मुट्‌ठी में थी। उन्हें इच्छामृत्यु का वरदान प्राप्त था। किन्तु अम्बा की मुट्‌ठी में तो जन्म और मरण दोनों थे। भीष्म कुल-कल्याण के लिए त्याग-पर-त्याग करते गये, फिर भी उनके सामने ही कुरुवंश क्षार-क्षार हो गया। और वे स्वयं ही अन्तिम कुरु बन कर रह गये। इधर अम्बा मर -मरकर जीती रही, जी-जीकर मरती रही। भीष्मवध की प्रतिज्ञा हृदय से लगाये लगाये भीष्मा हो गयी।

अम्बा कोई महारानी लक्ष्मीबाई या रानी दुर्गावती न थी। वह तो समाज द्वारा तिरस्कृत, मात्र एक साधनहीन अल्पवय किशोरी थी। उसकी दोनों अनुजाओं अम्बिका व अम्बालिका की वय महाभारत में विवाह के समय सोलह वर्ष बताई गयी है। अम्बा उनसे बड़ी थी इसलिए अधिक से अधिक सत्रह-अठारह की रही होगी स्वयंवर के समय। किन्तु तब भी उसने भविष्य में संघर्ष हेतु नारी के लिए मार्ग प्रशस्त कर चमत्कार कर दिया, जिस पर भीष्म के ही जीवन-काल में द्रौपदी चल पड़ी। यही नहीं, मूक न रहकर अम्बा शिखण्डी के रूप में निरन्तर अपनी द्रौपदी का साथ देती रही।

द्रौपदी की पथप्रदर्शक होकर भी अम्बा की गणना पंचकन्याओं में नहीं हो सकी। अहल्या, तारा, मन्दोदरी, द्रौपदी एवं कुन्ती विलक्षण प्रतिभा, स्वतन्त्र इच्छा, दृढ़ संकल्पशक्ति, स्वयं निर्णय लेने की क्षमता से जिस प्रकार सम्पन्न थीं उसी

प्रकार अम्बा भी इन सब गुणों की स्वामिनी थी। वही तेज, वही स्वाभिमान, वही शौर्य होते हुए भी अम्बा 'कन्या' के अद्भुत विरुद से सम्मानित नहीं हो पायी। पंचकन्या के प्रतिष्ठित कन्या-समूह में सम्मिलित न होने से 'महापातकनाशिनी' भी नहीं हो सकी। पंचकन्याओं में प्रत्येक के शारीरिक सम्बन्ध एक से अधिक पुरुष से रहे थे, इसलिए वे आलोचना की विषय बनीं किन्तु पता नहीं किस अज्ञात बुद्धिमान व्यक्ति ने उनकी अन्य विलक्षणताओं, उनका समाज, राजनीति तथा इतिहास पर व्यापक प्रभाव आदि का पुनर्मूल्यांकन कर उन्हें 'कन्या' कह कर अलंकृत कर दिया। अम्बा भी विपरीत परिस्थितियों से जूझने वाली लौह-महिला थी जिसने अपनी जीवन की दिशा स्वयं निर्धारित की थी।

अम्बा ने वह इतिहास रच डाला जो वास्तव में मानवातीत था। भीष्म को पराजित करना सम्भव न था। इच्छामृत्यु का वरदान भी उन्हें प्राप्त था। यदि अम्बा अपने संकल्प पूरा करने के लिए शिखण्डी बनकर भीष्म पर प्रहार न करती तो अजेय भीष्म तो चिरंजीवी हो गये होते! तब तो महाभारत-युद्ध अनन्तकाल तक चलता ही रहता! दस दिन तक तो वे कौरवों के सेनापति होकर कौरव-पाण्डवों को खेल ही खिलाते रहे, यह सोचकर कि शायद दुर्योधन में सद्बुद्धि प्रस्फुटित हो जाए और कुल को कोई महती क्षति न सहनी पड़े। यदि शिखण्डी उनके सामने न आता तो न जाने कब तक भीष्म यही खिलवाड़ करते रहते और आम सैनिकों का निर्मम वध होता रहता! अम्बा ने शिखण्डी बनकर निश्चित रूप से महायुद्ध को एक निर्णायक मोड़ पर ला दिया, जहाँ भीष्म को विवश होकर हथियार रख देने पड़े। उनके गिरते ही महाभारत का वह पृष्ठ पलट गया। युद्ध में गति आ गयी तथा युद्ध-रथ अपने अन्त की ओर सरपट दौड़ पड़ा। दीर्घ भीष्म-युग का अन्त कर अम्बा ने इतिहास की धारा मोड़ दी।

महाभारत में इतिहास बदल देने की अम्बा अथवा शिखण्डी की इस निर्णायक भूमिका को जैसे नकार ही दिया गया। अम्बा का महत् योगदान, उसका प्रताप आदि सब कौरव-पाण्डव वीरों की तुमुल जय-जयकारों के उन्मत्त घोष से दबा दिया गया।

पंचकन्या में अम्बा को स्थान न मिलने का कारण वही है जो सत्यवती पर भी लागू होता है। सत्यवती भी, स्वतन्त्र निर्णय लेनेवाली, विचार-अभिव्यक्ति तथा आचरण की स्वतन्त्रता में विश्वास रखनेवाली कन्या ही थी। परन्तु यह स्पष्ट है कि पंचकन्याएँ कहीं-न-कहीं से विष्णु-विग्रह की उपासना से जुड़ी हुई थीं। अहल्या, तारा, मन्दोदरी तीनों विष्णु के राम-अवतार की उपासिका थीं तो कुन्ती व द्रौपदी कृष्णावतार की। पंचकन्या की अवधारणा अवतारवाद पर आधारित है अत: अम्बा, सत्यवती तथा माधवी इस परिकल्पना का लाभ उठाने से चूक गयीं।

धन्य हो अम्बा! तुम्हारी महिमा अपार है! तुम्हें अपने एक जन्म में अग्निस्नान कर स्वयं को भस्म कर देना पड़ा। दूसरे जन्म में तुमने जलसमाधि लेकर स्वयं को जल में तिरोहित कर दिया। तीसरे जन्म में तुम्हारा जिस प्रकार कारुणिक अन्त हुआ उससे कलेजा दहल जाता है। किसी के कण्ठ में तीर लगा, किसी के वक्ष में बाण लगा, किसी का मस्तक उच्छेद हुआ तो किसी के उदर में खड्ग समा गया। किन्तु तुम! ...अश्वत्थामा ने शिखण्डी के तन को अपने फरसे से दो टुकड़े कर दिया! दो फाँक कर दिया। खण्डित मन! खण्डित तन! जैसा आधा-अधूरा जीवन, वैसी ही आधी-अधूरी मृत्यु-गति। जीवन की ही भाँति शरीर तक बँट गया दो टुकड़ो में!

अम्बा! क्या तुम्हारा कोई श्राद्ध करता है? क्या तुम्हारी आत्मा की शान्ति हेतु कभी किसी ने जलांजलि दी? स्मरण किया? यदि अतीत में तुम्हारा कभी श्राद्ध नहीं हुआ तो अब अवश्य होगा। यदि गत सहस्त्रों वर्षों से तुम तर्पण के जलों के लिए प्यासी रह गयी तो आज तुम्हें तर्पण होगा।

अम्बा! तुम्हारी विलक्षण संकल्प-शक्ति पर विमुग्ध हम, तुम्हारे अद्वितीय साहस से चकित हम, तुम्हारी इतिहास रच देने की शक्ति से अभिभूत हम नतशिर होकर तुम्हें तर्पण करते हैं।

जैसे गंगा पर गंगाजल ही चढ़ाया जाता है, अम्बा! वैसे ही तुम्हारे इस कथारूपी अश्रुजलों से तुम्हें यह तर्पण निवेदित है।

उपर्युक्त विशद चर्चा इसलिए की गयी है क्योंकि कई बार पाठकों को यह भ्रम होता है कि लेखक पूर्वाग्रह-ग्रस्त है। 'अम्बा नहीं, मैं भीष्मा!' की विषयवस्तु के सम्बन्ध में श्री प्रदीप भट्टाचार्य, वरिष्ठ आई.ए.एस. (पं. बंगाल); डॉ. कृष्णकान्त चतुर्वेदी, कालिदास अकादमी, उज्जैन के पूर्व निदेशक, एवं डॉ. श्रीमती इला घोष, प्राचार्य शा. स्नातकोत्तर महाविद्यालय, कटनी, से चर्चा करके पुस्तक को निश्चित रूप से लाभ मिला है। आप सबको हार्दिक धन्यवाद। अग्रज श्री भरतचन्द्र चतुर्वेदी, अवकाश प्राप्त आई. ए.एस. के सहयोग से मनोबल बना रहा।

मार्मिक पीड़ा और असीम तेज की इस अद्‌भुत गाथा को प्रकाशित करके भारतीय ज्ञानपीठ ने वास्तव में शिखण्डी अथवा अम्बा का उद्धार किया है। मैं भारतीय ज्ञानपीठ के प्रति, विशेष रूप से ज्ञानपीठ के निदेशक डॉ. प्रभाकर श्रोत्रिय एवं वरिष्ठ प्रकाशन अधिकारी डॉ. गुलाबचन्द्र जैन के प्रति अपना आभार व्यक्त करती हूँ, जिन्होंने इतनी तत्परता से इसके प्रकाशन में रुचि ली।

—चित्रा चतुर्वेदी 'कार्त्तिका'

उपासिका

483/2, नर्मदा रोड,जबलपुर 482 001

दिनांक : 25 दिसम्बर 2005

अम्बा नहीं, मैं भीष्मा!

काशी के राजोद्यान में उस दिन बड़ा आनन्दोल्लास था। वह श्रावण माह का प्रथम दिवस था और इन्द्रदेव ने कृपा की ऐसी फुहार बरसायी कि तन-मन उस रिमझिम में नहाकर विभोर हुए जा रहे थे। वैसे तो श्रावण माह का प्रतिदिन ही ऐसे आनन्द में डूबा रहेगा किन्तु श्रावण का प्रथम दिवस सदा से एक राजकीय पर्व के रूप में मनाया जाता था। यदि श्रावण का प्रथम दिवस सोमवार को पड़ गया, तब तो कहना ही क्या! भगवान विश्वनाथ की आराधना में काशी नगरी थिरक उठती थी। आज तो सोने में सुहागा था। लोगों के मन-प्राण और शरीर को पाँव लग गये थे जैसे। धरती की धानी चूनर और आकाश की मनोहर श्यामल ओढ़नी ने अद्भुत छटा बिखेर दी थी।

राजोद्यान के विशाल वटों, तमालों, कदम्बों, नीम और आम्र-वृक्षों पर बड़े-बड़े झूले पड़े थे। राज-रमणियाँ उन झूलों पर जैसे बलाकाओं की भाँति उड़ी जा रही थीं। हँसी, खिलखिलाहट और ठिठोली ने वर्षा को और रसीला बना दिया था। एक ओर प्रेम-भरे ताने, तो दूसरी ओर सावन के गाने। रंगबिरंगे दुकूल उड़ रहे थे। नूपुर और किंकिणी की रुनझुन-रुनझुन की लयताल के साथ मेघमाला अपनी रिमझिम की ताल को मिला रही थी।

एक ओर वरिष्ठ महिलाएँ बैठीं कौतुक से आनन्द ले रही थीं। उन वरिष्ठों में जो कनिष्ठ थीं, वे झूले का प्रलोभन नहीं छोड़ पायीं और जो भी झूले उनकी पकड़ में आये, उन पर हौले-हौले झूल रही थीं। दूसरी ओर तरुणियों की कोलाहल-मय विशाल छावनी-सी थी। वहाँ उमंगों का मानो मेला-सा लगा था।

इस तरुण-वाहिनी की केन्द्रबिन्दु थीं काशिराज की तीन पुत्रियाँ अम्बा, अम्बिका और अम्बालिका। इन तीनों में भी, नेतृत्व की बागडोर थी ज्येष्ठ राजपुत्री अम्बा के हाथों में। अम्बा अनुजाओं और सखियों को झुलाती भी, तो रुलाती भी। खिलाती और ललकारती भी। और जब स्वयं झूले पर चढ़कर झोंके बढ़ाती तब तो...!

अचानक महिलाओं में कोलाहल मच उठा और एक साथ चीख-पुकार, डाँट-फटकार के स्वर गूँज उठे, ''अरे इतना ऊँचा नहीं, अम्बा! इतना ऊँचा मत

झूल, अम्बा! अब बस कर! अम्बा...अम्बा! गिर जाएगी।...इतना ऊँचा नहीं! देखा! अभी गिरी होती और हाथपाँव...तुड़ा बैठती!'' महारानी व्याकुल हो उठीं। अन्य भी कई वरिष्ठ राजमहिलाएँ चेतावनी देते हुए गरज उठीं। पर अम्बा काहे को सुनने लगी!

''बड़ी निर्द्वन्द्व है। तनिक डर नहीं लगता इसे। विचित्र कन्या है। मना कर रहे हैं, पर सुनती ही नहीं। इसे किसी का भय नहीं लगता! निडर तो निडर, दु:साहसी कितनी है!''

प्रौढ़ाओं द्वारा राजकुमारी अम्बा का उक्त आकलन शब्दश: सत्य था। अम्बा न केवल अपनी अनुजाओं से, बल्कि अपने समय के समूचे नारी-समाज से कई प्रकार से भिन्न थी। उसके व्यक्तित्व में कुछ ऐसी चमत्कारिक विशेषताएँ थीं कि लोग चकित रह जाते। लोगों की दृष्टि में एक स्वतन्त्र, निर्भीक और स्वाभिमानी व्यक्तित्व से सम्पन्न अम्बा में निश्चित रूप से, ये पुरुषोचित लक्षण थे। नारी तो स्वभाव से ही सुकुमार, कोमल, लजायी और सकुचायी सी तथा भीरु होती है! इसलिए सब अचम्भित रह जाते।

अम्बा हँसती जा रही थी और अपना झूला और वेग से ऊँचा बढ़ाती जा रही थी। भयभीत और रोमांचित रमणी-समाज विस्फारित नेत्रों से देख रहा था।

मुँहलगी सखी निपुणा ने भयभीत सखी-समाज को आश्वस्त करते हुए, कहा, ''वैसे राजकुमारी के झूले से गिरने का संकट तो किंचित् भी नहीं है क्योंकि इनकी झूले पर पकड़ बड़ी सुदृढ़ है। पर मुझे तो कुछ और ही अनहोनी सोचकर मन-ही-मन चिन्ता हो रही है।''

''और भला क्या संकट हो सकता है?''—अम्बिका ने पूछा।

''मुझे भय इस बात का है कि जिस समय राजकुमारी अम्बा का झूला ऊपर पहुँचे, उसी समय कहीं मार्तिकावत के नरेश शाल्वराज का विमान आकाश-मार्ग से होता हुआ झूले के निकट न आ जाए!'' निपुणा ने उत्तर दिया।

''आ जाए तो आ जाए! वह भी देख ले कि मेरा झूला किसी विमान से कम है क्या?'' अम्बा ने झूला ऊपर ले जाते हुए कहा।

''नहीं राजकुमारी जी! मेरी चिन्ता तो यह है कि कहीं शाल्वराज आपको विमान में बैठाकर उड़ा न ले जाएँ।'' निपुणा ने परिहास से कहा।

''अहो! अर्थात् हरण?'' किसी ने पूछा।

''अरे! यदि कहीं शाल्वराज वीर और सुदर्शन हुए, तो मैं वहीं वृक्ष की सबसे ऊँची शाखा से टहनी तोड़कर उनके कण्ठ में डालकर वरण कर लूँगी! ला निपुणा, वह पास रखी फूलमाला तो इधर फेंक। यही पहना दूँगी! न स्वयंवर का झंझट, न कोई समस्या!''—अम्बा ने हँसते हुए कहा।

युवतियों में हँसी फैल गयी।

"किन्तु एक बात है। शाल्वराज के तथाकथित विमान की चर्चा तो बहुत सुनी है, किन्तु किसी ने उसे देखा भी है, या यह कपोल-कल्पना ही है?" अम्बा ने पूछा।

प्रश्न का उत्तर आया प्रौढ़ महिलाओं की मण्डली से। महारानी की सखी शुभागना ने अम्बा की जिज्ञासा शान्त करनी चाही।

"हाँ राजकुमारी अम्बे! मैंने शाल्वराज का सौभ विमान देखा है। बड़ा विशाल है। जैसे नगर का ही कोई भाग आकाश से उड़ा जा रहा हो।"

"अहो! कितना आनन्द आता होगा उसमें बैठकर ऊपर से पृथ्वी निहारने में! मन्दिर, महल, चतुष्पथ, गंगा, पर्वत, वन, वनस्पति, वृक्ष, फूल...अहो...सब कुछ!"

"अरे बहुत आनन्द, बहुत आनन्द आता है। ऐसा विमान तो किसी अन्य राजा के पास है ही नहीं। वास्तव में शाल्वराज बड़े भाग्यवान हैं।" शुभांगना ने कहा।

तब तक अम्बा ने वेग से बल लगाकर झूला और ऊँचा किया और वृक्ष की सबसे ऊँची शाखा के पत्ते तोड़ लिये। पुनः कोलाहल मच उठा—"इतना ऊँचा नहीं अम्बा! इतना ऊँचा नहीं!"

"घबराएँ नहीं आप लोग! मैं तो ऊपर केवल यह देखने गयी थी कि कहीं सचमुच तो शाल्वराज का विमान आसपास नहीं मँडरा रहा!" अम्बा ने अपनी स्वाभाविक खिलखिलाहट के साथ उत्तर दिया।

"बड़ी दु:साहसी होती जा रही है। अब नीचे उतर, और झूला किसी अन्य को झूलने दे।" महारानी ने नेह से फटकारा।

अम्बा हँसती हुई उतर आयी और सखियों से बोली, "मैं तो वहीं वृक्ष की सबसे ऊँची शाखा पर बैठने का विचार कर रही थी ताकि विमान की झलक मिल जाए।"

"विमान की या विमान के स्वामी की?" किसी सखी ने प्रश्न जड़ दिया।

कारण तो कुछ नहीं था, पर पता नहीं क्यों अम्बा का मुखमण्डल लज्जा से आरक्त हो गया। अकारण ही हृदय तीव्रता से धड़क उठा। वह चुपचाप बैठकर महिलाओं की रस-भरी गल्प सुनने लगी।

प्रौढ़ाओं में विभिन्न कुलों के राजकुमारों के गुण-दोषों की चर्चा होने लगी थी।

"शाल्वराज सुन्दर और वीर अवश्य होंगे, शुभांगना, किन्तु शौर्य और बल में हस्तिनापुर के महाराजकुमार देवव्रत अद्वितीय हैं। सुदर्शन भी हैं!"

"महारानी! शाल्वराज किसी से कम नहीं और विमान-स्वामी तो केवल वे ही हैं। हस्तिनापुर के कुल की बात भली चलायी। बड़ा ही विचित्र कुल है! अब राजपुत्र देवव्रत का शौर्य, बल, सौन्दर्य किस काम का? क्या है उनका भविष्य? न राजपाट! न दाम्पत्य-सुख! न परिवार! न सन्तान!" शुभांगना ने कहा।

"किन्तु उनके एक भाई और भी तो है।"

"विचित्रवीर्य! उँह! रोगी और दुर्बल!" किसी ने कहा।

"विचित्रवीर्य हस्तिनापुर के नरेश अवश्य हैं, परन्तु वहाँ देवव्रत ही सब कुछ हैं। आप स्वयं सोचें महारानी, भला अभी तक विचित्रवीर्य का विवाह क्यों नहीं हो पाया? किसी नरेश ने अपनी पुत्री अभी तक महाराज विचित्रवीर्य को देना भी चाहा क्या?" शुभांगना ने ताम्बूल महारानी की ओर बढ़ाते हुए पूछा।

"यह तो, शुभांगना, तू सत्य कह रही है। मेरा ध्यान तो इस बात पर गया ही न था। महाराजकुमार देवव्रत ने तो आजीवन अविवाहित रहने की प्रतिज्ञा कर रखी है, किन्तु विचित्रवीर्य ने तो ऐसी कोई शपथ नहीं ली। फिर भी वे अब तक अविवाहित हैं।"—महारानी ने ताम्बूल मुख में रखते हुए आश्चर्य प्रकट किया।

"महारानी! उस राजकुल में अनरीत ऐसी चल गयी है कि नरेशगण उससे कतराने लगे हैं। भय के मारे कोई अपनी पुत्री वहाँ नहीं देना चाहता। पता नहीं कब किसके साथ क्या घट जाए? राजमाता सत्यवती बड़े कठोर स्वभाव की हैं।"

"राजकुमार विचित्रवीर्य के विवाह हेतु कोई पहल भी नहीं कर रहा उस कुल में। कैसी आश्चर्य की बात है!"

"कहाँ तो राजमाता सत्यवती के पिता ने महाराज शान्तनु से इनके विवाह का आधार ही यह रखा था कि सत्यवती का वंश ही राजसिंहासन का उत्तराधिकारी होगा, और कहाँ अब सत्यवती ही अपनी वंश-वृद्धि की ओर से बड़ी विरक्त-सी हो गयी हैं।"

"राजमाता भी तो निर्भर हैं राजकुमार देवव्रत गांगेय पर ही! और भला शान्तनुनन्दन भीष्म को क्या पड़ी है कि विचित्रवीर्य का शीघ्र विवाह हो जाए और वंश बढ़े! छोटे मुँह बड़ी बात कहनी नहीं चाहिए। किन्तु महारानी! आप की अनुमति से ही धृष्टता करके कह रही हूँ कि बिल्ली के भाग्य से छींका टूटा है वहाँ! राजसत्ता तो स्वयं अपने आप ही गांगेय भीष्म के अंक में आ गिरी है। राज्य अथवा राजसिंहासन न हो तो भी क्या, भीष्म का बड़ा प्रबल और अखण्ड राजयोग है। वे ही वहाँ सबकुछ हैं। वे जो चाहेंगे, वही होगा। वे जहाँ अपने अनुज का विवाह करना चाहेंगे, वहीं होगा। वैसे उस राजकुल का कोई भरोसा नहीं कि कब क्या धमाका कर दे और सबको चौंका दे! अचानक धमाके करने

का कुरुकुल को बड़ा चाव है जैसे।''

''किन्तु, देगा भी कौन अपनी पुत्री को उस कुल में? वह भी रोगी और दुर्बल राजा हेतु?''

''राजमाता, महारानी! लेकिन स्वयंवरों में तो सबको आमन्त्रित किया जाता है। छह माह बाद आप की भी तीनों राजपुत्रियों का स्वयंवर है, आप भी तो निमन्त्रण भेजेंगी ही वहाँ!''

''स्वयंवर के निमन्त्रण तो राजपरिवार के नाम से जाते हैं। किन्तु जानबूझ कर तो कोई राजकन्या कुरुवंशी राजपुत्र के कण्ठ में वरमाला डालना न चाहेगी। एक से एक गुणवान् और श्रेष्ठ राजपुत्र और नरेश स्वयंवर में विराजमान रहते हैं।'' राजमाता के मुख पर अनुभव का गाम्भीर्य था।

''राजमाता! इसका अर्थ तो हुआ कुरुवंश का अन्त! राजकुमार शान्तनुनन्दन देवव्रत ब्रह्मचर्य की शपथ लिये बैठे हैं। विचित्रवीर्य को कोई कन्या वरने वाली नहीं! न ही कोई राजा अपनी पुत्री उन्हें स्वेच्छा से देना चाहेगा। तो कुरुवंश का अवसान क्या निकट है?'' शुभांगना ने पूछा।

''ऐसी बात नहीं। वंश तो नरेशों के चलते ही रहते हैं। चाहे प्रकार और पद्धति जो भी हो। दत्तक पुत्र का माध्यम भी अपनाया जा सकता है। और नियोग प्रथा भी। अपने वंश को तो कोई भी राजा निर्मूल नहीं होने देता। फिर अभी विचित्रवीर्य के विवाह की सम्भावना तो है ही।''

तभी अचानक घोरगर्जन के साथ हरहराकर मूसलाधार वर्षा होने लगी। महिलाओं की रोचक गोष्ठी के रंग में भंग हो गया। सभी हँसती-खिलखिलाती वर्षा से बचने के लिए इधर-उधर शरण खोजने लगीं।

राजकुमारी अम्बा किन्तु वर्षा में भीगती ही रही। यह वर्षा उसके लिए नया सन्देश लेकर आयी थी। इस वर्ष श्रावण-पर्व ने उसके मन में अद्‌भुत रस का संचार कर दिया था। यह एक नया अनुभव था जिससे वह अब तक अनभिज्ञ थी। सौभ विमान के कल्पित स्वामी ने उसके हृदय में चुपके से प्रवेश कर लिया था। उसके हृदय में नव-प्रतिष्ठित शाल्वराज की प्रतिमा अनूठे प्रेमरस से अभिषिक्त होती रही। अम्बा वर्षा के वेग से भीगती रही।

जब अम्बा वहाँ से हटी तब तक उसके मन में भावी स्वयंवर की कल्पना स्पष्ट आकार ले चुकी थी और वह मन ही मन उस स्वयंवर में शाल्वराज के कण्ठ में वरमाला डाल चुकी थी।

तभी से शाल्वराज उसके सपनों के अभिन्न साथी बन चुके थे और वह दिनरात सौभ विमान में शाल्वराज के साथ बैठी मनोहारी स्वप्नलोक में विचरती रहती। उसके चरण अब धरती पर न पड़ते। वह अपने स्वयंवर हेतु प्रतीक्षातुर

हो उठी थी। विवाहोपरान्त काशी से अपनी विदा की कल्पना उसे रोमांचित कर देती। उसकी दोनों अनुजाएँ तो अन्य असंख्य नववधुओं की भाँति शिविका या रथ में विदा होंगी। और वह? उसे ले जाने तो आकाश से सौभ विमान उतरेगा। और उसे लेकर तुरन्त आकाश में उड़ जाएगा। अहो! और....और....और...!

काशिराज की तीनों राजकुमारियों, अम्बा, अम्बिका, अम्बालिका के भावी स्वयंवर की चर्चाएँ धीरे-धीरे फैलने लगीं। तीन-तीन पुत्रियों का एक साथ स्वयंवर होना लोगों के मन में कौतुक जगा रहा था। त्रेतायुग में महाराज जनक ने अपनी पुत्री सीता एवं तीन अनुज-पुत्रियों का विवाह अवश्य एक साथ किया था किन्तु स्वयंवर तो केवल सीता का ही हुआ था। यहाँ तो स्वयंवर भी तीनों पुत्रियों का एक साथ सम्पन्न होने वाला है! कितना आनन्द रहेगा। पहले तीनों का स्वयंवर, फिर तीनों का विवाह। आमोद-प्रमोद के अवसर भी हर बार तिगुने मिलेंगे। दान-दक्षिणा, न्यौछावर और उपहारों की वर्षा भी तो तीन-तीन बार होगी।

कहीं तीनों ने एक ही को वर लिया तो! लोग सोचकर हँसते! अरे ऐसा कहीं सम्भव है! कोई भी राजपुत्री अपनी बहन के मार्ग में बाधा क्यों बनना चाहेगी? और फिर सुना है कि ज्येष्ठ राजपुत्री अम्बा तो शाल्वराज में अनुरक्त ही हैं। वे तो स्वयंवर में उन्हीं को वरने का प्रण किये बैठी हैं, क्योंकि मन ही मन शाल्वराज को पति मान चुकी हैं। वास्तव में स्वयंवर तो केवल दोनों कनिष्ठ राजकन्याओं का ही होगा। उन्हें ही स्वयंवर-मण्डप में अपने भावी पति का चयन करना है।

यह बात सर्वविदित हो चली थी कि राजपुत्री अम्बा, शाल्वराज को अपने पति के रूप में मन ही मन वरण कर चुकी हैं। कुछ कौतुक-प्रिय लोगों ने बड़े प्रेम से यह बात शाल्वराज के कानों में भी डाल दी। मिश्री घुल गयी कानों में! शाल्वराज पुलकित हो उठा। राजकुमारियों के गुण-शील और सौन्दर्य तो राजमहलों के अन्तःपुर में ही नहीं, राजसभाओं में भी चर्चा के विषय बनते थे। काशिराज-पुत्री अम्बा के रूप-गुणों की विरुदावली तो अब तक सभी प्रमुख नरेशों के राजमहलों में पैठ चुकी थी। शाल्वराज ने समाचार देने वालों को मुँहमाँगा धन-धान्य दिया और फिर अपने एक विशिष्ट दूत द्वारा गुप्त रूप से अम्बा तक अपना प्रणय-निवेदन भी भिजवा दिया।

"काशिराजपुत्री महाराजकुमारी अम्बा का कृपा-कटाक्ष पाकर शाल्वराज धन्य है। महाराजकुमारी अम्बा को मार्तिकावत राज्य की महारानी बनाने हेतु शाल्वराज आतुर है। जीवन में ऐसा सुखद प्रेमपल प्रथम बार आया है। धन्य हूँ। जो प्रेमप्रदीप

राजपुत्री ने हृदय में प्रज्वलित किया है, उसकी ज्योति अखण्ड और अक्षुण्ण रूप से जीवन को आलोकित करती रहेगी। महाराजकुमारी अम्बा आश्वस्त रहें। अपने इस अकिंचन प्रेमी पर विश्वास रखें कि इस ज्योति हेतु कभी भी तैल कम न होगा। तन-मन-धन से शाल्वराज राजकुमारी अम्बा को वरता है। शाल्वराज राजकुमारी अम्बा का है, और सदा राजकुमारी अम्बा का रहेगा। काशिराज-पुत्री अम्बा के स्वागत हेतु शाल्वराज अधीरता से प्रतीक्षारत है। महाराजकुमारी अम्बा कृपया अपने इस प्रेमी चातक की प्रेम-पिपासा को शीघ्र ही शान्त करें। स्वयंवर तो अभी दूर है, क्यों न उससे पहले ही महाराजकुमारी दर्शन देकर इसे अनुगृहीत करें? शाल्वराज मिलन हेतु अत्यन्त उत्कण्ठ और आतुर है।''

यह सन्देश अम्बा को क्या मिला जैसे जीवन का कोई महामन्त्र मिल गया। पलक झपकते अम्बा का संसार ही बदल गया। हृदय बल्लियों उछल पड़ा। समूचा तन ही जैसे गान बन कर धड़क उठा। उठते-बैठते मन ही मन अम्बा इसी महामन्त्र का जप करती रहती। सपने अधिक रंगीन हो चले और कल्पना अधिकाधिक रेशमी! शाल्वराज की कल्पित मूर्ति अम्बा के भोलेभाले हृदय की सम्प्रभु बन बैठी। अम्बा अपने उस सम्प्रभु के प्रति समर्पित थी। शाल्वराज ही अब उसकी प्रेरक शक्ति और मनोबल था। उठते-बैठते, सोते-जागते, खाते-पीते और आनन्द-उल्लास आदि सबमें उसे शाल्वराज के आग्रह-इंगित प्रतीत होते। ऐसी मनोदशा थी उसकी कि उसे सौभ विमान की भी क्या आवश्यकता? बिना सौभ विमान के ही वह तो हर पल उड़ी-उड़ी-सी फिरती और दिनरात आकाश-पाताल, वन, पर्वत, ग्राम, जनपद, नगर-नगर और डगर-डगर अपने कल्पित प्रियतम के साथ-साथ विचरती रहती।

शाल्वराज की अनुनय फलीभूत हुई। वृद्ध धाय तथा कुछ सखियों सहित अम्बा ज्योत्सना में नौका-विहार हेतु सन्ध्या समय गयी। सखियों ने धाय एवं सारथी को बातों में लगा लिया। अभिन्न सखियाँ निपुणा और चतुरा अम्बा के साथ नौका में बैठ गंगा पार उतर गयीं जहाँ सौभ विमान उतरा था। ज्योत्सना रात्रि में अम्बा और शाल्वराज मिले। अम्बा विमान देखकर चकित रह गयी। संकोच से लजाते हुए विमान में बैठी भी, पर डरती रही कहीं विमान उड़ न चले। शाल्वराज परिहास में यही तो दुहरा रहा था। अम्बा ने छुई-मुई होते हुए काँपते हाथ जोड़कर विनय की—''अभी नहीं महाराज! कुछ ही दिन तो शेष हैं स्वयंवर के!''

शाल्वराज मुस्कराया—''जैसी आप की आज्ञा! फिर तो आप इस विमान की भी स्वामिनी होंगी और विमान के स्वामी की भी स्वामिनी! यह सौभ विमान बेचारा तो धैर्यपूर्वक अपनी स्वामिनी की प्रतीक्षा कर लेगा किन्तु बेचारे इस विमान-

स्वामी के लिए तो अपनी स्वामिनी की प्रतीक्षा का धैर्य रखना सम्भव नहीं! स्वामिनी! क्या हम पुनः शीघ्र ही नहीं मिल सकेंगे?''

लाज से लजायी अम्बा का तन थर-थर काँपता रहा। जुड़े हाथ कम्पित रहे। कण्ठ कम्पित रहा। मान-मनुहार, राग-अनुराग में समय बीतता गया। आकाश से चन्द्र-कलश से झरती अमृत-बिन्दुओं से दोनों का अभिषेक होता रहा। निपुणा और चतुरा की हँसी-मिश्रित कृत्रिम खाँसी की ध्वनि से अम्बा चौंक पड़ी। इतना विलम्ब!

लड़खड़ाती-सी डगमगाती-सी अम्बा सखियों की बाँहों में समा गयी। और उनका अवलम्ब ले नौका में बैठी। पार उतरकर रथ में बैठी, किन्तु दृष्टि सुदूर गंगापार ही लगी रही। अब तो मन पर वश कहाँ? कैसे होता! वह तो फड़फड़ाता हुआ हाथ से उड़ ही चुका था!

काशिराज-पुत्रियों का स्वयंवर राजनीतिक क्षेत्र में बड़े दीर्घ अन्तराल के बाद घटनेवाली एक महती घटना थी। इसलिए प्रायः सभी राजमहलों में उत्सुकता और कौतूहल का दौर था। एक राजपुत्री का स्वयंवर होता तो बात और होती क्योंकि किसी एक भाग्यवान नरेश के कण्ठ को वरमाला सुशोभित करती। किन्तु यहाँ तो तीन-तीन राजपुत्रियाँ वरमालाएँ लिये किन्हीं तीन नरेशों की भाग्य-विधाता बनकर स्वयंवर-मण्डप में अवतरित होंगी! हर राजपुत्र और नरेश के हृदय में कौतूहल, आशा, और उल्लास का सागर ठाठें मार रहा था। इसलिए उनके मन में यह प्रश्न रह-रहकर कौंध उठता कि ''मैं क्यों नहीं?'' छोटे से छोटे राज्य का अधिपति भी अपना भाग्य आजमाने का यह अवसर गँवाना न चाहता। हर राज्य के अन्तःपुर और राजसभाएँ इस महत्त्वपूर्ण राजनीतिक घटना के स्वागत हेतु आतुरता से जुट गये।

काशी राज्य में तो स्वयंवर की तैयारियाँ कई माह पूर्व से ही अभूतपूर्व ढंग से चल रही थीं। राजपरिवार और उसकी प्राण-प्रिय प्रजा अपनी तीन-तीन दुलारी बेटियों को विदा करेंगे। उत्साह के साथ बेटियों से बिछोह की पीड़ा का भी सम्मिश्रण होता चला। यह तो सृष्टि का नियम ही है। हाँ, इस हर्ष और उल्लास के बीच कभी-कभी लोगों के मन में एक क्षीण-सी आशंका अपने अपशकुनी डैने फड़फड़ा उठती। तीन का अंक शुभ तो रहेगा न! किन्तु दूसरे ही क्षण इस शंका को लोग दूर कर देते। वे आश्वस्त थे कि महाराज काशी-नरेश के राजज्योतिषी असाधारण प्रतिभा के धनी हैं, उन्होंने अवश्य ही समस्त योग-संयोग पर भलीभाँति विचार कर ही लिया होगा।

गंगा-तट के निकट विशाल स्वयंवर-मण्डप तैयार करने दूर-सुदूर से आये हुए एक से एक श्रेष्ठ कलाकार दिन-रात लगे हुए थे। कुछ दूर पर आमन्त्रित श्रीमन्त नरेशों हेतु आवासों की व्यवस्था थी। काशी नगरी का सौन्दर्य दिनदूना-रातचौगुना निखरता जा रहा था। क्या मार्ग और वीथिकाएँ? क्या भवन और उद्यान, और क्या चतुष्पथ और वणिक-वितान! हर दिन लगता कि जैसे आज ही स्वयंवर का पुण्यपर्व हो!

अन्ततः वह पुण्यवेला भी आ ही गयी जिसकी प्रतीक्षा महाबली राजाधिराजों से लेकर जन-साधारण तक साँस रोके कर रहे थे। विलक्षण समारोह था! अद्भुत साज-सज्जा और व्यवस्था! बड़ी रोमांचक घड़ी थी! विशाल स्वयंवर-वितान के मुख्यद्वार पर एक-एक नरेश राजरथ में पधारते। उतरते ही उनका सम्मान-सत्कार होता तथा वे सादर अपने निर्दिष्ट आसन तक ले जाए जाते। जैसे-जैसे मण्डप के भीतर विराजमान राजाधिराजों की संख्या बढ़ती जाती, वैसे-वैसे मुख्य द्वार के बाहर पंक्तिबद्ध खड़े राजरथों की संख्या भी बढ़ती जाती। रथचक्रों की गड़गड़ाहट, हेषाध्वनि और उड़ती धूल के बादल थमने का नाम ही न लेते।

स्वयंवर हेतु कोई शर्त न थी। राजपुत्रियों पर किसी प्रकार का कोई दबाव न था। कोई बाधा नहीं। उन्हें पूर्ण स्वतन्त्रता थी कि वे निर्भीकता से, इच्छानुसार जिस नरेश अथवा राजपुत्र को चाहें, अपना जीवन-साथी बनाने हेतु उसके कण्ठ में वरमाला डाल दें। उत्सुकता चरम-बिन्दु पर पहुँच रही थी। तभी मुख्यद्वार पर एक भव्य राजरथ रुका जिससे काशी-नरेश की तीनों राजपुत्रियाँ सलजभाव से उतरीं। उनकी सखियाँ उन्हें मुख्यद्वार से प्रवेश के बाद वाम पार्श्व में एक विशिष्ट मंच पर ले गयीं। उसके सामने ही वधू पाने के आकांक्षी नरेशगण की पंक्ति थी। नरेशों में कुछ हास-परिहास भी चल रहा था। किसी पर व्यंग्य-ताने अस्पष्ट से सुनाई पड़ते थे। कटाक्ष हो रहे थे कि ब्रह्मचारी को स्वयंवर में आने की क्या आवश्यकता?

अम्बा के चतुर नयनों ने उस दीर्घ नरेश-मण्डली में अपने बलशाली प्रियतम शाल्वराज को खोज ही लिया और हृदय नियन्त्रण के बाहर हो चला। आतुर-प्रेमी शाल्वराज की प्रेम-पगी दृष्टि अम्बा को भेदे डाल रही थी जैसे। अम्बा असहज हो रही थी। हृदय इतने वेग से धड़क रहा था कि उसे भय लगने लगा कि कहीं हृदय धड़कने की ध्वनि कोई अन्य न सुन ले!

कुल-पुरोहित ने गम्भीर वाणी में आह्वान किया—"सर्वप्रथम महाराज काशिराज की ज्येष्ठ सुपुत्री महाराजकुमारी अम्बा को इस स्वयंवर सभा में अपनी इच्छा का प्रयोग कर विराजमान महान नरेशों में से अपने लिए उपयुक्त वर का चयन करने हेतु, आमन्त्रित किया जाता है। महाराजकुमारी अम्बा कृपया पधारें! बन्दी तथा

मागधजन अपना कार्य प्रारम्भ करें।"

घोषणा होते ही अम्बा का समूचा गात काँप उठा। काँप नहीं, शायद धड़क उठा। उसने पाँव बढ़ाया। किन्तु विचित्र बेसुधी थी। ऐसी कि उठा पाँव निर्दिष्ट स्थान पर पड़ ही न पाता! जैसे उसके पाँव धरती से ऊपर ही रह गये। क्या वह उड़ी जा रही थी? क्या आतुर शाल्वराज ने ही उसे बाहुओं में उठा लिया?

क्या है यह? भूकम्प? आँधी? झंझा? सहसा तुमुल कोलाहल फूट पड़ा। चीख-पुकारों, ललकारों, हुंकारों, चुनौतियों के गर्जन से आकाश-पाताल एक हुए जा रहे थे। अम्बा अर्धमूर्च्छित थी। मूर्च्छा में अस्पष्ट-सा सुनाई पड़ता—"शाल्वराज बचें। आगे बढ़ें। सावधान...बचकर!"

जब उसे चेत आया तो उसने अपने आप को वेग से दौड़ते हुए एक रथ में पाया। वायुवेग के समान रथ उड़ा जा रहा था। चारों ओर यवनिका लगी होने के कारण उसे बाहर का कुछ दिखाई नहीं पड़ रहा था।

अम्बा धीरे-धीरे उठकर बैठ गयी। मस्तिष्क सुन्न था। कैसा कोलाहल पीछे से आ रहा है! पीछे से बाणवर्षा क्यों हो रही है? यह रथ? किसका है यह रथ? राजरथ प्रतीत हो रहा है। तभी उसकी दृष्टि पड़ी। अर्धमूर्च्छित-सी पड़ी अपनी दोनों अनुजाओं पर।

हरण! उसका और उसकी अनुजाओं का हरण तो नहीं यह! वह सिहर उठी! दस्यु? लुटेरे? कहाँ से आ गये दस्युगण? और क्या हुआ वीरों से भरी हुई उस स्वयंवर-सभा का?

जैसे बिजली कौंधी हो! अम्बा ने त्वरित गति से यवनिका को एक ओर हटाया और रथ चालक से गरजकर पूछ उठी—"कौन हो तुम? लुटेरे? कहाँ से आये? कहाँ ले जा रहे हो हमें?"

"यह हस्तिनापुर का राजरथ है, राजपुत्री! आप निश्चिन्त रहें। आप और आपकी अनुजाएँ ससम्मान हस्तिनापुर ले जायी जा रही हैं।" रथ-चालक ने विनयपूर्वक किन्तु निर्विकार भाव से कहा।

हस्तिनापुर! वह जैसे आकाश से गिरी हो!

"किन्तु हस्तिनापुर क्यों?" अम्बा ने सूखे अधरों पर जिह्वा फेरते हुए पूछा।

"इससे अधिक मैं कुछ नहीं कह सकता, राजपुत्री, क्षमा करें।"

अम्बा तमतमा उठी।

"मेरे प्रश्न का उत्तर दो सारथी, अन्यथा....।"

तब तक कहीं से कुछ इंगित पा सारथी ने झटके के साथ रथ रोक दिया। अम्बा का धैर्य टूट चुका था। उसने यवनिका पट को पूरी शक्ति से बीच से चीर दिया। उसे ऐसा प्रतीत हुआ था कि रथ के अग्रभाग में सारथी के अतिरिक्त कोई

और पुरुष भी था। रथ रुकते ही उसे स्पष्ट बोध हुआ कि रथ से कोई कूदकर उतरा है। असमंजस में पड़ी अम्बा ने रथ के बाहर अपना एक चरण निकाला ही था कि बाहर घनघोर युद्ध में रत किसी योद्धा की बलशाली खंगधारी बाहु ने उसका मार्ग अवरुद्ध कर दिया।

''शान्ति से बैठी रहें, राजपुत्री! रथ से उतरकर भागने का कोई प्रयास सफल न होगा। युद्ध चल रहा है। कृपया चुपचाप रथ में पीछे बैठी रहें।'' एक गुरु-गम्भीर पुरुषस्वर गूँज उठा।

अम्बा हतप्रभ अवश्य हुई किन्तु दुर्बल नहीं पड़ी। वह यवनिका के ठीक बीच में आकर खड़ी हो चारों ओर देखने लगी। रथ के निकट एक गौरवर्ण, उन्नत ललाट वाला धनुर्धारी योद्धा खड़ा पीछे से आने वाली बाणवर्षा का अकेले ही सामना कर रहा था।

''मुझे हस्तिनापुर क्यों ले जाया जा रहा है?'' क्रोध से उफनती अम्बा ने उस योद्धा पर जैसे तीर छोड़ा।

योद्धा ने मुड़कर देखा। रक्ताम्बर में लिपटी, सोलहों शृंगार-युक्त राजकुमारी अम्बा! पूरे ललाट पर कुंकुम बिखर गया था। विशाल रक्ताभ कमलनयन! अम्बा ने योद्धा पर आग्नेय दृष्टि डाली। साक्षात् चण्डी!

''समय आने पर सब ज्ञात हो जाएगा। यह वार्ता का समय नहीं है। कृपया शान्ति से बैठ जाएँ।'' योद्धा ने एक साथ कई बाणों को धनुष पर रख शर-सन्धान करते हुए कठोर स्वर में कहा।

''मुझे आदेश देनेवाले तुम कौन होते हो?'' अम्बा ने बल देते हुए पूछा।

''शान्त! शान्त!! मैं हस्तिनापुर का देवव्रत भीष्म हूँ।''

अम्बा स्तब्ध रह गयी। किन्तु पुनः साहस संचय करने में उसे समय न लगा। बाणवर्षा करते हुए भीष्म पर वह सघन वाक्‌बाणों की वर्षा कर उठी।

''—तो महाभाग, आप ही हैं सुविख्यात ब्रह्मचारी भीष्म! किन्तु राजकुमारियों में आपकी रुचि कब से और क्यों जाग्रत हो गयी? क्या कामिनियों के फेर में भीष्म आज अपनी भीष्म-प्रतिज्ञा भूल बैठे? क्या पृथ्वी पर वीर पुरुष नहीं बचे? अथवा हस्तिनापुर के महाबली महाराजकुमार देवव्रत अब वीर पुरुषों का सामना करने से भय खाने लगे? असमर्थ और दुर्बल बालाओं और स्वयंवराओं पर बल दिखाकर, महाभाग भीष्म क्या सिद्ध करना चाहते हैं? अपनी सारी तथाकथित वीरता और शौर्य क्या निरीह किशोरियों की दिशा में मोड़कर ही स्वयं को महावीर सिद्ध करना चाह रहे हैं या कुछ और?''

युद्ध करते भीष्म अचानक चिहुँक उठे—''काशिराजपुत्री! संयम से काम लें। हस्तिनापुर का शान्तनुनन्दन देवव्रत कापुरुष कदापि नहीं। स्वयंवर-सभा में

उपस्थित समस्त नरेशों को चुनौती देकर मैंने काशिराज-पुत्रियों को उठाया है। सब राजाधिकारियों के सामने ले जा रहा हूँ। घोषणा करके ले जा रहा हूँ। रोक सके तो रोक ले कोई महावीर नरेश आगे बढ़कर मुझे। किन्तु कोई नहीं रोक पा रहा! वह देखें, शाल्वराज को भूलुण्ठित होते हुए!''

शाल्वराज! आँखों में अँधेरा छा गया। पाँव काँपे। और अम्बा रथ में अपनी अनुजाओं के पास अचेत-सी गिर पड़ी। अम्बा के नेत्रों में अपमान, क्षोभ, पीड़ा के मेघ घुमड़ आये। हाय री विवशता! हा असहायता! काश कि वह भी पुरुष होती! हा शाल्वराज! वे ऊँची उड़ानें! वे रंग भरे स्वप्नमहल! वे मधुर कल्पनाएँ! वे भविष्य के स्वर्णिम तोरणद्वार। सब ध्वस्त हो गया? क्षार-क्षार हो गया। सब धूल में मिल गया।

पीछे से बाणवर्षा थम चुकी थी। रथ झटके से चल पड़ा। अचानक मार्ग के दोनों ओर से भारी संख्या में अश्वारोही सैनिक निकल पड़े। भीष्म उन्हें देखकर अचम्भित हो उठे।

''दण्डनायक! तुम? तुम क्यों आये? तुम्हें तो हस्तिनापुर की रक्षा का दायित्व सौंपकर एक रथ लेकर मैं अकेला ही आ गया था। फिर मेरी आज्ञा का उल्लंघन क्यों किया तुमने? मेरे शौर्य पर किसको सन्देह हुआ?''

''महाराजकुमार! हम जानते हैं कि आप अकेले ही कितने भी भीषण युद्ध का सामना करने में समर्थ हैं, किन्तु राजमाता उद्विग्न थीं। चिन्तित थीं। उन्होंने हमें आज्ञा दी यहाँ आने की। उनको भी आप की शक्ति पर अटूट विश्वास है, इसीलिए उन्होंने हमें काशी की नगर-सीमा के बाहर रहने का आदेश दिया था।''

''किन्तु इसकी आवश्यकता क्या? जब मैं नगर के भीतर असंख्य क्षत्रियों को पराजित कर सकता था तो क्या मार्ग में सुरक्षित नहीं रह सकता था?''

''नहीं, महाराजकुमार गांगेय! राजमाता का यह तात्पर्य कदापि न था। किन्तु वे आशंकित थीं।''

''आशंकित! आशंका कैसी?''

''कि आपके युद्ध में संलग्न रहते, कहीं कोई राजपुत्री बचकर भागने में सफल न हो जाए।''

''असम्भव!''

''किन्तु महाराजकुमार! राजमाता महाराज विचित्रवीर्य के विवाह हेतु अत्यन्त चिन्तातुर हैं। अतः उन्होंने अधिक सावधानी उचित समझी।''

भीष्म का मुखमण्डल कठोर हो उठा। वे सब सह सकते थे, किन्तु अपने शौर्य पर सन्देह नहीं। उन्हें अपनी माता का सम्मान, अपना कुटुम्ब, अनुज आदि सब प्रिय थे। किन्तु अपने अजेय बल, पराक्रम, प्रतिज्ञा और ख्याति से अधिक प्रिय

कुछ न था। इसके लिए तो वे कुछ भी कर सकते थे। किन्तु कड़वाहट का घूँट पीकर रह गये। अश्वारोहियों से घिरा हुआ भीष्म का रथ हस्तिनापुर की ओर चल पड़ा।

अम्बा की व्याकुलता का पार न था। अब क्या होगा? भविष्य? कितना अँधेरा! अनिश्चितता, भय, आतंक! राजपुत्रियाँ एक-दूसरे से लिपटकर उच्च स्वर में विलाप कर उठीं! रथ दौड़ रहा था। काशिराज की तीनों पुत्रियों को हस्तिनापुर के राजमहल पहुँचाने हेतु रथ चला जा रहा था।

साथ में चला जा रहा था काशिराज-पुत्रियों का कातर कुररी-सा विलाप! हस्तिनापुर के राजमहलों में अपने लिए एक स्थायी सुदृढ़ स्थान बनाने को दृढ़ संकल्प था वह विलाप! नारी-मन का हाहाकार! नारी का रुदन! पछाड़ें खाती नारी का आर्त्तनाद पूरी शक्ति से चला जा रहा था हस्तिनापुर के राजमहलों में गहरे पैठ जाने को। स्थायी रूप से वहाँ बस जाने को!

वह राजमाता सत्यवती का प्रकोष्ठ था। अति विशाल और भव्य। किन्तु ऊँची भित्तियों और भारी यवनिकाओं के कारण वहाँ प्रकाश बहुत कम था। उस विशाल प्रकोष्ठ में किसी मनुष्य के अस्तित्व का आभास तक न हो पा रहा था, जबकि वहाँ एक नहीं, तीन मनुष्य उपस्थित थे। वे थीं काशिराज कोसल की तीन कौसल्याएँ। अम्बा, अम्बिका और अम्बालिका का वहाँ राजमाता से साक्षात्कार होना था। दबी-सहमी भीत-कपोती की भाँति तीनों राजकन्याएँ साँसें साधे राजमाता की प्रतीक्षा कर रही थीं। उनकी सुकुमार उपस्थिति को हस्तिनापुर की प्रचण्ड राजमाता के प्रकोष्ठ की ऊँची अँधेरी भित्तियाँ जैसे लील गयी थीं। सब कुछ निश्चल था।

धीरे से एक यवनिका के हटने की सरसराहट हुई कि राजपुत्रियों का हृदय-स्पन्दन बढ़ गया। सामने तीखे नाक-नक्श वाली, दीर्घ सुगठित श्यामल देहयष्टि की स्वामिनी राजमाता सत्यवती मुक्तामणि-जटित स्वर्णाभूषणों से सज्जित, श्वेत वस्त्रों में प्रकट हुईं। सबसे बड़ा आभूषण था, उनका अपूर्व आत्मविश्वास जिससे मुखमण्डल दमक रहा था। तो यही वे सुविख्यात निषादराज-कन्या मत्स्यगन्धा हैं जिनके कजरारे नयनों और लावण्य पर मुग्ध होकर महाराज शान्तनु अपनी सुधबुध गँवा बैठे थे? यही दाशराज-कन्या हैं जिनके कारण कुरुनन्दन शान्तनु एवं गंगा के सुयोग्य पुत्र देवव्रत राज्य एवं परिवार-सुख से वंचित हुए हैं? यही वह शक्तिशाली महिला है जिसके आगमन से कुरुकुल का कायाकल्प हो गया? इतिहास बदल गया? वंशावली के आधिकारिक पृष्ठ फाड़कर निकाल दिए गये और नये पृष्ठ जोड़ दिए गये! हस्तिनापुर के विशाल राज्य पर राजमाता सत्यवती का दबदबा था। उनका एकछत्र राज चलता था वहाँ। वे हर दृष्टि से परम भाग्यवती

थीं, क्योंकि उनका सौतेला पुत्र देवव्रत भी एक समर्पित मातृभक्त और परम आज्ञाकारी था।

राजमाता का आगमन होते ही जैसे एक सिहरन-सी प्रकोष्ठ में दौड़ गयी। उन्होंने आसन ग्रहण किया और तीक्ष्ण दृष्टि से राजपुत्रियों को परखते हुए उन्हें बैठने का निर्देश दिया। वे किसी की प्रतीक्षा कर रही थीं और तब तक का समय वे बारी-बारी से एक-एक राजपुत्री का नख से शिख तक आकलन करती रहीं। तभी एक पुरुष-आकार प्रविष्ट हुआ।

दीर्घकाय, गौरवर्ण, वृषभ-स्कन्ध और विशाल वक्ष पर मुक्ताहार से सुसज्जित लगभग पैंतीस वर्ष की आयु वाला वह सुदर्शन व्यक्ति और कोई नहीं, देवव्रत भीष्म थे। पौरुष का मूर्तिमान रूप! बाहुबली! महाबली भीष्म! वे राजमाता के निकट स्थित आसन पर बैठ गये। राजमाता एवं राजपुत्र की आयु में चार-पाँच वर्ष से अधिक अन्तर न रहा होगा। दोनों के मुखमण्डल पर सत्ता, आदेश एवं दृढ़ संकल्प के लक्षण स्पष्ट थे। नेत्रों में भी वही भाव था।

जब राजपुत्रियों का परीक्षण और आकलन पूर्ण हो गया, तब राजमाता के मुख पर मुस्कराहट खिंच गयी। वाणी में मिठास घोलते हुए उन्होंने तीनों को सम्बोधित किया।

''काशिराज-कोसल की राजपुत्रियो! कौसल्याओ! हस्तिनापुर में तुम्हारा स्वागत है। तुम यहाँ पूर्णतः सुरक्षित हो। निश्चिन्त रहो। दीर्घ यात्रा की थकान दूर हुई?''

उत्तर में सन्नाटा छाया रहा। धीरे से राजकुमारियों ने सिर हिलाकर 'हाँ' का इंगित किया।

''लगता है कि भलीभाँति विश्राम हो नहीं पाया अभी! शब्द तक नहीं निकल पा रहे तुम लोगों के मुख से!''—राजमाता ने बल देकर कहा।

''हम जानना चाहती हैं कि क्या हम हस्तिनापुर की बन्दिनी हैं?''—सहसा अम्बा ने पूछा।

राजमाता और देवव्रत चौंक पड़े। ऐसा सीधा-सपाट प्रश्न करने का दुःसाहस! राजमाता ने स्थिति सँभाली।

''नहीं, नहीं। तुम लोग तो हस्तिनापुर की सम्मानित अतिथि हो।''

''किन्तु हमें यहाँ क्यों लाया गया है?''—अम्बा का साहस बढ़ चला था।

राजमाता और भीष्म इस स्थिति के लिए कदापि तैयार न थे कि ये भीत-निरीह-राजपुत्रियाँ कोई तर्कसंगत प्रश्न कर सकती हैं। पुनः राजमाता ने स्थिति सँभाली। उनके नेत्र चमक उठे थे।

''क्यों? क्यों लाया गया है? क्योंकि राजकुमारी अम्बा, अम्बिका और

अम्बालिका कुरुवंश की कुलवधुएँ बनेंगी।''

राजकन्याएँ चौंक पड़ीं! भय-विस्फारित नेत्रों से उन्होंने एक-दूसरे को देखा! और वह...गंगा-तट पर आयोजित भव्य स्वयंवर-समारोह?

''कुलवधुएँ! बलात्? स्वयंवर मण्डप से हमारा हरण किया गया, यहाँ की कुलवधुएँ बनाने को?'' अम्बा के स्वर में क्षोभ था।

राजमाता और देवव्रत भीष्म हतप्रभ थे। ऐसा तो सदा-सदा से होता आया है। इसमें आश्चर्य क्या? पर कभी किसी नारी ने प्रश्न नहीं किये! झुककर स्वीकार ही करती गयी जो कुछ उस पर थोपा गया। एक पल को तो भीष्म को तीनों लोक घूमते-से लगे! विद्रोह! इतनी महती विजय के बाद भी क्या हस्तिनापुर नरेश विचित्रवीर्य को एक महारानी उपलब्ध न हो सकेगी? शंका-कुशंका के चलते भीष्म ने हाथ उठाकर अम्बा को समझाते हुए संयत करना चाहा।

''हरण कोई बुरी बात तो नहीं! राजपुत्री! वैवाहिक सम्बन्धों के सन्दर्भ में हरण एक मान्य प्रक्रिया है। इसमें अनुचित कुछ भी नहीं। स्वयंवर में सभी नरेशगण जाते हैं किन्तु समस्त राजाओं को परास्त करके कन्या का हरण किया जाता है, तो क्षत्रिय के लिए विद्वज्जन इसे ही उचित बताते हैं। राजपुत्री! नारी को रत्न की उपमा दी गयी है और रत्नसंग्रह हेतु किसी भी पद्धति का प्रयोग अनुचित नहीं।''

अम्बा पल भर को अवाक् रह गयी यह व्याख्या सुनकर। किन्तु तुरन्त ही सचेत हो गयी।

''स्वयंवर मण्डप से स्वेच्छा से अपने पति का वरण करनेवाली स्वयंवराओं को बलपूर्वक किसी को भी अपना पति स्वीकार करने को बाध्य करना अनुचित नहीं?'' अम्बा के नेत्र एकटक भीष्म के नेत्रों पर लगे थे। भीष्म की मीमांसा से वह चकित भी थी और क्षुब्ध भी।

भीष्म को इस तर्क-वितर्क से किंचित् विचलित होते हुए देख राजमाता ने स्वयं कमान सँभाल ली।

''महाराजकुमारी अम्बे! वंश की हानि होने की स्थिति में वंश-संवर्धन हेतु किए गये कई कार्य कई बार ऐसे होते हैं जो सामान्य रूप से अनुचित होते हुए भी स्थिति विशेष में उचित माने जाते हैं। वत्से! भरतवंश संकट में पड़ा है। तुम लोग अपने सहयोग से इसकी मुर्झायी वंश-लता में प्राण सींच सकती हो। यह पुनः पुष्पित-पल्लवित हो सकेगी। तुम लोग इसे वांछित फल प्रदान करोगी तो वंश को पुनर्जीवन मिल जाएगा।''

कहते-कहते अन्त में राजमाता का स्वर याचना में बदल चला। वे लगभग गिड़गिड़ा उठीं। अविश्वसनीय! राजमाता को इस प्रकार दुर्बल पड़ते देख उसे

सहसा विश्वास नहीं हो पा रहा था। किन्तु इससे उसका स्वयं का आत्मविश्वास और भी बढ़ गया।

"अर्थात्! भरतवंश की रक्षा हेतु काशिराज की कुल-कन्याओं को बलात् उठवा लिया गया! और अब उन्हें बलपूर्वक कुरु-वधुएँ बनाया जाएगा? कुरुवंश की वेदी पर उनके स्वप्न, उनकी आकांक्षाओं की बलि चढ़ेगी?"—अम्बा का स्वर ऊँचा उठ चला। उसमें तिक्तता बढ़ती जा रही थी।

स्थिति की गम्भीरता देखते हुए महाचतुर प्रशासक देवव्रत भीष्म ने सौम्यता का परिचय दिया। वे भलीभाँति जानते थे कि किस समय कठोरता और किस समय मृदुलता अपनानी चाहिए।

"नहीं-नहीं, राजपुत्री! यहाँ किसी प्रकार का भय अथवा आशंका कृपया मन में न रखें। किन्तु राजपुत्री! यह विवाद का समय नहीं। विवाद से अब कोई लाभ भी नहीं। जो होना था, वह हो चुका। अब आगे का विचार करें। यह न भूलें कि काशिराज कोसल की पुत्रियों का यह परम सौभाग्य है कि वे हस्तिनापुर लाई गयी हैं। यह न भूलें कि कुरुवंश एक अत्यन्त प्राचीन और महान् राजवंश है। स्मरण रखें कि भविष्य में इस गौरवशाली हस्तिनापुर राज्य की साम्राज्ञी एवं राजमाता के पद पर तुम ही तीनों में से कोई प्रतिष्ठित होने का गौरव पाएगी। हस्तिनापुर की शक्ति, ख्याति और विस्तार से राजपुत्रियाँ अनभिज्ञ तो नहीं?"

"तो क्या इसलिए बलशाली राज्यों को स्वेच्छाचारी आचरण करने और छोटे राज्यों पर अत्याचार करने की छूट है? क्या इसी शक्ति से मदमत्त होकर आततायी राज्य की भाँति, काशी जैसे छोटे राज्य पर आक्रमण कर हस्तिनापुर के राजकुल ने वहाँ की राजपुत्रियों का हरण किया। केवल इसलिए क्योंकि काशी हस्तिनापुर की तुलना में दुर्बल है, छोटा है?" अम्बा की कमान सी भवें और भी तन गयी थीं।

भयभीत अम्बिका और अम्बालिका ने अम्बा का हाथ धीरे से दबाकर उसे शान्त करना चाहा। राजमाता और भीष्म अम्बा के दुःसाहस से दंग थे। राजमाता ने तुरन्त मातृत्व का नेह भरा पासा फेंका।

"नहीं। इसलिए कदापि नहीं! बल्कि इसलिए हरण किया, क्योंकि काशी-नरेश की पुत्रियाँ अन्य सभी राजकुलों की कन्याओं से श्रेष्ठ हैं। इसलिए हरण किया क्योंकि तुम तीनों कौसल्याएँ सर्वथा इस कुल के योग्य हो। हमें तुम्हारी जैसी वधुएँ अपने पुत्र हेतु चाहिए, इसलिए विवश होकर तुम तीनों का हरण करना पड़ गया। वत्से! तुम एक उच्च राजकुल की पुत्रियाँ हो, अतः तुम ही एक अन्य उच्च राजकुल की पीड़ा और विवशता समझ सकती हो। कृपया इसे अन्यथा न लो।"

राजमाता सत्यवती ने समझाया तो, किन्तु अब उनका धैर्य टूटता जा रहा था। यह ज्येष्ठ कौसल्या, राजपुत्री अम्बा वाचाल है। तर्कपटु है। प्रगल्भ है। किन्तु वे भी तो कच्ची गोलियाँ नहीं खेलीं! किस तरह उन्होंने इतना महत्त्वपूर्ण और शक्तिशाली राज्य हथियाया, यह क्या किसी से छिपा है? कैसे हस्तिनापुर का राजसिंहासन अपने स्वयं के पुत्रों और उनके वंश हेतु सुरक्षित करवाया, यह कौन नहीं जानता? पहले महर्षि पराशर जैसे परम तपस्वी को लुभाकर अपनी मुट्ठी में किया, फिर महाराज शान्तनु को वशीभूत कर डाला। शान्तनु उनके रूप-लावण्य पर लुट गये। लुटे और झुके। झुके और झुकते गये। झुकते ही गये। तो भला ये सोलह-सत्रह साल की कच्ची वय की बालाएँ उनसे टक्कर ले सकती हैं?

भीष्म को इंगित कर उन्होंने मौन रहने को कहा। एक परम कुशल मनोवैज्ञानिक होने के नाते सत्यवती ने अब फिर पैंतरा बदला। इस घमण्डी ज्येष्ठ राजकन्या से बाद में निपटा जाए। पहले इन सहमी-सिकुड़ी, भयातुर कनिष्ठ राजपुत्रियों को ठिकाने लगाना उचित होगा।

सहसा वाणी में प्रेममिश्री घोलकर वे बड़े नेह से बोलीं—"राजपुत्री अम्बिके! राजपुत्री अम्बालिके! क्या कुरुवंश की महानता से तुम अनभिज्ञ हो? क्या कुरुवंश तुम्हारे उपयुक्त नहीं?"

राजपुत्रियाँ शीश झुकाकर मौन रह गयीं।

"बोलो राजपुत्रियो! क्या तुम अपने पिता के पास काशी लौटना चाहती हो? क्या वे अब बदली हुई परिस्थिति में तुम्हारे विवाह हेतु उपयुक्त वर खोज सकेंगे? क्या तुम अपने माता-पिता को समूचे संसार के सामने लज्जित करना चाहोगी?"

"नहीं! नहीं!" दोनों राजपुत्रियों ने घबराकर शीश हिलाया।

"क्या संसार में कहीं और तुम्हारा ठौर है?"

"नहीं नहीं।" घबरायी राजकुमारियों ने पुनः शीश हिलाया।

"तो राजकन्याओ! क्या कुरुवंश तुम्हारे उपयुक्त नहीं? क्या इस गौरवशाली प्राचीन राजवंश को तुम हेय समझती हो?"

"नहीं नहीं।" अम्बिका और अम्बालिका ने पुनः शीश हिलाया।

"अम्बिके! अम्बालिके! क्या मैं तुम्हारी माता के तुल्य नहीं? मेरे संरक्षण में रहने में तुम्हें आपत्ति है?"

अम्बिका और अम्बालिका ने सहमकर हौले से शीश हिलाया 'नहीं।' राजमाता सत्यवती की बाँछें खिल गयीं। गत कितने लम्बे समय से वे चिन्ता और तनाव में रहती थीं कि उनको पुत्रवधुएँ उपलब्ध नहीं हो पा रहीं। धन्य हो देवव्रत! तुमने आज मनोरथ पूर्ण कर दिया। देवव्रत पर उन्होंने प्रशंसा भरी दृष्टि डाली।

अपने पिता को दिया वचन भी पूरा किया। अब मेरे पुत्रों का वंश निरापद रूप से चल सकेगा। अपनी विजय पर मुस्कराहट से उनका मुखमण्डल अनोखी आभा से प्रदीप्त हो उठा।

अम्बा की करुण दृष्टि अपनी अनुजाओं पर लगी थी। वह हतप्रभ थी। बेचारी! असुरक्षित, असंरक्षित सहमी और भीरु! हा मेरी सुकुमार अनुजाओ! कहाँ भोलीभाली निरीह ये पन्द्रह और सोलह वर्षीय बालाएँ और कहाँ राजमाता सत्यवती के मँजे-मँजाये दाँवपेंच! कोई कैसे विरोध कर सकता है!

राजपरिवार में रहते-रहते साम-दान-भेद-दण्ड जैसे राजनीतिक उपायों का उचित समय पर उचित उपयोग वे नहीं कर सकेंगी तो कौन कर सकेगा?

तब तक आश्वस्ति की दीर्घ श्वास ले राजमाता ने कहा—"राजकुमारी अम्बे! अब तुम बोलो! तुम्हारे ऊपर कोई दबाव नहीं है। कोई किसी प्रकार की बाध्यता नहीं है। तुम स्वतन्त्र हो और अपनी इच्छा से वरण कर सकती हो। तुम स्वेच्छा से कुरुकुल-दीपक महाराज विचित्रवीर्य से विवाह कर सुख से जीवन-यापन कर सकती हो। कहो तुम्हें स्वीकार है?..."

"जो सदा से अत्यन्त दुर्बल रहे हैं, वे ही कुरुकुल-दीपक विचित्रवीर्य हैं, राजमाते?" अम्बा ने किंचित व्यंग्य से पूछा।

राजमाता की चिबुक क्रोध से थरथरा उठी किन्तु उन्होंने क्रोध पर नियन्त्रण पा लिया।

"वत्से! मानव-शरीर में व्याधियाँ और रोग तो लगते ही रहते हैं, किन्तु महाराज विचित्रवीर्य रोगी नहीं है। केवल दुर्बल हैं। हमारे ही राजवैद्य नहीं, दूर सुदूर राज्यों के निष्णात चिकित्सक उनके उपचार हेतु संलग्न हैं और अब शीघ्र ही महाराज विचित्रवीर्य की दुर्बलता जाती रहेगी। राजपुत्री अम्बे! क्या तुम हस्तिनापुर के महाराजाधिराज विचित्रवीर्य से विवाह करना चाहोगी?"

"कदापि नहीं!" तड़ाक् से अम्बा ने उत्तर जड़ा।

भीष्म चौंक पड़े। राजमाता पुनः हतप्रभ हुईं। वे 'ना' सुनने की अभ्यस्त नहीं थीं। उन्होंने नेत्र संकुचित कर अम्बा पर दृष्टि गड़ाते हुए किंचित् कठोर स्वर में पूछा—"क्यों?"

अम्बा ने उनको उत्तर न देकर भीष्म से कहा, "क्योंकि मैं मन से पहले ही किसी अन्य का पतिरूप में वरण कर चुकी हूँ।" अम्बा ने दो टूक शब्दों में उत्तर दिया।

भीष्म पुनः चौंक पड़े। राजमाता स्तब्ध रह गयीं। दोनों में परस्पर दृष्टि-विनिमय हुआ।

भीष्म ने अम्बा को आश्वस्त किया—"अहो! यह बात है, तो निश्चिन्त

रहो राजपुत्री! तुम्हारा विवाह उसी से होगा, जिसे तुम मन ही मन वर चुकी हो। कौन है वह भाग्यवान्?''

सहसा अम्बा के मुखमण्डल पर सूर्योदय हो उठा जैसे। लाज की लालिमा छा गयी। नेत्र झुक गये। वाणी में पीयूष घुल गया।

''महाराज शाल्वराज! मैंने मन से महाराज शाल्वराज का वरण किया है। उन्होंने भी मेरा वरण किया है। अब मैं किसी और को नहीं वर सकती।''

राजमाता के मुख पर विद्रूप हास्य तैर गया। किंचित् व्यंग्य से उन्होंने पूछा—''अहो! वही शाल्वराज जिसे हमारे पुत्र महाराजकुमार देवव्रत भीष्म ने काशी में अभी ही परास्त कर अपनी विजय-पताका फहरा दी थी?''

अम्बा उत्तर में केवल कठोर दृष्टि से राजमाता को देखती रह गयी।

पहले भीष्म घबरा गये थे कि कहीं उनकी योजना विफल तो नहीं हुई जा रही! अब उन्होंने सन्तोष की साँस ली। चलो, अच्छा हुआ कि एक बार में तीन राजकन्याएँ उठा लाये। कहीं केवल अम्बा का ही हरण किया होता तब तो समस्या जटिल हो गयी होती। फिर से कहीं किसी अन्य राज्य की राजकुमारियों को हरण करके लाना पड़ता, ताकि किसी भी भाँति विचित्रवीर्य का विवाह तो हो जाए और कुरुवंश आगे बढ़ सके। अब चिन्ता नहीं। तीन में से एक हाथ से निकल भी गयी तो क्या?. दो और तो हैं भरतवंश की कुलवधू बनने के लिए! योजना सफल हुई। भीष्म गद्गद थे। नीति सफल हुई। राजमाता हर्षित थीं।

महाराजकुमार भीष्म ने आदेश दिया कि राजकुमारी अम्बा को पूरे सम्मान के साथ मार्तिकावत के राजा शाल्वराज के पास पहुँचाया जाए। हस्तिनापुर के एक अधिकारी कुछ वरिष्ठ ब्राह्मणों को आगे करके राजकुमारी के साथ जाएँगे। दूसरी ओर राजपुत्री अम्बिका एवं अम्बालिका से महाराज विचित्रवीर्य के विवाह हेतु तैयारियाँ करने का भी आदेश दिया।

अम्बा के स्वप्न पुनः जीवित हो उठे। भग्न चँदोवे फिर से झिलमिला उठे। कल्पनाओं के तोरणद्वार सज गये। प्रीति-पगी धड़कनों ने पुनः हृदय में झूले डाल लिये। तन का पोर-पोर स्पन्दन से भर गया। रोम-रोम आह्लादित हो उठा। अन्ततः शाल्वराज से विवाह और सौभ विमान में ऊँचे से ऊँचा गगनविहार करने का उसका मनोरथ यथार्थ आकार लेने लगा।

अम्बा किन्तु, अपनी सीधी, सरल अनुजाओं के भविष्य हेतु निश्चिंत नहीं हो पायी थी। उनके लिए वह न केवल आशंकित थी बल्कि आतंकित भी थी। मानव मनोविज्ञान की चतुर खिलाड़ी राजमाता सत्यवती ने दोनों पर अपना पुरातन वशीकरण मन्त्र फेंककर अन्ततः उन्हें फँसा लिया था।

परन्तु अपने सुखद भविष्य हेतु अम्बा सर्वथा निश्चिन्त थी। अपहरण का

त्रास धीरे-धीरे क्षीण पड़ने लगा। शाल्वराज से उसके विवाह का राजमार्ग प्रशस्त हो गया था। अब कोई बाधा-विघ्न नहीं। उसे विवाह-मण्डप दिख रहा था। प्रतिपल उसका मन नयी से नयी वरमाला गूँथने लगा था। वरमाला की सुवास उसके तन मन से गहरी पैठी जा रही थी। अम्बा प्रसन्न थी। उत्फुल्ल थी। अम्बा के हर्ष को देखकर अम्बिका और अम्बालिका प्रसन्न थीं।

मार्तिकावत-शासक शाल्व की राजसभा उस समय संगीत से गुंजरित थी। नृत्य-समारोह की तैयारी थी जिसमें सुदूर दक्षिण राज्य की नर्तक-मण्डली अपना नृत्य कौशल प्रस्तुत करने को आतुर थी। तभी प्रतिहारी ने आकर अभिवादन किया।

"महाराज की जय हो। महाराज! हस्तिनापुर से कुछ आदरणीय विप्रजन तथा कुछ अन्य लोगों के साथ दूत सुपद्म पधारे हैं और आपसे कुछ निवेदन करना चाहते हैं।" प्रतिहारी ने कहा।

शाल्वराज चौंक पड़ा।

ह...ह...हस्तिनापुर से! किसी अप्रत्याशित संकट की आशंका से शाल्व काँप उठा। हस्तिनापुर! और वह प्रचण्ड प्रतापी देवव्रत भीष्म! उसे काशी का वह स्वयंवर का दिन स्मरण आ गया, जब उसकी करारी हार हुई थी, उसी दुर्दान्त योद्धा भीष्म के हाथों!

तो अब! अब क्या चाहता है वह? अपना दूत क्यों भेजा! सौभ विमान हेतु? आश्चर्य क्या! हर राजा मेरे सौभ विमान को मुझसे छीन लेना चाहता है। किन्तु अन्य नरेशों की बात अलग है परन्तु...वह भीषण भीष्म! यदि उसने सौभ माँगा तब तो अस्वीकार कर पाना असम्भव है। आक्रमण! युद्ध!...और भीष्म से! सूखे कण्ठ से किसी भाँति शाल्व की वाणी फूटी।

"उन्हें ससम्मान सभा में लाया जाए।" शाल्व ने प्रतिहारी को आदेश दिया।

कुछ ब्राह्मण तथा स्त्री-पुरुषों सहित दूत सुपद्म ने सभा में प्रवेश किया।

"मार्तिकावत् महाराज की जय हो। मैं हस्तिनापुर का दूत सुपद्म आप के नाम हस्तिनापुर के यशस्वी महाराजकुमार देवव्रत भीष्म का सन्देश लाया हूँ। कृपया उसे प्रस्तुत करने की अनुमति प्रदान करें।"

"क्या है सन्देश? अनुमति दी जाती है।"—शाल्व ने सूखे कण्ठ से कहा।

"महाराज! इन श्रेष्ठ आदरणीय ब्राह्मणजन के संरक्षण में काशिराज-पुत्री महाराजकुमारी अम्बा को हमारे महाराजकुमार भीष्म ने आपके पास भेजा है। ताकि आप उनसे विवाह कर उन्हें सौभाग्य-विभूषित कर सकें।" दूत सुपद्म ने विनयपूर्वक कहा।

शाल्व पुनः चौंक पड़ा। जैसे गाज गिरी हो उस पर।

''क्या? काशिराजपुत्री अम्बा! यहाँ? यहाँ क्यों आयी हैं? मेरा उनसे क्या सम्बन्ध? कैसी मूर्खता की बात कर रहे हो दूत! जिस राजकुमारी को भीष्म उठाकर ले गये थे, उसे मेरे पास भेजा है! विवाह हेतु! तुम समझ पा रहे हो कि कैसी अशोभनीय और लज्जास्पद बात कर रहे हो तुम? शाल्वराज को अपमानित करने का तुम्हें या राजपुत्र गांगेय को क्या अधिकार?''

यह क्या? कैसा कठोर निमर्म स्वर? क्या यह शाल्वराज हो सकता है? पीछे खड़ी अम्बा का हृदय शंका से धड़क उठा। वह काँपते चरणों से आगे बढ़ी और नेत्र झुकाये झुकाये बोली।

''महाराज शाल्व! मैं काशिराज की ज्येष्ठ पुत्री अम्बा आपका अभिनन्दन करती हूँ। महाराज! आप भलीभाँति जानते हैं कि मैं आपको मन से बहुत पहले ही पतिरूप में वरण कर चुकी हूँ तथा आपने भी मेरा वरण किया था। आपने मुझसे विवाह हेतु प्रस्ताव भी किया था। शाल्वराज! मैंने आप ही को सदा अपना पति माना है। आपका चिन्तन ही मेरे जीवन का मूलमन्त्र है। कृपया मुझे अपना कर मुझे यथोचित स्थान दें।''

सभा में सन्नाटा छा गया। अम्बा उत्तर की प्रतीक्षा में मौन हो नतशिर खड़ी रही। कितने क्षण बीत गये। उत्तर न पाकर अम्बा ने अन्ततः नेत्र उठाये और शाल्व की ओर देखा...तो देखती रह गयी।

शाल्वराज तो चुपचाप बैठा-बैठा अम्बा को देखता हुआ ढीठता से मुस्करा रहा था। उसके नेत्रों में सन्देह था। वितृष्णा थी। और भी न जाने क्या-क्या!

अम्बा को अपनी ओर देखते पा उसके चेहरे पर और भी गहरी मुस्कराहट छा गयी। बड़े व्यंग्य-मिश्रित स्वर में वह बोला।

''राजपुत्री! तुम तो स्वयंवर सभा से भीष्म के साथ चली गयी थी न! फिर क्या हुआ? सुमुखि! यहाँ क्यों आयीं? हस्तिनापुर में क्यों नहीं रहीं? भीष्म के साथ क्यों नहीं रहीं? क्या हुआ था हस्तिनापुर में?''

हा प्रभु! यह क्या अघटित घटा जा रहा है? अम्बा व्याकुल हो उठी।

''महाराज! मैं शपथ लेकर कहती हूँ कि मैंने आपको ही वरा है, मैं अन्य किसी की पत्नी नहीं हो सकती। महाराज! महाराजकुमार भीष्म ने हम तीनों बहनों का हरण अवश्य किया था, किन्तु अपने अनुज महाराज विचित्रवीर्य हेतु उन्होंने हरण किया था। किन्तु जब मैंने स्पष्ट शब्दों में बता दिया कि मैं किसी अन्य से विवाह नहीं कर सकती क्योंकि मैं शाल्वराज को पतिरूप में वरण कर चुकी हूँ तो राजमाता सत्यवती एवं महाराजकुमार भीष्म ने तुरन्त ही मुझे यहाँ भिजवाने की व्यवस्था करवा दी। शाल्वराज! मेरी दोनों अनुजाओं का विवाह महाराज

विचित्रवीर्य से होगा, किन्तु मैं केवल आपकी हूँ। मुझ पर विश्वास करें।''

शाल्वराज ठठाकर हँस पड़ा?

''विश्वास और तुम पर! मैं अनर्गल सुनने का अभ्यस्त नहीं हूँ। भीष्म को तुम्हें उठाते हुए मैंने स्वयं देखा था। भीष्म के स्पर्श के उपरान्त तुम्हारा दु:साहस इतना बढ़ गया कि तुम शाल्वराज की भार्या बनने का स्वप्न पाल रही हो? अब तुम दूसरे की हो चुकी हो। जाओ। भीष्म के साथ रहो। मुझे भीष्म से भय लगता है। यहाँ से जाओ। अपनी राजसभा और कुल को दूसरे की जूठन से मैं अपवित्र और दूषित न होने दूँगा। तुम कहीं भी चली जाओ, किन्तु यहाँ से जाओ!''

स्थिति ने गम्भीर ही रूप से लिया था। साथ आये विप्रदल के वरिष्ठ सदस्य ने स्थिति सँभालने हेतु शाल्वराज को समझाना चाहा।

''राजन्! एकाएक निर्णय पर न पहुँचें। राजकुमारी का कथन है कि आपने भी उन्हें वरा था। राजकुमारी ने भी आप ही को मन से वरा है। उनका कहना है कि वे हस्तिनापुर को आप के कारण ही त्याग कर चली आयी हैं। अत: राजेन्द्र! आप भलीभाँति ठण्डे मस्तिष्क से विचार करें। स्वयंवर से पूर्व ही अचानक जो कुछ घटित हो गया उसके कारण कुछ भ्रान्ति उत्पन्न हो गयी है। अपना भ्रम दूर करके, सन्तुष्ट होने के बाद राजकुमारी को अपनाइए।''

''असम्भव! विप्रवर! असम्भव। हस्तिनापुर में रह लेने के बाद इस राजकन्या को मैं कदापि नहीं अपना सकता। वहाँ राजकुमारी के साथ क्या घटित हुआ हो, इसको कौन जानता है? जनकनन्दिनी सीता तो अग्निपरीक्षा से पवित्र सिद्ध हो गयी थीं, तब भी क्या संसार ने उन्हें स्वीकार किया? मैं स्वयं तो सबको धर्म की शिक्षा देता रहता हूँ, और स्वयं ही अधर्म करूँ? स्वयं ही धर्मभ्रष्ट हो जाऊँ? वह भी एक नारी के कारण? एक परित्यक्त स्त्री के कारण? नहीं हो सकता। कदापि नहीं हो सकता यह! मैं संसार में उपहास का पात्र नहीं बनना चाहता, राजकन्ये! तुम यदि मुझे ही हृदय से चाहती थीं तो रथ से कूद क्यों नहीं पड़ीं? तुम तो बड़ी प्रसन्नता से, हर्ष से उत्फुल्लित होकर भीष्म के साथ गयी थीं। अब मुझे अधिक लज्जित मत करो। जाओ! कहीं और जाओ!''

अम्बा की आँखों के सामने अँधेरा छाया जा रहा था। तीनों लोक घूमे जा रहे थे। फिर भी किसी भाँति साहस जुटाकर वह करुण स्वर में गिड़गिड़ा उठी।

''महाराज! शाल्वराज! ऐसी बात न कहें। ऐसे आक्षेप न करें। मैं शपथ लेकर कहती हूँ कि मैं प्रसन्नता से भीष्म के साथ नहीं गयी थी। मैं भारी विपत्ति में पड़कर रोती-बिलखती गयी थी। असहाय और विवश होकर मुझे जाना पड़ा था क्योंकि मैं एक नारी हूँ। मैं भीष्म से युद्ध नहीं कर सकती थी। मैं निर्दोष हूँ। निष्पाप हूँ। मैं कहाँ जाऊँगी? मेरा कोई ठौर नहीं है। मुझ पर विश्वास करें!

मुझ पर विश्वास करें! शाल्वराज, मुझ पर विश्वास करें।''

''विश्वास? तुम्हारा? राजकुमारी अम्बे! मेरा अन्तःपुर महान्, श्रेष्ठ, पतिव्रता, साध्वी स्त्रियों का पावन, पुण्य आवास-स्थल है, तुम जैसी परित्यक्ता स्त्रियों का आश्रय-स्थल नहीं! यहाँ अपना समय व्यर्थ न गँवाओ! जहाँ जाना चाहो, वहाँ जाओ! राजपुत्री! अपना कोई और ठौर ढूँढ़ो और यहाँ से पधारो! जाओ। हटो यहाँ से!''

वज्रपात! वज्रपात! अम्बा कटे वृक्ष की भाँति गिरी अचेत होकर। साथ की महिलाएँ और धाय उसे उठाकर बाहर ले गयीं।

शाल्वराज ने आश्वस्ति की दीर्घ श्वास ली। निकट रखा मदिरा से छलकता चषक उठाकर कण्ठ उतारा और गरज उठा—''रंग में भंग कर दिया! कहाँ है नर्तक-मण्डली? बुलाओ! नृत्य प्रारम्भ हो!''

हस्तिनापुर में भीष्म कुछ अधिकारियों के साथ चर्चारत थे जब सुपद्म हाँफता हुआ वहाँ पहुँचा और बोलने की अनुमति माँगे बिना एक साँस में बोलता चला गया।

''महाभाग! महाराजकुमार! अनर्थ हो गया! भारी अनर्थ हो गया। शाल्वराज ने काशिराजपुत्री से विवाह करने का प्रस्ताव ठुकरा दिया। उन्होंने भरी सभा में राजकुमारी अम्बा का तिरस्कार किया। उनके चरित्र पर गम्भीर आक्षेप लगाये। उन्हें अपमानित कर उनसे राज्य के बाहर निकल जाने को कहा! महाराजकुमार! राजपुत्री अम्बा आघात सह न सकीं और मूर्च्छित होकर वहीं गिर पड़ीं। अब तो चेत आ गया है, पर वे अत्यन्त कुपित हैं! उनका वश चले तो समूचे कुरुकुल को भयंकर रूप से अभिशप्त कर सकती हैं।''

भीष्म विस्फारित नेत्रों से शून्य में ताकते रह गये। यह तो उन्होंने नहीं सोचा था कि ऐसा होगा।

''सुपद्म! क्या तुम सत्य कह रहे हो? तब तो यह सत्य ही बहुत बड़ा अनर्थ है! बहुत बड़ा अनर्थ हो गया। घोर अनर्थ हो गया।''

ऊपर से नीचे तक रक्ताम्बर में लिपटी, तभी वहाँ प्रचण्ड चक्रवात-सी वह आयी और भीषण शक्तिशाली तड़ित् सी कड़कड़ा उठी।

''और इस अनर्थ के मूल कारण तुम हो! भीष्म! तुम मेरे जीवन को नष्ट करने के दोषी हो। तुम घोर अपराधी हो। तुम अक्षम्य हो। तुम्हारे अपराधों के लिए तुम्हें कहीं क्षमा नहीं मिलेगी! दम्भी राजपुरुष!''

सब अवाक् थे। भीष्म से भला इस प्रकार की भाषा में कोई बोल सकता है? किसी को अपने कानों पर विश्वास नहीं हो रहा था। और यह मूढ़ अज्ञानी बालिका जिसकी वय सम्भवतः अठारह वर्ष भी नहीं हो पायी है, यह नहीं जानती

कि यह किस अनर्थ को निमन्त्रण दे रही है! भीष्म स्तब्ध रह गये। किन्तु स्थिति भाँपते ही उन्होंने उसे साधने का प्रयास किया।

"शान्त राजपुत्री! शान्त! जो तुम्हारे साथ हुआ है, वह सत्य ही निन्दनीय है। शाल्वराज को तुम्हारे साथ ऐसा व्यवहार नहीं करना चाहिए था। किन्तु राजकुमारी! मैंने तथा कुरु-परिवार ने तो पूरा सहयोग किया और तुम्हारी इच्छा जानते ही तुम्हें शाल्व तक पहुँचाने की व्यवस्था करवा दी थी। मेरा कोई दोष नहीं है। दोष है तो उस अदूरदर्शी शाल्व का जिसने तुम्हें पत्नी रूप में ग्रहण करना अस्वीकार कर दिया।"

"तुम दोषी हो भीष्म! तुम मेरे ही अपराधी नहीं, मेरी दोनों निरीह अनुजाओं के भी अपराधी हो। हम तीनों बहनें अपनी इच्छा से अपना-अपना वर चुनने जा रही थीं और तुमने हमें उस अवसर और मनोवांछित पति पाने के अधिकार से वंचित कर दिया। केवल इसलिए कि तुम्हारे अनुज को न कोई नरेश अपनी पुत्री विवाह में देना चाहता था, न कोई राजकन्या स्वयं उन्हें वरना चाहती थी! तुमने समूचे नारी-जगत का अपमान किया है। एक निश्चित प्राचीन परम्परा का अपमान किया है। नारीत्व का अपमान किया है। मेरे जीवन को नष्ट करने वाले स्वार्थी, धूर्त! तुम कभी सन्तोष से जीवन-यापन नहीं कर पाओगे। मैं यदि पुरुष होती तो तुम्हारा शीश कब का काटकर फेंक देती। किन्तु हा, हतभाग्या अम्बा! नारी होने के कारण ही तुझे इतना अपमान, लांछन और पीड़ा सहनी पड़ रही है।

"परिवार पाने की इच्छा हर मनुष्य, हर नारी की होती है। नारी में पतिप्रेम पाने की इच्छा होती है। भीष्म! मैं भी पत्नी और माता बनना चाहती हूँ। मैं चाहती हूँ कि मैं वंश स्थापित करूँ। तुमने मेरी भोली-भाली आकांक्षाओं का गला घोंट दिया अपने संकीर्ण और तुच्छ स्वार्थ के कारण। भीष्म! तुम अपराधी हो। प्रायश्चित करो! अब तुम मुझसे विवाह करो। ब्रह्मचारी होकर स्वयंवर-सभा में तुम्हारा पहुँचना उचित ही न था। अपने अयोग्य और दुर्बल भाई के लिए तुम्हारे द्वारा तीन राजकन्याओं का हरण करना केवल दर्प और अभिमान का परिचायक है। तुम्हारे कारण आज मेरी यह स्थिति हो गयी है कि मेरे लिए कोई स्थान नहीं बचा। माता-पिता के आश्रय में नहीं जा सकती! वहाँ नित्य अपने बन्धु-बान्धवों की ताड़ना सुनकर अपमानित जीवन बिताना पड़ेगा। जिसे मैंने अपना सर्वस्व मान लिया था, उसी शाल्वराज ने मुझे भरी सभा में तिरस्कृत किया। मैं कहाँ जाऊँ? मेरी यह दुर्दशा तुम्हारे कारण हुई है। केवल तुम्हारे कारण शाल्वराज ने मुझे ठुकराया, मेरे चरित्र पर लांछन लगाये। मुझसे विवाह करो, भीष्म! मुझसे विवाह करके अपने दोष का निराकरण करो। भीष्म! तुम मुझसे विवाह करो।" क्रोध, अपमान और पीड़ा से उफनती हुई अम्बा बिना साँस लिये निरन्तर धाराप्रवाह बोले जा रही थी।

"असम्भव! असम्भव! राजकन्ये! चाहे तारे टूट जाएँ, आकाश गिर पड़े, सूर्य-चन्द्र सदा के लिए अस्त हो जाएँ तो भी देवव्रत अपनी प्रतिज्ञा नहीं तोड़ सकता। भूलो मत राजकुमारी! मैंने आजीवन ब्रह्मचर्यव्रत पालन करने की शपथ ली है। यह भी मत भूलो कि अपनी इस शपथ के कारण अब संसार मुझे 'भीष्म' नाम से ही अधिक जानता है। काशिराज-पुत्री! मैंने आजीवन अविवाहित रहने की प्रतिज्ञा की है, अतः मेरा तुमसे विवाह करने का प्रश्न ही नहीं उठता।"

"तो सुन लो गांगेय! भलीभाँति सुन लो! अम्बा के जीवन को नष्ट करनेवाला कभी सुखी नहीं रहेगा। स्वार्थ और वंशमोह में पड़कर तुमने धर्माधर्म का भी विवेक नहीं रखा। अब अपने मरणासन्न कुल के संवर्धन करने की तुम्हारी लालसा कभी पूर्ण न हो सकेगी। अब से तुम जीवन भर सँभालते रहना अपने क्षार-क्षार होते वंश को। निरपराधी निरीह कन्याओं को दुःख पहुँचाने वाले शान्तनुनन्दन! स्मरण रखना, यह अम्बा तुम्हें छोड़ेगी नहीं। अम्बा अपने प्रति हुए अन्याय, अपमान और अत्याचार का प्रतिकार करके ही रहेगी, भले ही उसे इस उद्देश्य की पूर्ति के लिए कितने ही जन्म क्यों न लेने पड़ें। अम्बा को तभी शान्ति मिलेगी जब गंगानन्दन भीष्म का नाश होगा। भीष्म! जिस कुल की वेदी पर तुमने अम्बा को बलि चढ़ाया है, वह कुल कभी पनप नहीं पाएगा। उसे सँभालते-सँभालते तुम मृत्यु का वरण करोगे।"

यह कहकर अम्बा ने अपने मुख पर पड़ा रेशमी रक्ताम्बर हटा दिया। सब हकबकाकर खड़े हो गये, भीष्म के अतिरिक्त। सब विस्फारित नेत्रों से उसे देख रहे थे। भीष्म के विशाल नेत्र अपलक अम्बा के उस अद्‌भुत रूप को निहार रहे थे।

भैरवी! रक्ताम्बर में लिपटा सुकुमार स्वर्णगात! कमान-सी तनी भवें! भाल पर कुंकुम फैला हुआ! रूखी, घनी, दीर्घ, केशराशि फैली हुई। अश्रुधार से फैले अंजन ने उसके विशाल नेत्रों को और विशाल रूप दे दिया था। साक्षात् रणचण्डी!

"भीष्म! यह लो कुरुवंश द्वारा मुझे दिए गये उपहार। ये आभूषण।"— अम्बा गरजती हुई अपना एक-एक स्र्वणाभूषण तन से उतार-उतारकर भीष्म की ओर फेंकने लगी!

मुद्रिका! वलय! मेखला! कंकण! केयूर! नूपर! चन्द्रहार! मुक्ताहार! कर्णफूल! बाहुबन्द! टन्न्! टन्न्! छन्न! छन्न! छुन्न! छुन्न! आभूषण आ-आकर गिर रहे थे भीष्म के दायें, बायें, सामने, अंक में!

अन्ततः भीष्म विचलित हो खड़े गये। अम्बा ने एक भरपूर आग्नेय दृष्टि से भीष्म को घूरा। साक्षात् अग्निज्वाला! जैसे अभी भभक उठेगी। भभककर भीष्म को स्वाहा कर देगी। और जैसे झंझा की भाँति आयी थी, तड़ित-सी कड़कड़ा

कर, अम्बा वैसे ही धधकती-भभकती वहाँ से बाहर चली गयी।

नारी का ऐसा भयंकर रूप! रौद्र रूप! सब काष्ठवत् खड़े रह गये थे।

भीष्म ने दीर्घ श्वास ली और प्रतिहारी से कहा—"सिद्धकूट को तुरन्त बुलाओ।"

प्रतिहारी दौड़ता हुआ गया और सिद्धकूट दौड़ता हुआ आया। सिद्धकूट हस्तिनापुर राज्य के कठोर गुप्तचर संगठन का प्रमुख था। भीष्म की भवों में बल थे। भाल की रेखाएँ अधिक गहरी हो गयी थीं।

"सिद्धकूट! प्रतिदिन मुझे राजकुमारी अम्बा के विषय में जानकारी चाहिए। वे कहाँ जाती हैं, किससे मिल रही हैं, उनकी क्या योजना है, क्या चेष्टा है, इत्यादि की विस्तृत जानकारी मुझे प्रतिदिन मिलनी चाहिए। सिद्धकूट! तुरन्त जाओ और चारों ओर गुप्तचरों का जाल फैला दो। तुम्हारे गुप्तचर गूँगे, बहरे और अन्धे बनकर राजपुत्री अम्बा से सम्बन्धित सूचनाएँ निरन्तर एकत्रित करें। मुझे छोटी से छोटी सूचना भी मिलनी चाहिए।"

भीष्म उसके बाद से अम्बा का वह भैरवी-रूप भुला न पाते थे। दो बार अम्बा नववधू बनने चली।

दो बार सोलह-शृंगार किया। रक्ताम्बर! स्वर्णाभूषण! अंगराग! कुंकुम! कज्जल। पुष्पवेणी! उमंग! उल्लास! अनुराग!

किन्तु दुर्भाग्य! दोनों ही बार उस हतभाग्या किशोरी का वधूवेश छितर गया। कुंकुम से भाल रंजित हो गया। केश-शृंगार बिखर गया। पुष्प-वेणी भंग हो गयी।

दोनों ही बार अम्बा की नववधू बनने की मनोहर अभिलाषाओं पर तुषारपात हो गया। दोनों बार नववधू न बनकर, अम्बा बन उठी प्रतिकार की मूर्ति! स्वाभिमान की फरफराती ज्वाला! तेजोमय भैरवी-स्वरूपा! साक्षात् रणचण्डी!

किसके कारण?

स्तब्ध भीष्म एकान्त में बैठे-बैठे अहोरात्र मन्थन करते रहते।

यमुना-तट पर वह विराट वट-वृक्ष आश्चर्य-जनक रूप से विलक्षण था। उसकी असंख्य जटाओं में से अधिकांश ने, भूमि-स्पर्श होने से नयी जड़ों का रूप धारण कर लिया था। वे सभी जटाएँ श्रेष्ठ कलाकार द्वारा निर्मित सुदृढ़ स्तम्भ के समान थीं। वास्तव में ऐसा प्रतीत होता था, जैसे चतुर प्रकृति ने बड़े मनोयोग से एक विराट वट-प्रासाद ही बना दिया हो। क्या नहीं था उसमें? विराट स्तम्भ, द्वार, सिंहद्वार, वातायन, गवाक्ष, अलिन्द, प्रांगण, कंगूरे, झरोखे, झूले, हिंडोले! धूप, छाँव, प्रकाश और शीतल समीर! पक्षियों द्वारा संगीतमय कलरव, द्रुमदलों के मंजीर

और नूपुर! नृत्य करती सुकुमार शाखाएँ! यही नहीं! यदि कोई उस पूरे वट की प्रदक्षिणा करता तो उसे वह वट-प्रासाद या वटमहल न प्रतीत होकर पूरा वट-नगर जैसा लगता। कितनी बंकिम वीथिकाएँ! मार्ग, राजमार्ग, चतुष्पथियाँ, स्तूप, यज्ञ-स्तम्भ आदि सभी कुछ तो वहाँ था!

उस महावट की छत्रछाया में सदा से ही विशाल मुनि-समाज एकत्रित होता आया है। वहाँ सदा ही किसी न किसी महात्मा की वाणी गुंजरित रहती। धर्म की मीमांसाएँ होतीं। शास्त्रार्थ होते। प्रवचन होते। कभी नाम-स्मरण, कभी सामूहिक मन्त्रोच्चारण, तो कभी सामगान! वह सत्संग का महापावन स्थल था। महावट की हर जटा, जो स्तम्भ का रूप ले चुकी थी, उसके नीचे विराजमान तपश्चर्या में लीन हर सन्त भी अपने आप में समाज का एक सुदृढ़ स्तम्भ था। विपत्ति में पड़ा दु:खी मानव व्याकुल होकर उन ही मानव-स्तम्भों का अवलम्ब खोजता था। वे ज्ञान के स्तम्भ उसकी समस्या का निराकरण तुरन्त ही कर देते और इस प्रकार उन महामुनियों के कारण भटका हुआ मानव अपने जीवन का लक्ष्य पुन: पा जाता और शान्ति पाकर जीवन में पुन: आनन्द से धन्य हो जाता।

आज भी उस महावट के नीचे विशाल साधु समाज एकत्रित था। यहाँ से वहाँ तक काशाय वस्त्र लहरा रहे थे। किन्तु आश्चर्य! महाश्चर्य! आज वहाँ शास्त्रार्थ नहीं हो रहा था। धर्म की मीमांसा नहीं हो रही थी। न प्रवचन, न नामस्मरण! न सामगान,! न ही समवेत स्वरों में गगनभेदी मन्त्रोच्चारण! आश्चर्य! आज वहाँ महामौन छाया हुआ था!

महावट के नीचे एक विशाल किंकर्तव्यविमूढ़ मुनिसमाज मौन बैठा था। नतशिर! चिन्ता-ग्रस्त! मन्थनरत! ऊहापोह में गहरा डूबा हुआ! आज काष्ठवत् थी सन्तसभा! समस्त सन्तजन मूर्तिवत् थे!

उस गहन नीरवता को भंग किया एक दबी हुई सिसकी ने। नारी-कण्ठ से निकली वेदनाकुल सिसकी! मुनि-समाज में हलचल मच गयी। सभी साधुजन आगे की ओर झुककर या शीश ऊँचा कर उत्सुकता से उस ओर देखने का प्रयास करने लगे जहाँ सृंजयवंशी राजर्षि होत्रवाहन बैठे हुए थे।

सभी के मुख पर था—"चेत आ गया? मूर्च्छा दूर हो गयी? चलो ठीक हुआ, चैतन्य तो हो गयी।"

"किन्तु चैतन्य होने से तो यह हतभागा भारी क्लेश भोगेगी! अचेत होने से कम से कम दु:ख का आभास तो न था!" अकृतव्रण ने कहा।

जो अम्बा भीष्म पर एक साथ सौ-सौ दामिनियों-सी कड़की थी, वह साधु-समाज के आश्रय में पहुँचते ही टूट गयी। निराधार वल्लरी-सी उनके चरणों में गिर पड़ी। सृंजयवंशी राजर्षि होत्रवाहन को जब ज्ञात हुआ कि यह किशोरी

काशिराज की पुत्री है तो वे अपनी दौहित्री की दुर्गति पर बिलख पड़े!

काशिराज की पत्नी उनकी पुत्री थी और अम्बा उनकी दौहित्री! उसके साथ इतना सब घट गया!

"वत्से! चैतन्य हो जा! उठकर बैठ। देख ये समस्त ऋषि-मुनि तेरा कल्याण सम्पादन करना चाहते हैं। बेटी! तेरे पिता-माता यहाँ नहीं हैं, तो कोई बात नहीं! मैं तेरा मातामह, पूरी शक्ति से तेरा हित करना चाहता हूँ। निर्भय हो। निर्भय हो।" उन्होंने अम्बा के धूल-धूसरित केशों को सहलाते हुए कहा।

हताश, हारी, टूटी हुई अम्बा ने किसी भाँति अपने को उठाया और मातामह से टिककर बैठ गयी! कोई नहीं सोच सकता था कि यह वही रूपसी राजकन्या है जिसे पाने को कई राजपुत्र लालायित थे। संकट का झंझावात ऐसे वेग से चला था कि उसने अम्बा के पूरे व्यक्तित्व, जीवन, तन-मन को कुछ ही दिनों में पूर्णतः झकझोरकर रख दिया था। यह कृशकाय, दुर्बल, रोगिणी सी दिखनेवाली कन्या ही अम्बा है? निराभूषण! सूखे केश जटाबद्ध हो गये थे। मलिन वस्त्र और धूल-धूसरित तन! आश्रयहीन जीवन! लक्ष्यहीन जीवन! महलों में लाड़-प्यार से पली राजकुमारी अम्बा आज दर-दर भटक रही थी। भटकाव! भटकाव और भटकाव! करुणा की मूर्ति! नेत्रों में अथाह पीड़ा।

"वत्से! कितने दिन से निराहार है! सभी महात्मागण तेरे लिए चिन्तित हैं। तेरे स्वास्थ्य की उन्हें चिन्ता है। कुछ फलाहार कर लेगी तो हम सबको अपार सन्तोष होगा।"—होत्रवाहन ने एक हाथ उसके शीश पर फेरते हुए, दूसरे हाथ से उसकी ओर फल बढ़ाते हुएं अनुरोध किया।

अम्बा ने कातर दृष्टि से अपने मातामह को देखा। कई वरिष्ठ महात्माओं ने भी अम्बा से स्नेह से आग्रह किया कि कुछ आहार अवश्य ले। एक दीर्घ सिसकी पुनः निकल गयी अम्बा के कण्ठ से। अपने मलिन वस्त्र के आँचल से किसी भाँति उसने आँसू पोंछे। साधुओं को हाथ जोड़कर प्रणाम किया और कदली फल ग्रहण किया।

होत्रवाहन निरन्तर अम्बा के शीश को सहला रहे थे। उन्होंने सन्त-समाज के समक्ष अम्बा की विकट स्थिति प्रस्तुत की।

"साधुगण! महात्माओ! यह मेरी दौहित्री, काशिराज-पुत्री अम्बा, भारी विपदा के भँवर में फँस गयी है। जब इसने मुझे अपनी करुण कथा सुनायी तो मुझसे तो सुनी तक न जा रही थी। मुझे विश्वास नहीं हो रहा था कि इतने महान शक्तिशाली विद्वानों और सन्तजन से भरे-पूरे हमारे समाज में किसी अबला किशोरी के साथ ऐसी कष्टपूर्ण घटनाएँ ऐसे शृंखलाबद्ध रूप से घट सकती हैं! महानुभावो! विषम परिस्थितियों के कुचक्र से मेरी दौहित्री का उद्धार करें, यह मेरी आपसे

अनुनय है। इस सुकुमार, सदा उत्फुल्ल रहने वाली, सदा चहकने वाली, इस भोली बाला को ठीक स्वयंवर के मुहाने से, जब यह शाल्वराज को स्वेच्छा से अपना पति वरने ही वाली थी, भीष्म इसे और इसकी दो अनुजाओं को बलपूर्वक उठाकर ले गया। भीष्म इन तीनों को अपने अनुज हस्तिनापुर-नरेश विचित्रवीर्य की पत्नी बनाना चाहता था। दोनों अनुजाओं ने तो कोई राह न देख, विवश हो भीष्म का प्रस्ताव स्वीकार कर लिया। किन्तु अम्बा पहले से मन से शाल्व को अपने पति के रूप में वर चुकी थी और यह तथ्य उसने भीष्म को बता दिया। भीष्म ने इसे शाल्वराज के पास भेजा। किन्तु शाल्वराज, जो स्वयं पहले से अम्बा में अनुरुक्त था और मन से इसका वरण कर चुका था, नितान्त संवेदना-शून्य, धृष्ट, निष्ठुर तथा कापुरुष निकला। उसने अदूरदर्शिता से इसके चरित्र तक पर लांछन लगा दिये और अपने प्रति इसके प्रेम, समर्पण, भावना और आकांक्षाओं पर तुषारपात करते हुए इसे अस्वीकार कर दिया। वह कापुरुष है। भीष्म से भय खाता है। उसने इसे मँझधार में डाल दिया। निराधार कर दिया। इतनी कोमल वय, इतनी सुकुमार यह और इसके सामने दीर्घ जीवन विकराल दाढ़ें खोले बैठा है। यह कहाँ जाए? इसके सन्तोष हेतु क्या किया जाए? इसके जीवन को त्रासद-चक्र से मुक्त करें, इसके जीवन में पुनः हर्ष संचार हो सके, ऐसा कुछ उपाय आप ही सब विचार करके सुझाएँ! इसकी व्यथा देखी नहीं जाती! इसकी दारुण कथा सुनी नहीं जाती। इसके भविष्य को सोचकर मेरा तो हृदय काँपता है। कृपया आप विद्वज्जन विचार करें और इस बेचारी हेतु कोई कल्याणकारी मार्ग इंगित करें।''

समस्या गूढ़ थी। सन्तजन विचार करने लगे। अपना-अपना मत प्रस्तुत करने लगे। कुछ का मत था कि शाल्वराज दोषी है। उसने राजकुमारी को निराधार छोड़ा है, अतः उसे अम्बा से विवाह करने को बाध्य किया जाए। कुछ साधुगण चाहते थे कि भीष्म को बाध्य किया जाए, ताकि अम्बा कुरुकुल की वधू बन सके। बड़ी संख्या में ऋषि-मुनियों का विचार था कि अम्बा को अपने पिता काशिराज के पास लौट जाना चाहिए क्योंकि सुख में पति और संकट में पिता का ही आश्रय होता है। काशिराज अपनी उत्पीड़ित पुत्री के हित में उचित निर्णय लेने एवं उसका कल्याण करने में समर्थ हैं।

''क्या पिता के गृह में बन्धु-बान्धवों के बीच इसके लिए सम्मानपूर्ण जीवन व्यतीत कर पाना सम्भव हो सकेगा?''—होत्रवाहन ने संशय व्यक्त किया।

''सन्देह है। राजर्षि होत्रवाहन की शंका उचित प्रतीत होती है। वहाँ अम्बा को परिजनों के व्यंग्य सहने होंगे। निरन्तर ताड़ना का दुःख झेलना पड़ सकता है।''

अम्बा शीश झुकाये चर्चा सुन रही थी। उसने हाथ जोड़कर प्रार्थना की—

"साधुगण! आप मेरे कल्याण हेतु चिन्तित हैं, इसके लिए मैं हृदय से आभारी हूँ। किन्तु महात्माओ! मैं पितृगृह जाकर भी सन्तोष से जी न पाऊँगी। अतः, मैं संन्यास ग्रहण कर अब यहीं वन में जीवन-यापन करूँगी। यहाँ आप जैसे श्रेष्ठ मुनिजन का सत्संग प्राप्त हो सकेगा, उससे मेरा जीवन धन्य हो जाएगा।"

"नहीं राजकन्ये! ऐसा निर्णय उचित न होगा। वत्से! यह वन राजकन्याओं हेतु नहीं है। यहाँ कष्ट ही कष्ट हैं। यहाँ निर्जन में तुम्हें देखकर आने-जाने वाले अनेक राजागण तुमसे प्रणय याचना करने लगेंगे। राजपुत्री! यहाँ रहने से तुम्हारा संकट और भी बढ़ जाएगा। तुम अपने पिता काशिराज का ही आश्रय लो!" एक वरिष्ठ सन्त ने समझाया।

अम्बा ने सुनकर पीड़ा से दीर्घ श्वास ली और शीश झुका लिया। होत्रवाहन द्रवित हो उठे। उसकी मनोव्यथा वे समझ रहे थे। उसका अन्तर्द्वन्द्व समझ रहे थे।

"वत्से! तू निश्चिन्त रह। यदि पिता के गृह नहीं जाना चाहती, तो न जा। मैं तेरा मातामह हूँ। मैं तेरा दुःख दूर करूँगा। बेटी! तू महर्षि परशुराम की शरण में जा। परशुराम मेरे सखा हैं, मित्र हैं, सुहृद हैं। मेरे कहने से वे तेरा कल्याण अवश्य करेंगे। भीष्म पर यदि किसी का दबाव पड़ सकता है, तो वे केवल परशुराम ही हैं क्योंकि वे भीष्म के गुरु हैं। उनकी आज्ञा भीष्म टाल नहीं सकता। भीष्म ने उनकी आज्ञा न मानी तो परशुराम भीष्म का वध कर डालेंगे। वत्से! मुझे तो यही एक मात्र उपाय सूझ रहा है जिससे तेरे मन को शान्ति मिल सकती है और जिस विषम भँवर में तू फँस गयी है उससे तेरा उद्धार भी हो सकता है।"

अपने मातामह के सुझाव से अम्बा के मुखमण्डल पर जैसे जीवन संचार हो उठा। उदास नेत्रों में आशा की खोयी ज्योति लौट आयी।

"अकृतव्रण! तुम तो परशुराम के परम सेवक हो, तुम्हें ज्ञात होगा कि अभी उनका कहाँ वास है? क्या वे महेन्द्र पर्वत पर ही हैं? वे जहाँ भी हों, मैं अपनी दुःखिता दौहित्री को वहीं ले जाऊँगा। कहाँ हैं परशुराम?"—होत्रवाहन ने पूछा।

"महाभाग! आपको कहीं नहीं जाना पड़ेगा क्योंकि महर्षि परशुराम का आगमन दो-चार दिन में यहीं होनेवाला है। अतः यहीं उनकी प्रतीक्षा करना एवं भेंट करना उपयुक्त रहेगा।"

परशुराम के वहीं आने की सूचना से ऋषि-मण्डली में हर्ष और उत्साह छा गया एवं सब अधीरता से उनकी प्रतीक्षा करने लगे।

महर्षि परशुराम के आगमन से सभी के हृदय में आशा का संचार हुआ था। ऋषि समाज के समक्ष पहले कभी ऐसी विकट समस्या नहीं आयी थी, न ही ऐसी किसी समस्या के विषय में पूर्व में उन्होंने सुना ही था, जब किसी अविवाहित भोली कन्या के जीवन पर प्रश्नचिह्न लग गया हो। ऐसा प्रश्न कि जिसका उत्तर

ढूँढ़े न मिलता हो! अम्बा के कष्ट और संकट के कारण सभी दुःखी थे। एक एकाकी असहाय बाला के उद्धार हेतु सभी उत्सुक थे। सब चाहते थे कि उसका जीवन सुखपूर्वक, शान्त, संरक्षित और सुरक्षित हो।

परशुराम को होत्रवाहन ने अम्बा की कष्ट शृंखला का पूरा वृत्तान्त सुनाया कि किस प्रकार काशिराज द्वारा आयोजित स्वयंवरोत्सव से उनकी तीन पुत्रियों का भीष्म हरण कर ले गये। किस प्रकार वह शाल्वराज से विवाह करने उसके पास पहुँची और किस प्रकार वहाँ से वह अपमानित होकर लौटी। और अब वह कहीं की न रही।

परशुराम ने पूरा वृत्तान्त ध्यान से सुना और अम्बा से कहा—"वत्से! मैं तुझे भीष्म के पास भेजूँगा। उसे कुरुकुल में तुझे ग्रहण करना ही पड़ेगा। वह मेरी आज्ञा अवश्य मानेगा। यदि नहीं मानेगा तो मैं भीष्म का वध कर डालूँगा किन्तु यदि भीष्म के पास न जाना चाहे तो मैं शाल्वराज से तेरा विवाह करा दूँ? तू जैसा चाहेगी, वैसा ही होगा। तेरी दृष्टि से कौन तेरा बड़ा अपराधी है? शाल्व अथवा भीष्म? तू शाल्व से अभी विवाह करना चाहती है?"

"मैं तो बहुत पहले से शाल्वराज से विवाह करना चाहती थी। किन्तु जब मैं भीष्म के दुश्चक्र में फँस गयी और फिर भी उससे उबरकर हस्तिनापुर त्याग कर शाल्वराज के पास विवाह हेतु पहुँची, तब जो कुछ हुआ, महाभाग, वह अत्यन्त दारुण अनुभव रहा मेरे लिए। शाल्वराज, जिन्हें मैं पूरे मन-प्राण से चाहती थी, उन्होंने मेरे चरित्र पर सन्देह किया। मुझ पर लांछन लगाये। उन्होंने ऐसी बातें कहीं जो मैं मुख से कह भी नहीं सकती, किसी को बता भी नहीं सकती, जिनकी स्मृति-मात्र से मेरा हृदय जल उठता है।...

"महाभाग! किन्तु पूर्व में तो शाल्वराज मुझे वरण कर ही चुके थे और स्वयंवर में मैं उनका वरण कर लेती तो हमारा विवाह हो गया होता और मेरा जीवन निश्चित रूप से सुखमय होता। परन्तु उस चण्ड भीष्म ने मेरे सुन्दर से जीवन की कल्पना को क्षार-क्षार कर दिया। बसते-बसते मेरे नीड़ को उजाड़ डाला। मुझे आश्रयहीन, लक्ष्यहीन बना दिया। महर्षे! मेरा प्रमुख अपराधी वही चण्ड भीष्म है। आप उसका वध कर डालें। पूर्ण शक्ति से आप भीष्म का वध कर दें, तभी मेरे मन को शान्ति मिलेगी। इस घटना के बाद से मुझे इस दुर्बल नारी-जीवन से वितृष्णा हो गयी है, क्योंकि यदि मैं पुरुष होती तो भीष्म का वध स्वयं कर डालती। किन्तु विधाता ने मेरे साथ बड़ा क्रूर खेल खेला है जो मैं निरपराध होकर भी, अकारण ही भीष्म का अन्याय और अत्याचार सहने को बाध्य हो गयी हूँ, केवल इसलिए कि मैं एक स्त्री हूँ और स्त्री द्वारा शस्त्र उठाना संसार को स्वीकार नहीं!...

स हि लुब्धश्च नीचश्च जितकाशी च भार्गव।
तस्मात् प्रतिक्रिया कर्तुं युक्ता तस्मै त्वयानघ॥

"महाभाग! वह लोभी है नीच है। विजयोल्लास से परिपूर्ण है। अतः आप भीष्म से प्रतिशोध लें! जैसे इन्द्र ने वृत्तासुर को मारा था, आप भीष्म को मार डालें।" अम्बा का स्वर क्रोध से काँप रहा था।

परशुराम गम्भीरता से सुनते रहे और साथ-साथ मन्थन करते रहे। पुनः क्षत्रियों से युद्ध? परशुराम एक बार पहले भी तो क्षत्रियों का विकट संहार कर चुके थे। तब पृथ्वी राजाविहीन हो गयी थी और चारों ओर असुरक्षा के कारण त्राहि-त्राहि मच गयी थी। उस भीषण-क्षत्रिय-संहार हेतु उन्हें चारों ओर से कठोर आलोचना और निन्दा सहनी पड़ी थी। यहाँ तक कि ब्राह्मणों ने भी उनसे मुँह मोड़ लिया था। उस घोर रक्तपात और नरमेध के पश्चात् कोई ब्राह्मण उनसे प्रायश्चित की प्रक्रिया सम्पन्न कराने हेतु तैयार न हुआ था। पश्चिम सिन्धु तट पर एक विदेशी पोत टकराकर नष्ट हो गया था। परशुराम को उसी पोत में मृत पड़े विदेशियों का अन्तिम संस्कार कर, उन्हें चिता से पावन कर, पुनः जीवित कर उन्हें ब्राह्मण-धर्म में दीक्षित करने के बाद, उनसे ही अपना प्रायश्चित संपन्न करवाना पड़ा था। अब पुनः ब्राह्मण-क्षत्रिय युद्ध सामने खड़ा था। किन्तु अब ब्राह्मण समाज ने ही उनकी क्षत्रियों के प्रति विरोध या घृणा की भावना पर पर्याप्त प्रतिबन्ध लगा दिया था। भविष्य में पुनः परशुराम क्षत्रिय-संहार न कर बैठें, इसके लिए विप्र-समाज सचेत था। यही नहीं, परशुराम स्वयं भी सचेत थे।

अतः परशुराम ने अम्बा से कहा कि वे ब्राह्मणों की आज्ञा के बिना शस्त्र नहीं उठाएँगे। उन्होंने यह भी समझाया कि भीष्म अम्बा के लिए वन्दनीय है, तथापि उनके कहने से भीष्म अम्बा के चरणों को भी अपने शीश पर रख लेगा। विग्रह या दण्डनीति अपनाने से पहले परशुराम साम नीति के प्रयोग के पक्ष में थे।

युद्ध हेतु कुरुक्षेत्र श्रेष्ठ स्थान है। उन्होंने भीष्म को सन्देश भिजवाया कि उनके कार्य हेतु वे उनसे कुरुक्षेत्र में आकर मिलें और अम्बा व अपने साथियों सहित वे स्वयं भी कुरुक्षेत्र पहुँच गये।

कुरुक्षेत्र में दोनों की भेंट हुई। परस्पर अभिवादन हुआ एवं कुशलक्षेम पूछा गया। प्रशुराम ने सीधे-सीधे भीष्म से प्रश्न किया—"स्वयं तुम्हें पत्नी पाने की इच्छा नहीं थी, तो भी तुमने इस बेचारी का हरण किया! घर ले गये और फिर निकाल दिया? इस निरपराध को धर्मभ्रष्ट कर दिया।"

"धर्म से भ्रष्ट! ऐसा तो नहीं किया।" भीष्म ने आश्चर्य प्रकट करते हुए कहा।

"क्यों? तुम समाज के मान्य प्रमुखों में से एक माने जाते हो और स्वयं

भी अपने को ऐसा मानते हो, तो क्या तुम यह बात नहीं जानते थे कि तुम्हारे द्वारा स्पर्श कर लेने के बाद अम्बा को कोई अन्य स्वीकार नहीं करेगा? तुमने इसे स्पर्श कर लिया, इसलिए शाल्वराज ने इसे अस्वीकार कर दिया! भीष्म! तुमने भारी अपराध किया है। एक कन्या का सम्पूर्ण जीवन नष्ट कर डाला! उसे न पति मिल सका, न परिवार, न सन्तान-सुख, न समाज में सम्मान! यह सब किसके कारण हुआ? तुम्हारे ही कारण! अन्यथा यह तो स्वयंवर की वेला शाल्व को वर कर उसकी पत्नी हो जाती और इसका जीवन सुख और आनन्द में बीतता। तुमने इसे पति, परिवार के सुख से वंचित कर डाला। अपने संकीर्ण स्वार्थ हेतु! भीष्म! मैं आज्ञा देता हूँ, तुम अम्बा को ग्रहण करो!'' परशुराम ने गरजते हुए आदेश दिया।

''गुरुदेव! मुझे क्षमा करें। आप जानते हैं कि मैं यह नहीं कर सकूँगा। मैंने ब्रह्मचर्य-व्रत लिया है, यह सर्वविदित है। मुझे अविवाहित रहकर अपने कुल की सेवा और संरक्षण में सदा संलग्न रहना है, यह मैंने अपने स्वर्गीय पिताश्री प्रतीपनन्दन शान्तनु को वचन दिया था। गुरुवर! आप कुछ और आज्ञा दें, मैं अवश्य पालन करूँगा।''

''आश्चर्य! महाआश्चर्य भीष्म! एक किशोरी बाला का जीवन नष्ट करके भी तुम्हारे मन में लेशमात्र भी पश्चात्ताप नहीं हो रहा? तुम्हें ग्लानि नहीं हो रही? अथवा तुम अपने शौर्यबल के मद में चूर हुए जा रहे हो! तुम्हें अनुभव नहीं हो पा रहा कि एक कन्या तुम्हारे कारण निराधार होकर भटक रही है, अत: उस असुरक्षित, असंरक्षित बाला हेतु कुछ ऐसी व्यवस्था की जाए ताकि वह सुख, सम्मान और सुरक्षा पा सके? भीष्म! इसे कुरुकुल की वधू बनाओ, वैसे ही, जैसे इसकी दो अनुजाओं को अपने अनुज विचित्रवीर्य की वधुएँ बना रहे हो।''

यह सुनते ही भीष्म तमककर उठ खड़े हुए।

''असम्भव महाभाग! अब तो मैं वह भी नहीं कर सकता। जब राजपुत्री अम्बिका व अम्बालिका ने विचित्रवीर्य की पत्नी बनना स्वीकार कर लिया था, तभी यदि राजपुत्री अम्बा भी हाँ कह देती तो इन पर कोई संकट न आता। किन्तु इन्होंने स्वयं यह कहा कि ये शाल्वराज में अनुरक्त हैं, मन से उनका वरण कर चुकी हैं और सहर्ष वहाँ चली भी गयीं! ऐसी स्थिति में इन्हें विचित्रवीर्य की पत्नी कैसे बनाया जा सकता है? जिस स्त्री के मन में किसी अन्य पुरुष के प्रति अनुराग हो, वह तो सर्पिणी की भाँति होती है। ऐसी सर्पिणी को कोई भी जानबूझ कर अपने घर में नहीं लाता क्योंकि वह घर, कलह और क्लेश से टूट जाता है। अत: मैं इस सर्पिणी को अपने घर की वधू बनाकर कुरुकुल के सर्वनाश का कारण तो नहीं बन सकता।''

कहते-कहते भीष्म की दृष्टि अम्बा पर पड़ी। अम्बा के नेत्रों से चिनगारियाँ छूट रही थीं। क्रोध भरी गहरी उच्छ्वासें किसी भाँति फुफकारों से कम न थीं।

''इसका अर्थ, तुम मेरी आज्ञा नहीं मानोगे?'' परशुराम ने क्रोधित होकर पूछा।

''मैं आप का शिष्य हूँ। विनम्र हूँ, आप से अनुरोध कर रहा हूँ कि मुझ पर अनुग्रह रखें।'' भीष्म ने विनयपूर्वक कहा।

''तुम इसे ग्रहण करो। मेरे कहने से ग्रहण करो। यह पतिहीना है। असुरक्षित है। इसे संरक्षण दो, सम्मान दो, सौभाग्य दो।'' परशुराम ने आदेश दिया।

''असम्भव!''—भीष्म ने पूर्ववत् दृढ़ता से कहा।

परशुराम के क्रोध का पार न रहा। अनजाने ही उनका हाथ अपने परशु पर पहुँच गया।

''क्या चाहते हो भीष्म? युद्ध या कन्या?'' परशुराम ने ललकारकर पूछा।

''युद्ध, प्रभु! युद्ध।''—भीष्म ने पुनः दृढ़ स्वर में कहा।

''तुम समझ रहे हो न भीष्म, कि तुम युद्ध किससे करना चाह रहे हो?''

''परम पूज्य महर्षि परशुराम भार्गव से।'' भीष्म ने तुरन्त उत्तर दिया।

''जब-जब मैंने क्षत्रियों से युद्ध किया है, क्षत्रियों का भारी संहार हुआ है, यह मत भूलो कुरुनन्दन। पृथ्वी को क्षत्रियों से शून्य कर चुका हूँ, अतः मुझसे युद्ध करने का परिणाम पहले भलीभाँति सोच लो।'' परशुराम की खड़ी तर्जनी तक क्रोध-प्रकम्पित थी।

भीष्म हँस पड़े। सब हतप्रभ रह गये। भीष्म के नेत्रों में दर्प की अभूतपूर्व ज्योति चमक उठी।

''जब आपने क्षत्रियों का विकट संहार किया था, गुरुदेव! तब भीष्म नहीं था। भीष्म तो अब उत्पन्न हुआ है। महाभाग! अतीत काल की बातें भूल जाएँ। जिन पर आपने विजय पायी थी, जिन क्षत्रियों का वध करके आपने पृथ्वी को क्षत्रिय-रहित कर दिया था, वे तो घासफूस के तिनके थे, क्षत्रिय नहीं। वास्तविक क्षत्रिय से तो अब आपका सामना होगा। कुरुक्षेत्र में मैं ही आपके पुरातन दर्प का मर्दन करूँगा।'' भीष्म आत्मबल से छके हुए थे।

''भीष्म! तुम मर्यादा का उल्लंघन कर रहे हो!'' क्रोध से गरजते हुए परशुराम ने कहा।

''मैं आपका अनुचर हूँ महाभाग! किन्तु स्वाभिमान और भरतवंश की प्रतिष्ठा के सन्दर्भ में कृपया मुझे कुछ विपरीत करने को बाध्य न करें। अम्बा ग्रहण करने योग्य है अथवा नहीं, यह संशयग्रस्त विषय है, यह जानते हुए भी आप मुझसे न्यायोचित व्यवहार नहीं कर रहे भृगुनन्दन! अब युद्ध को ही निर्णय करने दें।''

''तो मुझसे युद्ध के लिए तैयार रह!''—परशुराम ने अपने परशु पर मुट्ठी

कसते हुए कहा।

भीष्म युद्ध के लिए तैयार थे। किन्तु उसके पूर्व उन्होंने एक बार हस्तिनापुर जाने की अनुमति माँगी ताकि वहाँ की समुचित व्यवस्था करके, निश्चित् होकर वे युद्ध हेतु लौट सकें, फिर युद्ध का परिणाम जो भी हो। साथ ही वे माता सत्यवती को भी भावी युद्ध की सूचना देकर, विजय हेतु उनका आशीर्वाद भी पाना चाहते थे।

नियत दिवस पर पुन: गुरु और शिष्य की भेंट कुरुक्षेत्र में हुई। भीष्म रथ पर थे और परशुराम पैदल। यह युद्ध-नियमों का उल्लंघन था। अत: भीष्म ने निवेदन किया कि वे इस प्रकार युद्ध नहीं कर सकते। परशुराम के तपोबल के तेज से जब उनके लिए भी रथ उत्पन्न हो गया तभी युद्ध प्रारम्भ हो पाया। वेदवेत्ता अकृतव्रण परशुराम के सारथी बने।

कुरुनन्दन भीष्म ने भृगुनन्दन परशुराम से अपनी विजय हेतु आशीर्वाद माँगा। परशुराम उनके शिष्टाचार से प्रसन्न हो गये किन्तु उन्होंने स्पष्ट शब्दों में कहा कि वे भीष्म को पराजित करने के लिए युद्धक्षेत्र में खड़े हैं, अत: भीष्म को विजय सूचक आशीर्वाद नहीं दे सकते।

युद्ध चला और अम्बा निरन्तर क्रुद्ध सिंहनी की भाँति हुंकारें भर-भरकर टहलते हुए युद्ध देखती रही। किन्तु वह युद्ध एक-दो दिन का न था। दूसरे दिन वह पद्मासन में बैठी युद्ध में परशुराम की सफलता हेतु प्रार्थना करती रही। अगले दिन वह दूर से खड़ी होकर उनका जयघोष करती रही। किन्तु परशुराम और भीष्म का युद्धं कितने ही दिन बिना किसी निर्णय के चलता रहा। जब-जब परशुराम को आघात पहुँचता, भीष्म विचलित हो उठते और पश्चात्ताप तथा ग्लानि से भरकर क्षात्रधर्म को धिक्कार उठते कि क्षत्रिय होकर उन्होंने एक धर्मात्मा ब्राह्मण को बाणों से पीड़ित कर दिया! परशुराम तो गुरु हैं! उन्होंने ही तो किशोरावस्था में भीष्म को चार प्रकार के धनुर्वेद की शिक्षा दी थी। आज शिष्य होकर भी अपने उन्हीं गुरु पर घातक अस्त्र-शस्त्रों से उन्हें प्रहार करना पड़ रहा है!

भीष्म को अष्ट-वसुओं ने प्रस्वाप दिया था जिसे परशुराम भी नहीं जानते थे। परशुराम मृत्यु को तो प्राप्त नहीं हो सकते। उन्हें कोई नहीं मार सकता। प्रस्वाप द्वारा उन्हें सुला देना ही उचित होगा। युद्ध में सोये हुए एवं मरे हुए को समान ही माना जाता है। बाद में सम्बोधन मात्र से उन्हें जगा लिया जाएगा। यही उचित है, सोचकर भीष्म ने जब प्रस्वापनास्त्र का प्रयोग करना चाहा तो देवता एवं पितृगण सचेत हो उठे। भयंकर कोलाहल मच गया। उनके मना करने पर भीष्म ने प्रस्वापनास्त्र एक ओर रख दिया।

इस विचित्र भयंकर और दीर्घ युद्ध से विचलित देवताओं एवं पितृगण ने जब परशुराम को युद्ध से विरत करने का प्रयास किया तो उन्होंने कहा कि वे भीष्म को युद्ध से निवृत करें, क्योंकि वे स्वयं पहले युद्ध से नहीं हटेंगे। किन्तु भीष्म ने भी अपने क्षात्रधर्म की दुहाई देते हुए कहा कि ऐसा करना उनके लिए सम्भव नहीं है। किन्तु नारदादि ऋषिगण ने युद्धक्षेत्र को घेर लिया और भृगुनन्दन से कहा कि यह युद्ध किसी निर्णय पर नहीं पहुँच सकता। क्योंकि भीष्म के लिए परशुराम अवध्य हैं और परशुराम के लिए भीष्म अवध्य हैं। अत: इस युद्ध का कोई लाभ नहीं होगा। अन्तत: पितृगण ने परशुराम से शस्त्र रखवा दिये एवं अष्टवसुओं ने भीष्म को परशुराम के निकट जाने का आग्रह किया। लोक-कल्याण की भावना को शिरोधार्य कर दोनों ही महान् योद्धाओं ने शस्त्र रख दिये।

यह क्या हुआ! अम्बा का हृदय आन्दोलित हो उठा। अब क्या होगा? फिर वही विराट-सा प्रश्नचिह्न उसके भविष्य को लीलने को विकराल दाढ़े फैलाकर सामने आ खड़ा हुआ। गत अपमान की अग्नि ठण्डी होकर भस्मवत् हो ही रही थी कि अचानक वह फिर से सहस्र जिह्वाओं से फरफरा उठी। अपमान! काशी में स्वयंवर सभा में अपमान! हस्तिनापुर में अपमान! शाल्वराज द्वारा अपमान। भीष्म द्वारा अपमान। घर-परिवार, बन्धु-बान्धव से त्याज्य, असुरक्षित, असंरक्षित, एकाकी, एक सत्रह-अठारह वर्षीय किशोरी! जो व्यावहारिकता से शून्य थी, सांसारिक प्रपंच से अनभिज्ञ थी। नितान्त निरीह, निश्छल, अबोध और सुकुमार बाला आज प्रतिशोध, प्रतिहिंसा और युद्ध जैसी कठोर प्रवृत्तियों से घिर गयी है। और उसका भविष्य? भविष्य के नाम पर सामने कुछ भी नहीं दिखता, सिवा धुन्ध के! गहरा धुन्ध! कोहरा सा, जिसमें उसकी पहचान खो गयी। अस्मिता खो गयी। अस्तित्व तिरोहित हो चला था।

"अम्बे! वत्से! तूने देख लिया कि मैंने तेरे कहने पर पूरी शक्ति से युद्ध किया किन्तु भीष्म अजेय है। यदि तेरी कोई और इच्छा हो तो बता, मैं उसे अवश्य पूर्ण करूँगा। अन्यथा तू जहाँ जाना चाहे, चली जा, इससे अधिक मेरा सामर्थ्य नहीं। वत्से! तेरा हित इसी में है कि तू भीष्म की शरण ले।" लम्बी लम्बी उच्छ्वासें भरते हुए परशुराम ने अम्बा से कहा।

तीनों लोक घूम गये। कुछ पल को अम्बा स्तब्ध रह गयी। पराजय? नहीं!

"नहीं भृगुश्रेष्ठ! भीष्म की शरण में तो मैं कभी नहीं जा सकती क्योंकि मेरी भी प्रतिज्ञा है कि मैं भीष्म का नाश करूँगी। अत: अब मैं ऐसे स्थान पर जाऊँगी जहाँ ऐसी बन सकूँ कि समर-भूमि में भीष्म को मार गिराऊँ। आप लोग मेरी चिन्ता छोड़ दीजिए। मैं स्वयं अपनी राह खोजूँगी। अब मैं स्वयं अपने निर्णय

लूँगी।'' और तुरन्त वहाँ से उठकर वह सघन अरण्यों में चली गयी।

अब ठीक है। अब अम्बा की ओर से चिन्ता नहीं। अब और भीष्म पर उसके आरोप-आक्षेप नहीं होंगे। भीष्म ने निश्चिन्तता की साँस ली। परशुराम कुछ नहीं बिगाड़ पाये भीष्म का! अम्बा को उत्तम पाठ सीखने को मिला। किन्तु फिर भी, सावधानी अपेक्षित है! भीष्म हस्तिनापुर लौट आये और आते ही तुरन्त सिद्धकूट को आदेश दिया कि कुछ समझदार और कुशाग्र-बुद्धि गुप्तचरों को राजकुमारी अम्बा के पीछे भेजा जाए एवं उसकी हर गतिविधि एवं चेष्टा तुरन्त ही उन्हें सूचित की जाए। और इस प्रकार भीष्म कहीं न कहीं से उस हतभागी कन्या के दुर्भाग्यपूर्ण जीवन में जुड़े रहे। उसके समाचार वे नित्य-प्रतिदिन पाते रहे।

विकलमना अम्बा निराश्रिता हो सघन अरण्यों की शरण में चली गयी। समझ न पा रही थी क्या करे। अपमान से दग्ध हृदय उसे चैन न लेने देता। कभी भीष्म की अहंकार-युक्त वाणी कानों में गूँजती, तो कभी शाल्वराज की धृष्टता भरी मुस्कराहट आँखों के सामने घूम जाती! कभी स्वयंवर की वेला याद आती, जब वह सोलहों शृंगार से युक्त हो अपने सम्भावित स्वप्नमय भविष्य पर स्वयं ही मोहित हुई जा रही थी और फिर उसे याद आती हस्तिनापुर की प्रचण्ड कठोर राजमाता! दोनों अनुजाओं के साथ उसका स्वयं का भीष्म के रथ में कातर-कुररी का दारुण विलाप! तो क्या नारी इतनी विवश है? परवश है? अपमान, तिरस्कार भोगने के लिए है? इस पक्ष पर पहले क्या किसी का ध्यान नहीं गया? क्यों? पुरुष बल का प्रतीक? और नारी दुर्बलता की! किसने ऐसा विधान बनाया होगा? क्यों बनाया? स्त्री को सैन्य-प्रशिक्षण क्यों नहीं? पुरुष ही क्यों योद्धा है? मैं नारी हूँ, तो क्या इसलिए कभी अपने प्रति हुए अन्याय का प्रतिकार नहीं कर पाऊँगी? दुर्भाग्य! क्यों किया गया ऐसा पक्षपात? भेदभाव? तो क्या मुझे नारीतन त्यागना होगा? पुरुष-रूप पाना होगा? कैसे?

कैसे भी! अब किन्तु-परन्तु की विवेचना नहीं। अब एकमात्र उद्देश्य स्पष्ट दिख रहा है। भीष्म का वध! और उस हेतु पुरुष-तन प्राप्त करना होगा। जब किसी को दुःख देना होता है तो शायद विधाता उसे स्त्री बना देता है। विधाता! क्यों मुझे दुःख देने को नारी बनाया? मैंने तो किसी का कभी अहित नहीं किया! अम्बा फूट-फूटकर रो पड़ती।

रात-रात भर अम्बा का हाहाकार उन घने अरण्यों में गूँजता रहता। चीतल और कृष्णसार-मृग विलाप कर उठते। पक्षी फड़फड़ा उठते। वे परस्पर एक-दूसरे से कहते कि किसी एकाकी पक्षिणी के कोमल तन को कई सारे बहेलियों ने एक साथ कई तीरों से बींध दिया है। और फिर अनायास—'कहाँऽऽकहाँऽऽ'' की

व्याकुल पुकारें वृक्षों पर से गूँज उठतीं।

कहने वाला इंगित करता अम्बा की ओर—"देखो वह पड़ी है जीवन से शून्य तन लिये, मृतप्राय।"

"कहाँऽकहाँऽऽकहाँऽऽ?"....घने वनों में पुकारों का कोलाहल और ऊँचा उठ जाता।

साथ ही ऊँचा उठ चलता अम्बा का कातर क्रन्दन। भयभीत पक्षिणियाँ अपने पाँखों के नीचे शावकों को दुबका लेतीं। जैसे नीचे धूल में पड़ी अम्बा का नीड़ उजाड़ दिया गया, कहीं कोई हमारा नीड़ भी न उजाड़ दे! नर-पक्षी तुरन्त सावधान होकर अपने-अपने नीड़ का पहरा देने लगते।

पत्ता भी खड़कता तो सब चौकन्ने हो जाते। बहेलिया? कहाँऽऽकहाँऽऽ-कहाँऽऽकहाँऽऽ...वृक्षों से पुकारें उठतीं और समूचे वन प्रान्त में गूँज जातीं। बुद्धिमान पशु-पक्षी व्याख्या करते कि एक दरिद्र बहेलिया एक ही तीर मारता है। वह भी अपने भूखे बच्चों का पेट भरने के लिए। किंतु राजवंशी, उच्च कुल के बहेलिया कई-कई तीरों से बींधते जाते हैं, बींधते जाते हैं! तन को, मन को, जीवन को और फिर सर्वस्व लील जाते हैं! और मूँछों पर ताव देकर प्रसन्न होते हैं कि हमने उच्च परम्परा का निर्वाह किया! ऊँचे आदर्श के मापदण्ड स्थापित किये। हम जो चाहें, कर सकते हैं। हम समर्थ हैं! सबल हैं! पुरुष हैं! हम ही सब कुछ हैं!"

कई दिन तक अम्बा दिग्भ्रमित स्थिति में रही। और मन को सुदृढ़ करके उसने एक दिन संकल्प ले लिया तपस्या का। कठोर तपस्या का। तपस्या करके वह इतनी शक्तिशाली होना चाहती थी कि स्वयं ही भीष्म का वध करके अपने प्रति हुए अन्याय का प्रतिकार कर सके।

यमुना के तट पर अम्बा की तपस्थली थी। उसने भोजन छोड़ दिया! केवल वृक्ष से अपने आप झड़ा हुआ पत्ता खाकर रह जाती! धीरे-धीरे वह भी छोड़ दिया। निराहार रहते अत्यन्त कृशकाय और दुर्बल हो गयी। सुन्दर केश जटाबद्ध हो गये। फिर जल भी छोड़ दिया। केवल वायु का सेवन करती रही। यमुना के जल में खड़ी रहकर दिन-रात तपस्या करती। फिर मात्र अँगूठे के बल खड़ी रहकर तपलीन रही। कितने ही सन्त-महात्मा एवं क्षत्रिय समाज के प्रमुख आते। उसे समझाते। ऐसी घोर तपस्या से विरत करने का प्रयास करते। किन्तु अम्बा दृढ़-संकल्प थी। भीष्म का वध करने की उसने भीष्म-प्रतिज्ञा की थी और उस प्रतिज्ञा को पूर्ण करने के लिए अम्बा संकल्प की दृढ़ता में भीष्म से कहीं भी कम न थी। वह भीष्मा हो गयी थी।

प्रतिज्ञा की भीष्मा!

ईश्वर से अहोरात्र प्रार्थना करती रहती मुझे पुरुष बना दो! मैं भीष्म का वध

करूँगी! मुझे पुरुष बना दो!

हस्तिनापुर में उस दिन विजयोल्लास का उत्सव मनाया जा रहा था। क्योंकि भीष्म परशुराम से अपराजित लौट आये थे। राजमाता सत्यवती ने भीष्म की थाल भरे दीपकों से आरती उतारी थी। महल में चारों ओर चहल-पहल थी और नृत्य संगीत गूँज रहा था। भीष्म उत्सव का शुभारम्भ करके प्रसन्न-मुख से वरिष्ठ अत्मायों से अभिनन्दन स्वीकार कर रहे थे। तभी उनके विश्वासपात्र गुप्तचर-प्रमुख सिद्धकूट का आगमन हुआ।

"महाराजकुमार की जय हो!"

"आओ, सिद्धकूट! आज के विजयपर्व में तुम्हारी भागीदारी हुई या नहीं? केवल कर्त्तव्य ही निभाते रहे? कभी साथ में आनन्द का भी आस्वादन किया करो! कहो, सब ठीक तो है?"

"महाराजकुमार! महत्त्वपूर्ण सूचना है।" सिद्धकूट ने उपस्थित अधिकारियों पर संशय की दृष्टि डालते हुए कहा।

"अब, तुम कोई सूचना दोगे तो वह विस्मयकारी तो होगी नहीं! न ही उससे संकट का आभास हो सकता है। अब तो सारा झमेला निपट गया। निश्चिन्त रहो। निर्भय होकर कहो। क्या सूचना लाये हो?" मुदित-मुख भीष्म ने पूछा।

"महाभाग! काशिराजपुत्री राजकुमारी अम्बा ने कठोर व्रत ले लिया है। उन्होंने महाराजकुमार के वध की कामना से शक्ति-संचय हेतु कठोर तपस्या का संकल्प ले लिया है। वे तपस्या कर-करके शरीर को सुखाकर अत्यन्त क्षीण एवं दुर्बल हो चली हैं।"

भीष्म स्तब्ध थे! उनका मुख सहसा निरतेज हो गया।

"यह...यह क्या कह रहे हो...?" भीष्म को विश्वास नहीं हुआ।

"सत्य है महाभाग! वे अँगूठे के बल पर निराहार खड़ी हैं। तपस्वियों ने, महात्माओं ने कितना समझाया, विभिन्न राजकुलों के भी कई सदस्य वहाँ पहुँचे। किन्तु राजकुमारी अपने निर्णय पर अडिग हैं। वे कहती हैं, कि वे तपस्या करके पौरुष प्राप्त करेंगी और स्वयं ही महाराजकुमार भीष्म का वध करेंगी। राजकुमारी कहती हैं कि वे अम्बा नहीं, वे भीष्मा हैं!"

"भीष्मा?" भीष्म के सूखे मुख से क्षीण-सा काँपता हुआ शब्द निकला।

तपस्या का संकल्प! कठोर तपस्या! घने अरण्यों में! वह स्वर्ण-सुन्दरी और कठोर तपस्या! वह स्वप्न-सुन्दरी-सा कोमल गात और निराहार व्रत! क्या यह सत्य हो सकता है? यह क्या हो गया?

भीष्म का हृदय काँप उठा। सहसा आँखों में अँधेरा छाने लगा। उनके हाथ काँप रहे थे और सम्पूर्ण तन पर स्वेद-बिन्दु छलछला आये। देखते-देखते भीष्म अचेत हो गये।

सनसनी फैल गयी। अमात्य, मन्त्री, अधिकारी सब घबरा गये। भाग-दौड़ मच गयी। महाराजकुमार भीष्म सहसा मूर्च्छित हो गये। राजवैद्य कहाँ? वैद्य बुलाओ! चिकित्सक कहाँ? चीत्कारों-पुकारों-गुहारों से विजयोत्सव के रंग में भंग हो गया। राजमाता सत्यवती को सूचना दी गयी। वे निश्चल रह गयीं!

सुध-बुध गँवाये दौड़ पड़ीं भीष्म के प्रकोष्ठ की ओर। यह कैसा अनर्थ! भीष्म तो हस्तिनापुर राज्य का मूलाधार है! वही तो आधार-शिला है। भीष्म और हस्तिनापुर एक हैं। यह क्या होने जा रहा है? वे भागती-दौड़ती भीष्म के निकट आयीं। वैद्य और चिकित्सकों की भीड़ लगी थी।

तड़ित् गति से यह संवाद पूरे नगर में फैल गया। महाराजकुमार भीष्म और अस्वस्थ? उनके बलिष्ठ और महाशक्तिशाली शरीर को देखकर उनके अस्वस्थ होने की कभी कोई कल्पना भी न कर पाता था। राज्य चिन्ता के सागर में डूब चला। अवसाद के मेघ घिर आये। बीचबीच में एक शंका कौंध जाती। कहीं वह अम्बा का अभिशाप तो नहीं!

राजवैद्यों और चिकित्सकों की सेवा से भीष्म का चेत लौट आया किन्तु उनके मन का विषाद किसी भाँति दूर नहीं हो पा रहा था। वे ग्लानि में डूबे नतशिर एकान्त में बैठे रहते। जीवन का उत्साह चला गया। आहार से अरुचि हो गयी। यह सुनकर देवर्षि नारद आये। महर्षि व्यास आये। सब ने भीष्म को समझाया।

"भीष्म! अम्बा के प्रकरण में स्वयं को दोषी मत समझो. विषाद त्याग दो। जो होता है, ईश्वरीय योजना से होता है। दैव के विधान को पुरुषार्थ के द्वारा कौन टाल सकता है?"

न विषादस्त्वया कार्यो भीष्म काशिसुतां प्रति।
दैवं पुरुषकारेण को निवर्तितुमुत्सहेत्॥"

भीष्म ने उनके उपदेश को आत्मसात् अवश्य किया। ऊपर से वे सामान्य दिखते थे किन्तु मन की गहराई में एक घाव बना ही रह गया जो रह-रहकर टीस उठता।

काशिराज-पुत्रियाँ अम्बिका और अम्बालिका अपनी अग्रजा अम्बा के लिए सदा ही दुःखी रहती थीं। उन्हें ज्ञात हुआ कि अम्बा ने कठोर तपस्या करके अपना तन सुखाना प्रारम्भ कर दिया है, तो वे रो पड़ीं! 'अग्रजे! क्या-क्या अन्याय और अनर्थ न हुआ तेरे साथ! कितु इतनी कठोरता स्वयं ही अपने साथ क्यों?' अम्बिका और अम्बालिका के विलाप से हस्तिनापुर के राजमहल की भित्तियाँ थर्रा उठीं!

अम्बा की कठोर तपस्या निर्बाध रूप से वर्षों चलती गयी। उसे न दिन का भान होता, न रात का। संकल्प की धनी अम्बा झुकने वालों में से नहीं थी। उसकी लड़ाई अब आरपार की लड़ाई थी। यमुनातट छोड़कर वह वत्स देश के तीर्थस्थलों का पुण्यलाभ करने वहाँ चली गयी।

उधर हस्तिनापुर के नरेश महाराज विचित्रवीर्य को राजयक्ष्मा ने ग्रस लिया। दिन पर दिन यह महाव्याधि विकट रूप से बढ़ती गयी। एक से एक श्रेष्ठ वैद्य और चिकित्सक असफल हुए जा रहे थे। रोग था कि ठीक होने का नाम ही न लेता। राजमाता का दुःख बढ़ता जाता। भीष्म की चिन्ता बढ़ती जाती। राजमहल पर जैसे अवसाद के घने बादलों ने स्थायी रूप से डेरा डाल लिया था। अम्बा का अभिशाप?

अम्बा तपस्यारत थी। कितने-कितने माहों तक वह जल-ग्रहण न करती। तपस्या में किंचित् भी व्यवधान न हो पाए, इसके लिए वह अतिशय सचेत थी क्योंकि उसे तपोबल के आधार पर ही पुरुष बनना था। और उसी के बल पर भीष्म का वध करना था। उसे और कुछ स्मरण न आता। कभी-कभी अपनी दोनों अनुजाओं की अवश्य याद आती। अम्बिका, अम्बालिका कितनी भोली और निरीह!

एक दिन उसे सूचना मिली कि हस्तिनापुर के नरेश महाराज विचित्रवीर्य राजयक्ष्मा के आखेट होकर दिवंगत हो गये। अम्बा का मन पीड़ा से मथ उठा! असमय वैधव्य! हा अम्बिका! अम्बालिका! कोई सन्तान भी नहीं! न पुत्र, न पुत्री! कैसा कष्टमय जीवन!

जिस नदी-तट पर अम्बा दिन-रात तपस्यारत रहती थी, असहनीय पीड़ा और दुःख-भार से व्याकुल हो एक दिन उसने उसी नदी में कूदकर जल-समाधि ले ली। लोग नदीतट पर सदा अम्बा को तपस्या-रत देखते रहे थे, अतः उस नदी का नाम ही 'अम्बा' हो गया।

हस्तिनापुर के राजमहलों पर विषाद के मेघ स्थायी से हो गये थे। विचित्रवीर्य की मृत्यु होते ही हाहाकार मच गया। अम्बिका-अम्बालिका का क्रन्दन एक बार फिर महलों को दहला गया। तब तक समाचार पहुँचा कि अम्बा ने एक बरसाती चातुर्मासी नदी में जल-समाधि लेकर प्राण त्याग दिये। अम्बा के त्रासद अन्त से अम्बिका और अम्बालिका का विलाप तो अब रुकने का नाम ही न लेता था। हस्तिनापुर के राजमहलों में काशी की कन्याओं का करुण रुदन भी जैसे स्थायी घर बना चुका था।

शोक के सागर में डूबी राजमाता सत्यवती की आँखों से नींद उड़ गयी थी। क्या होगा कुरुवंश का? कोई वंशज नहीं? विचित्रवीर्य की मृत्यु से तो उनके हांथों के तोते उड़ गये थे। रात-रात भर महल के विराट वातायनों में चिन्तातुर राजमाता टहलती रहतीं! अपने आप से पूछतीं—यह क्यों हुआ?

भीष्म की चिन्ता का पार न था। हस्तिनापुर राज्य उन्हीं पर निर्भर था। वंश-संवर्धन हेतु ही तो वे काशिराज की तीन पुत्रियों को हर लाये थे! पर परिणाम? शून्य!

विचित्रवीर्य युवावस्था में निःसन्तान स्वर्गवासी हो गया। उसकी दोनों विधवाओं का विलाप हृदय दहला देता है। क्या होगा? अब इन विधवा तरुणियों, काशिराज की पुत्रियों का जीवन कैसे कटेगा? चिन्ता! चिन्ता! और चिन्ता।

हस्तिनापुर की प्रजा में भी भाँति-भाँति की चर्चाएँ प्रचलित हो चली थीं। भीष्म और अम्बा के संघर्ष पर प्रजा चकित थी। भीष्म जैसे महाप्रचण्ड प्रौढ़ योद्धा और शासक को एक नारी, वह भी एक किशोरी बाला ने ललकारा था। उनका वध करने की धमकी दी थी। आश्चर्य! और फिर उस उद्देश्य की पूर्ति हेतु कठोर तपस्या! वन में! जल में! जलाहार लेकर, तो कभी निराहार रहकर! और अन्त में आत्महत्या कर ली जल-समाधि लेकर!

आधी रात के बाद जब गहन स्तब्धता में समूचा राजमहल गहरी निद्रा में निमग्न रहता तब राजमहल के परिचारकों, दास-दसियों को कई बार भीष्म के आवास के आसपास एक छाया घूमती दिखती थी। लम्बे केश बिखराये एक काली छाया मँडराती रहती। कभी लाल वस्त्र-धारिणी नवोढ़ा को अँधेरे में घूमते देखा गया। कभी उसके हाथ में प्रहरियों ने नग्न खंग भी चमकती देखी। कभी वह भीष्म के शयन-कक्ष के बाहर दिखती, तो कभी सबसे ऊपरी खण्ड के कंगूरों से भीष्म के प्रकोष्ठ की ओर झाँकते हुए दिखती और अदृश्य हो जाती। रात की नीरवता में सीढ़ियों पर चढ़ते हुए नूपुरों की रुनझुन-ध्वनि तो कई बार राजमाता और उनकी दासियों को भी सुनाई पड़ी थी।

भीष्म ये चर्चाएँ सुनते और नतशिर रह जाते। राजमाता का हृदय काँप-काँप जाता। जब तीनों बहनें काशी की स्वयंवर-सभा से अपहृत होने के बाद उनके सामने आयी थीं, तब राजमाता की दूरदर्शी और पारखी दृष्टि भी धोखा खा गयी थी। ऐसा भान भी न हुआ था कि यही अम्बा कुरुकुल के विनाश का महाघण्ट बजा देगी!

अब क्या होगा? अब क्या होगा? अब क्या करे? कोई उपाय? कोई समाधान? भीष्म दीर्घ निःश्वासें लेते! राजमाता के आँसू थमने का नाम न लेते।

हस्तिनापुर राज्य भीषण संकट में पड़ा हुआ था। कोई राजा ही न था। राजमाता मन ही मन ग्लानि और पश्चात्ताप में डूबी रहतीं। इस संकट को न्यौता

देने में उन्हीं का तो हाथ था। देवव्रत से प्रतिज्ञा करवा दी थी कि वे न राजा बनेंगे, न विवाह करेंगे। राजसिंहासन पर सत्यवती के पुत्र और उनके वंशजों का ही आधिपत्य होगा। और अब! सत्यवती का कोई पुत्र जीवित न था। चित्रांगद का पहले ही चित्रांगद नामक गन्धर्व ने वध कर दिया था। विचित्रवीर्य राजयक्ष्मा के कष्ट भोगकर इस संसार से विदा हो गया था। दो विधवा पत्नियाँ हैं, जिन्हें बलपूर्वक काशी से उठवा लिया गया था। बलपूर्वक विचित्रवीर्य से विवाह करवाया उनका, किन्तु वंशवृद्धि फिर भी नहीं हुई। विचित्रवीर्य की कोई सन्तान नहीं। राजसिंहासन रिक्त पड़ा था। राजवंश में दूर-दूर तक कोई उत्तराधिकारी नहीं था। वर्तमान परिस्थितियों के चलते तो आगे उत्तराधिकारी होने की सम्भावना भी न दिखती थी। एकान्त में राजमाता बैठी-बैठी आँसू बहातीं। अपने किये पर पछतातीं। आँसू पोंछ लेतीं और ऐसी दिखातीं जैसे कोई समस्या है ही नहीं। लेकिन भीतर-भीतर उनका मन उन्हें खाये जा रहा था! ऐसे कब तक चलेगा? किन्तु किया भी क्या जाए?

कुछ तो करना ही पड़ेगा। यों हाथ पर हाथ धरे बैठे रहने से तो कोई समस्या हल नहीं होती। यह भी वे भलीभाँति जानती थीं। रात-रात भर उच्छ्वासें लेने, दीर्घ श्वासें भरने से क्या होगा? जिस सुविख्यात विशाल राज्य को अपने पुत्रों हेतु उन्होंने हथियाया था, उसके लिए पौत्र होना ही चाहिए! उनका स्वयं का रक्त होना ही चाहिए! पौत्र हो, वंशज हो, फिर वह चाहे कैसे भी हो! राजसिंहासन अधिक समय तक रिक्त नहीं छोड़ा जा सकता।

दूसरी ओर भीष्म भी अपने प्रकोष्ठ में मद्धिम प्रकाश में चिन्तातुर रहते। हस्तिनापुर राज्य के सामने भारी संकट था। राजाविहीन राज्य कैसे चले? समस्त निर्णयों और नीतियों को वैध रूप देने के लिए राजा की मुद्रा आवश्यक है। राजाविहीन राज्य पर पड़ोसी राज्य आक्रमण कर सकते हैं। वैसे इस सन्दर्भ में सब निश्चिन्त थे क्योंकि भीष्म के प्रताप का ऐसा डंका पिट चुका था कि जब तक वे हैं, तब तक तो हस्तिनापुर की ओर कोई आँख उठाकर भी नहीं देख सकता। किन्तु अनेक राजकीय, प्रशासकीय और सैनिक कार्यों हेतु राजा की आवश्यकता है। राजा की मुद्रा ही किसी कार्य को वैधता प्रदान कर सकती थी। एक दिन जब भीष्म गहन चिन्तन में डूबे हुए थे, तभी राजमाता का आगमन हुआ।

भीष्म ने उठकर उन्हें आसन दिया। राजमाता का कष्ट उनके मुखमण्डल से ही स्पष्ट था। कुछ देर मौन रहकर उन्होंने बड़े हिचकते-हिचकते भीष्म से कहना प्रारम्भ किया।

''वत्स! कुरुवंश की विषम स्थिति किस प्रकार दिन पर दिन गम्भीर होती जा रही है, यह जितनी भलीभाँति मैं समझ रही हूँ, उतनी ही गहराई से तुम

भी समझ सकते हो। देवव्रत! हस्तिनापुर का यश, कीर्ति, विस्तार, समृद्धि और कल्याण सब तुम ही पर अवलम्बित है। अभी तक जैसे हर संकट से तुमने राज्य को उबारा है, मेरे कहने से एक बार और इसे संकट से उबार लो। मेरी आज्ञा मत टालो अन्यथा कुरुकुल का भविष्य अन्धकारमय हो जाएगा।''

''राजमाता! आप क्या कहना चाहती हैं, कृपया स्पष्ट कहें, मेरा तो सदा ही प्रयास रहा है, कुरुवंश का कल्याण करने का।''—भीष्म ने कहा।

राजमाता मौन रह गयीं। कहें तो कैसे कहें? कुछ पल बाद जब साहस संचय कर पायीं, तब बोलीं।

''महाराजकुमार देवव्रत! हस्तिनापुर राजा-विहीन है। यह स्थिति किसी भी राज्य के लिए दुर्भाग्यपूर्ण है क्योंकि बिना राजा के प्रजा अनाथ हो जाती है। प्रजा की रक्षा और पालन-पोषण राजा पर निर्भर होते हैं। बिना राजा के अनुशासन नहीं रह जाता! यज्ञादि निर्विघ्न रूप से नहीं हो पाते। देवव्रत! तुम ही कुल का उद्धार कर सकते हो। कुरुकुल और मेरी आशाओं के एकमात्र केन्द्र तुम ही हो। विचित्रवीर्य निःसन्तान ही दिवंगत हो गया। अम्बिका और अम्बालिका पर दुःख का पहाड़ टूट पड़ा है। गांगेय! सन्तान-परम्परा को सुरक्षित रखने हेतु यह दायित्व अब तुम पर आ पड़ा है कि तुम उन दोनों कुलवधुओं को पुत्र दो। कुल को वंशज दो और कुरुवंश के साथ-साथ राज्य की भी रक्षा करो।''

भीष्म चौंक पड़े? कुछ पल अवाक् रहकर बोले, ''यह कैसा प्रस्ताव? राजमाता! आप जानती हैं कि यह मैं नहीं कर सकता, फिर आपने सोचा भी कैसे?''

''देवव्रत! सामान्य स्थिति के लिए धर्म होता है, किन्तु संकटकाल के लिए आपद्धर्म होता है। आपद्धर्म के पालन में कुछ अनुचित नहीं है, गांगेय! तुम हस्तिनापुर के राजसिंहासन के उपयुक्त अधिकारी हो। अपना राज्याभिषेक करवाओ। अम्बिका और अम्बालिका से विवाह कर अथवा नियोग द्वारा उनको दुःखी जीवन से उबारो और अपने कुल तथा राज्य को संकट से मुक्ति दो।''

भीष्म को पहले स्वयं ही परिवार एवं राज्य से वंचित किया और आज स्वयं ही हाथ मलते-मलते खिसियाते हुए सत्यवती को भीष्म से कहना पड़ रहा है कि कुल और राज्य की रक्षा हेतु विवाह भी करो, राज्य भी करो! राजमाता यह कह रही थीं किन्तु उनमें साहस न था भीष्म के मुख की ओर देखने का। भीष्म स्वयं चकित थे। यदि यही करना था तो अम्बा का ही जीवन न बचा लेता!

''आपद्धर्म अपने स्थान पर ठीक है, राजमाता! किन्तु आपके विवाह हेतु जो शुल्क निर्धारित हुआ था उसके अनुसार मैं आपका प्रस्ताव स्वीकार नहीं कर सकता। मैं भीष्म हूँ। अपनी प्रतिज्ञा के कारण और कठोरता से उसके पालन के

कारण सभी भीष्म पुकारते आये हैं। यह नया नाम मेरे वास्तविक नामों से अधिक लोकप्रिय व प्रचलित है। 'भीष्म' नाम मेरी पहचान बन चुका है। अतः राजमाता, यह आप भलीभाँति समझ लें कि भीष्म भीष्म ही रहेगा। पृथ्वी उलट जाए, नक्षत्र-दल टूट जाएँ, सूर्य-चन्द्रमा सदा के लिए लुप्त हो जाएँ, किन्तु भीष्म की प्रतिज्ञा नहीं टूटेगी।''

भीष्म के ओज के सामने सत्यवती घबराकर सहम सी गयीं। फिर धीरे से बोलीं—''जैसी तुम्हारी इच्छा! किन्तु गांगेय! फिर क्या किया जाए? समस्या से निपटने को तुम ही धर्म का विचार करके कोई उपाय सुझाओ!''

''राजमाते! कुल को सन्तान-हीनता के दोष से उबारने हेतु धर्मानुसार ही प्रक्रिया अपनानी होगी। राजमाता! इस कार्य हेतु किसी ब्राह्मण को नियुक्त करें जो नियोग के सम्पूर्ण विधि-विधान से परिचित हो ताकि वह धर्मानुसार विचित्रवीर्य की पत्नियों को पुत्र-लाभ दे सके।''

सत्यवती मौन बैठी कुछ सोचती रहीं। अचानक उनके नेत्र चमक उठे। मुख पर हर्ष-सा छा गया। किन्तु दूसरे ही क्षण संकोच और लज्जा से उन्होंने शीश झुका लिया। फिर धीरे-धीरे भारी संकोच और सलज भाव से उन्होंने अपना अन्तःपट खोला।

''गांगेय! एक पुरातन रहस्य मैं आज खोल रही हूँ क्योंकि परिस्थिति ही ऐसी है कि इस रहस्यमय तथ्य को अब छिपाना उचित न होगा। मेरे एक पुत्र और भी है जो मेरी कौमार्यावस्था में जन्मा था। उस समय मैं अपने पिता की नौका, धर्म हेतु, बिना शुल्क लिये चलाती थी। एक बार महर्षि पराशर का आगमन नौका पर हुआ। गांगेय! मैं अपने जिस पुत्र की चर्चा कर रही हूँ वह कृष्ण द्वैपायन है, क्योंकि वह द्वीप पर जन्मा था। वह आज महर्षि व्यास के नाम से विख्यात है क्योंकि उसने वेदों का विस्तार किया है। मेरे पुत्र व्यास के पिता महर्षि पराशर हैं। पुत्र कृष्ण द्वैपायन व्यास मेरी आज्ञा को अस्वीकार नहीं करेगा। तुम इस पर विचार करो।''

भीष्म चकित रह गये महर्षि व्यास का नाम सुनकर। सुविख्यात तरुण ऋषि व्यास जिन्होंने अत्यन्त युवावस्था में ही ज्ञान-विज्ञान का कीर्ति-स्तम्भ स्थापित कर दिया है! राजमाता की कौमार्यावस्था में जन्मे उनके पुत्र! धीरे-धीरे भीष्म जब संयत हुए तब उनकी आँखों में नयी आशा झलक रही थी।

''अहो माता! यदि महर्षि व्यास हमारे कुल के हित में यह दायित्व सम्पन्न करे दें तो अति उत्तम! आप अवश्य उनका स्मरण कर उन्हें निमन्त्रण दें।''

किन्तु...!

जैसे बिजली गिरी हो! व्यास चौंककर खड़े हो गये।

"यह क्या? यह कैसी आज्ञा? अपने अनुज की पत्नियों से नियोग...! मैं! माता! अनुज तो पुत्रवत् होता है! उसकी पत्नियाँ मेरे लिए पुत्री तुल्य हैं! यह कैसी अधर्मपूर्ण आज्ञा! नहीं! माता, मुझे क्षमा करें। यह सम्भव नहीं! व्यास वितृष्णा से बोले।

सत्यवती के मुखमण्डल पर निराशा छा गयी—"पुत्र! मैंने बहुत आशा से तुझे यह दायित्व सौंपने का निर्णय लिया है! वत्स! तू भूल गया कि तूने मुझसे प्रतिज्ञा की थी कि मेरे आदेश का तू सदा पालन करेगा! पुत्र! मैं बड़े संकट में पड़ी हूँ, मुझे उबार ले।" सत्यवती ने डबडबाये स्वर में कहा।

"किन्तु माता! यह अधर्म है। दूसरे की पत्नी के साथ...यह महापाप! मुझसे न हो सकेगा! नियोग तभी धर्मयुक्त होता है, जब पति की आज्ञा से किया जाए। अन्य किसी को इस हेतु आज्ञा देने का अधिकार नहीं। पति की माता को अपनी पुत्रवधू को इस हेतु आज्ञा देने तथा बाध्य करने का अधिकार कदापि नहीं है।"

सत्यवती फफककर रो पड़ीं—"पुत्र! मेरा वंश डूबा जा रहा है। यह प्राचीन कुरुकुल सदा के लिए नष्ट हो जाएगा। क्या तू चाहता है कि यह गौरवशाली वंश पृथ्वी से लुप्त हो जाए? इसका कोई नामलेवा न रहे? मुझे पौत्र चाहिए। पौत्र हेतु मेरी लालसा कोई तर्क नहीं सुनना चाहती। तू ही मेरा उद्धार कर सकता है। मुझे पौत्र दे, पुत्र, मुझे पौत्र दे। बड़ों के अनुचित आदेश भी मानने से कोई दोष नहीं होता, विशेष रूप से जब कोई दुःख-पीड़ित माता ऐसी आज्ञा दे रही हो! कुरुकुल की डूबती नौका को उबार ले! अन्यथा मैं कहाँ जाऊँगी? क्या करूँगी? मेरी पीड़ा को समझ। पौत्र हेतु मेरी क्षुधा को समझ! मुझे उबार ले।"

भीष्म अब तक मौन बैठे थे। वंश-वृद्धि की चिन्ता से उनका भी अन्तर्दाह हो रहा था। यही तो एकमात्र अन्तिम उपाय है! यह नहीं...तो फिर कुछ नहीं!"

"महाभाग मुनिवर व्यास! माता की आज्ञा सर्वोपरि है। बिना किसी ऊहापोह के आप उनकी आज्ञापालन करके माता को सुख देने का पुण्य-लाभ करें, मेरा यही मत है।"

भीष्म ने तो माता की, बल्कि विधाता की आज्ञा शिरोधार्य कर अनूठा कीर्तिस्तम्भ स्थापित किया है। सर्वस्व त्याग कर दिया। क्या मैं भी धर्माधर्म का विचार त्यागकर माता की आज्ञा का पालन अपनी इच्छा के विरुद्ध करूँ? किन्तु व्यास के मन की वितृष्णा नियोग से हटती नहीं! फिर भी कुरुवंश के हित एवं अपनी माता के दुःख निवारण हेतु उन्होंने भीष्म का परामर्श स्वीकार कर लिया।

क्या व्यभिचार भाव से उत्पन्न सन्तति भी सुख तथा हर्ष दे सकेगी?

व्यास ने विचार करते हुए अपनी माता सत्यवती की हार्दिक इच्छा पूर्ण करने का आश्वासन दे दिया एवं उनसे आग्रह किया कि वे अपनी दोनों पुत्रवधुओं, विचित्रवीर्य की पत्नियों को भलीभाँति यह समझा दें कि वे उनके भयंकर कुत्सित रूप से भयभीत न हो जाएँ।

राजमाता इस कार्य हेतु पहले भीष्म से निपटीं, फिर व्यास को तैयार किया। किन्तु उनकी सबसे बड़ी परीक्षा उनकी पुत्रवधुओं के सामने हुई। दोनों ही पुत्रवधू इस कार्य के हेतु तैयार नहीं थीं। राजमाता को कई दाँव-पेंच खेलने पड़े। फिर अपनी वही पुरानी साम-दान-भेद-दण्ड की नीति उन्होंने अपनायी और वह सफल सिद्ध हुई।

नियोग विधि अपनाने की शास्त्रों में अनुमति होने के साथ, इसके कई कठोर नियम भी थे। वासना एवं आसक्ति लेशमात्र भी न रहे। क्योंकि यह एक धर्मकर्म है। अत: महर्षि अत्यन्त कुत्सित और कुरूप वेष धारण करके आये।

व्यास का भयंकर रूप देखकर बड़ी पुत्रवधू अम्बिका ने भयातुर हो घबराकर आँखें बन्द कर लीं। उसके मुख से चीत्कार निकल गया। किन्तु उसने उसे दबा लिया। अम्बिका भय-व्याकुल होने के कारण नेत्र खोल ही न पायी। भोर में जब दासियों ने जाकर उसे आश्वस्त किया तभी उसने नेत्र खोले।

दूसरी पुत्रवधू अम्बालिका ने व्यास मुनि के विकराल रूप को देखा तो भय से उसके चेहरे का रंग ही उड़ गया। ऐसी निस्तेज हो गयी वह, जैसे सारा रक्त हो निचुड़ गया हो। मारे भय के पीली पड़ गयी थी।

पुनः एक बार सत्यवती ने बड़ी पुत्रवधू को महर्षि व्यास के पास भेजना चाहा। किन्तु अम्बिका बहुत ही भयभीत हो चुकी थी, फिर भी सत्यवती का विरोध करने का उसमें साहस न था। अत: उसने अपनी एक विश्वस्त दासी को शृंगार करके अपने स्थान पर भेज दिया। व्यास की वितृष्णा ने अन्तत: काम कर ही दिखाया। अम्बिका के जब पुत्र हुआ तो राजमाता ने अपना कपाल पीट लिया। वह दृष्टिहीन था। अम्बिका उसे देखकर उच्च स्वर में क्रन्दन कर उठी। अम्बालिका के पुत्र हुआ तो वह जन्म के समय ही पाण्डुरोग से ग्रस्त था। रक्त की अत्यधिक कमी के कारण पाण्डु एक दुर्बल एवं रोगी शिशु था। कालान्तर में चिकित्सा के कारण पाण्डु रोग तो ठीक हो गया किन्तु रक्त की कमी तथा दुर्बलता के दोष स्थायी रूप से उसके जीवन-पर्यन्त बने ही रहे। यह देख राजमाता ने एक बार फिर अपना कपाल ठोंका। केवल दासीपुत्र ही स्वस्थ एवं चैतन्य था। अम्बिका के पुत्र का नाम धृष्टराष्ट्र, अम्बालिका के पुत्र का नाम पाण्डु तथा दासीपुत्र का नाम विदुर रखा गया। तीन शिशुओं के जन्म से दीर्घ काल बाद कुरुवंश पर छाये अवसाद के बादल छँटे और आनन्द, उल्लास लौटा। राजमाता और भीष्म अब

बालकों के लालन-पालन और फिर उनकी शिक्षा-दीक्षा की उचित व्यवस्था में संलग्न हो गये। ज्येष्ठ पुत्र धृतराष्ट्र के जन्मान्ध होने के कारण मन में दुःख रहा। विदुर पारशव थे। अतः राजा के पद पर पाण्डु का अभिषेक हुआ। भीष्म अब निश्चिन्त थे। स्थिति धीरे-धीरे सुधर रही थी। हस्तिनापुर को राजा मिल गया, कुरुकुल को वंशज और उत्तराधिकारी मिल गये।

भीष्म अब 'तात' हो गये थे। वे अपने तीनों भ्रातृज के साथ खेल में मगन रहते। उनके मुख से तात सुनना उन्हें बड़ा भाता था। वे उन्हें बोलना सिखाते थे, नाम लेना सिखाते थे। जब तीनों बालक शब्द का कुछ रोचक उच्चारण कर देते तो भीष्म के ठहाकों से प्रांगण गूँज जाता। इस प्रकार धृतराष्ट्र, पाण्डु और विदुर की तोतली बोली, किलकारियों और आनन्द में ही समय बीतता चला गया।

एक दिन भीष्म उन्हें पौराणिक ज्ञान-कथाएँ सुना रहे थे कि सहसा उनकी दृष्टि कोने में खड़े सिद्धकूट पर पड़ी जो शायद बड़ी देर से वहाँ खड़ा अपना निवेदन प्रस्तुत करना चाह रहा था।

बालक अब पाँच वर्ष के हो गये थे। मुदित मन भीष्म ने उसे निकट आने का इंगित अवश्य किया, किन्तु तीनों बालकों की बालक्रीड़ा में वे इतने लीन थे कि उनका ध्यान किसी ओर जा ही नहीं पा रहा था।

"महाराजकुमार! राजपुत्री अम्बा ने फिर से जन्म ले लिया है।"—सिद्धकूट ने कहा।

भीष्म का मुख खुला का खुला रह गया। उनके नेत्र विस्फारित रह गये। एकाएक वे कुछ समझ न पाये। धीरे-धीरे अम्बा उनके विस्फारित नेत्रों के सामने साकार हो गयी।

तो...तो...अम्बा! अम्बा का पुनर्जन्म!

भीष्म के कानों में गूँज गयी दामिनी की कड़क, "जब तक तुम्हारा वध न हो जाएगा, मैं शान्ति से नहीं बैठूँगी, इसके लिए मुझे चाहे जितने भी जन्म लेने पड़ें।" अपने आभूषण भीष्म पर फेंकते हुए उसने कहा था। जो कहा था, वही किया अम्बा ने।

भीष्म ने बालकों को वहाँ से हटा दिया और विस्तार में सिद्धकूट से अम्बा के पुनर्जन्म के विषय में चर्चा करने लगे।

"अविश्वसनीय सिद्धकूट! क्या पुनर्जन्म की सूचना सत्य पर आधारित है?"

"पूर्णतः सत्य, महाभाग!"

"कहाँ हुआ है अम्बा का पुनर्जन्म?"

"महाराजकुमार! वत्सदेश में एक साधारण से परिवार में लगभग तीन वर्ष की एक बालिका है जिसने जैसे ही बोलना प्रारम्भ किया, सबसे पहले कहा,

''शान्तनुनन्दन भीष्म कहाँ? उसका वध करूँगी।'' और तब से वह अपने खेलकूद में भी जब-तब यही दुहराती रहती है। कभी-कभी खेलते-खेलते सहसा रुक जाती है और शून्य में ताकने लगती है, और फिर एकाएक पूछती है, ''गांगेय भीष्म कहाँ?'' महाराजकुमार! वह विचित्र बालिका है। आसपास के ग्रामीण अंचलों के लोगों की भीड़ उमड़-उमड़कर उसे देखने जा रही है। लोग चकित हैं क्योंकि इतनी-सी बालिका आप के सम्पूर्ण नाम का स्पष्ट उच्चारण कर लेती है। यही नहीं, महाभाग! वह अन्य बालक-बालिकाओं से सर्वथा भिन्न है। उसे खिलौने नहीं भाते। वह केवल अस्त्र-शस्त्र से खेलती है। उसके पास अस्त्र-शस्त्र नहीं होते, तब वह हाव-भाव से ही शस्त्र-संचालन करती है। लक्ष्य-वेध करती है। और फिर अपनी विजय पर ताली बजाकर घोषणा करती है 'मार दिया भीष्म को'।

''अद्भुत!'' भीष्म ने आश्चर्य से कहा और गम्भीर विचार में डूब गये।

अम्बा का पुनर्जन्म? भीष्म की उत्सुकता और कौतूहल बढ़ चला था। एक दिन उन्होंने वत्स देश के उस क्षेत्र में जाने का कार्यक्रम बना ही लिया एवं सिद्धकूट, अन्य गुप्तचरों एवं पाण्डु तथा विदुर के साथ वहाँ पहुँचे। सघन वृक्षों की ओट से सिद्धकूट ने इंगित किया।

लगभग पाण्डु और विदुर की वय की ही बालिका पत्थर पर घिसकर अपने नन्हे-से बाण का फलक तीक्ष्ण कर रही थी। कुछ दूर पर बैठी उसकी माँ पुलकित होकर यह देख रही थी। बालिका ने अपने छोटे से धनुष पर बाण रखा और शर-सन्धान करती हुई अचानक ही भीष्म की दिशा में मुड़ गयी। भीष्म उसके बाल-प्रयास पर हँस पड़े।

''वत्से! तुम्हारे बाण से मेरे इस कठोर शरीर को कुछ भी क्षति नहीं हो सकती।'' तभी उनका ध्यान गया कि बाण पाण्डु एवं विदुर की ओर है। तुरन्त उन्होंने दोनों बालकों को खींचकर अपने पीछे कर लिया। वे मुस्कराये। किन्तु दूसरे ही क्षण गम्भीर हो गये। उन्होंने ध्यान से बालिका का छोटा-सा गोल मुख देखा।

वे ही कमान सी तनी भवें! रक्ताभ कमलनयन! नन्ही-सी अम्बा!! किन्तु कितनी दुरूह कामना! कैसा प्रचण्ड मनोबल!!

तभी बालिका ने तीर छोड़ दिया जो भीष्म के घुटने पर अधोवस्त्र को छूकर गिर गया। वे उच्च स्वर में अट्टहास कर उठे। बालिका का मुख निस्तेज पड़ गया। अपना लक्ष्य भ्रष्ट होने पर वह रुआँसी होकर हाथ-पाँव पटकती माँ की दिशा में दौड़ गयी।

भीष्म ने दीर्घ श्वास ली। पाण्डु बौखला गया था।

"तात! उस दुष्टा ने आप पर तीर चलाया! अनुचित किया। वह कौन है?"

भीष्म ने कोई उत्तर नहीं दिया। वे बालकों के साथ रथ पर आरूढ़ हो, चल पड़े। उसके बाद से अम्बा का वह नन्हा-सा वीरांगना-रूप उनके मन-प्राण पर छा गया। जब भी वे एकान्त में होते, पाँच वर्षीया एक गौरांग शौर्यबाला उनके मन-प्राण को झिंझोड़ डालती।

भीष्म के पारिवारिक दायित्व अब बढ़ चले थे। उनका अधिकाधिक समय धृतराष्ट्र, पाण्डु और विदुर की शिक्षा-दीक्षा में जाता। उन्हें धृतराष्ट्र की स्वाभाविक रूप से अधिक चिन्ता रहती क्योंकि वह जन्मान्ध था। भीष्म ने पाया कि जैसे-जैसे उसकी किशोरावस्था आ रही है, धृतराष्ट्र की पहले वाली सरलता लुप्त होती जा रही है, और वह कुण्ठाग्रस्त होता जा रहा है। यद्यपि पाण्डु और विदुर सदा धृतराष्ट्र का ध्यान रखते थे, किन्तु वह स्वयं अपने को कहीं न कहीं पिछड़ा हुआ पाता, उपेक्षित पाता और अनावश्यक रूप से चिड़चिड़ाकर छोटी-छोटी बातों को तूल देता जिससे भाइयों में कलह उत्पन्न हो जाती। भीष्म स्थिति सँभालते रहते। सोचते कि अपने स्वाभाविक अधिकारों से वंचित है, नहीं तो वही हस्तिनापुर का शासक हुआ होता। और फिर ऊपर से बेचारे का दृष्टिहीनता का दोष! मन में कुण्ठा आना स्वाभाविक तो है किन्तु यदि कुण्ठा की प्रवृत्ति बढ़ती चली गयी तो भविष्य में भारी समस्याएँ खड़ी हो सकती हैं।

पाण्डु हस्तिनापुर के राजा थे। उन्हें राजधर्म के साथ-साथ युद्ध-कौशल में पारंगत कराया गया। वे निपुण धनुर्धर थे। धृतराष्ट्र को लगता अवश्य था कि उनकी ओर ध्यान कम दिया गया है, परन्तु उनको भी युद्ध-विद्या का श्रेष्ठ प्रशिक्षण दिया गया। जिस क्षेत्र में निष्णात हो सकते थे, उसमें वे निष्णात भी हुए। दृष्टिहीनता के कारण मल्लविद्या ही ऐसा क्षेत्र था और उसमें धृतराष्ट्र की समानता कोई नहीं कर सकता था।

किन्तु भीष्म के मनोबल के मुख्य आधार अब विदुर बनते जा रहे थे। विदुर कम वय में ही इतने योग्य, दूरदर्शी, धर्माधर्म के मर्मज्ञ, सिद्धान्त और व्यवहार में कुशल, राजनीति में निपुण हो गये कि भीष्म उन पर अधिक से अधिक निर्भर होते गये। विदुर से वे अपने मन की बात कह सकते थे। विदुर का परामर्श उनके लिए बहुत मूल्यवान रहता। हर महत्त्वपूर्ण प्रकरण पर वे पहले विदुर से विचार-विमर्श अवश्य करते। धीरे-धीरे सभी गम्भीर दायित्व वे विदुर को सौंपकर निश्चिन्त होते जा रहे थे। विदुर धर्म के सैद्धान्तिक और व्यावहारिक पक्षों में चमत्कारिक सामंजस्य बनाये रखते थे। हर जटिल समस्या का निदान उनके पास रहता। राजनीतिक उलझनों को वे ऐसे सुलझा देते कि भीष्म जैसा राजधर्म का पण्डित भी दंग रह जाता।

राजनीतिक और पारिवारिक विभिन्न समस्याओं में अत्यधिक व्यस्त रहने के उपरान्त भी भीष्म के एकान्त क्षणों में अचानक ही सौदामिनी सी दमक उठती वही...अम्बा! वे अम्बा से मुक्ति नहीं पा सके। अम्बा-स्मृति, अम्बा का विचार परछाईं की भाँति उनसे अभिन्न हो गया था। उनके गुप्तचर उनकी आँख और कान की भाँति चारों ओर की सूचना रखते थे। अम्बा जिस प्रकार सदा भीष्म की छाया की भाँति पीछा करती, भीष्म भी लगभग उसी भाँति गुप्तचरों के माध्यम से अम्बा तक अपनी पहुँच बनाये रहते।

दीर्घ अन्तराल के बाद, आज भीष्म एक बार फिर वत्स प्रदेश की यात्रा पर थे। मन में कौतूहल उमग रहा था। वे रुक न सके और अपना रथ उन्होंने उसी ओर मोड़ लिया जहाँ कुछ वर्ष पूर्व उन्होंने नन्ही-सी वीरांगना अम्बा को नन्हे-नन्हे हाथों से छोटे से धनुष पर बाण साधते देखा था। वहाँ पहुँचकर उन्होंने रथ बहुत पहले ही छोड़ दिया और झाड़ियों की ओट लेते वे धीरे-धीरे आगे बढ़ ही थे कि सर्र से एक तीर उनके कान के पास से निकल गया।

"अरे कहाँ गयी तू? थक गयी तुझे ढूँढ़ते-ढूँढ़ते। अब फिर वही तीर-कमान लिये खड़ी है! या धूनी रमाये रहती है या शस्त्रों की धार पैनी करती है। इसके सिवा कुछ तुझे सूझता नहीं। दोपहर हो गयी और तू भोर से यहाँ आकर सेनापति बनी खड़ी है! अरे तेरा विवाह हो जाएगा। तब क्या करेगी!" यह अम्बा की माँ का कण्ठस्वर था जो बेटी को खोजते-खोजते वहाँ आयी और बेटी के हाथ में धनुष-बाण देखकर ठिठक गयी।

भीष्म ने देखा एक धनुषधारी सुन्दर षोडशी कमर कसे एक वृक्ष की ऊँची टहनी पर लक्ष्य साध रही थी। माँ की बात सुनकर सहसा उसके हाथ नीचे हो गये। वह कुछ क्षण प्रस्तर-प्रतिमा-सी निश्चल खड़ी रह गयी, जैसे वह वहाँ थी ही नहीं। धीरे-धीरे उसके मुख से शब्द निकला—"वि...वा....ह!!"

"हाँ, हाँ विवाह! अरे तेरा विवाह भी तो होगा! तब भी तू धनुषबाण लेकर भीष्म को ही खोजती रहेगी?" माँ ने उलाहना भरे स्वर में कहा।

"वि...वा...ह! स्वयंवर! विवाह! कहाँ! जब तक मेरी शपथ पूरी न हो जाए, विवाह नहीं। मैं विवाह नहीं करूँगी...मैं भीष्मा हूँ! उस चण्ड भीष्म का वध करना ही मेरे जीवन का उद्देश्य है। विवाह...शाल्वराज....से....हुआ ही नहीं!" अम्बा की भृकुटि तनी हुई थी! वे ही कमान-सी भवें! रक्ताभ कमलनयन!

अम्बा की ग्रामीण माता को उसकी बातें समझ में नहीं आयीं! वह हाथ पकड़कर उसे घर की ओर खींच ले गयी।

अम्बा दिनरात तपस्या करती है या शस्त्र-संचालन का अभ्यास। तपोबल से वह कुछ ऐसी शक्ति या साधन अर्जित करना चाहती है जिससे उसके द्वारा

भीष्म का वध सम्भव हो जाए। हस्तिनापुर के राजकुल में यह चिन्ता का विषय था। यद्यपि सब यह जानते थे कि भीष्म जैसे प्रचण्ड वीर का वध तो दूर है, महर्षि परशुराम उन्हें पराजित तक न कर पाये थे। सब जानते थे कि भीष्म को इच्छा-मृत्यु का वर प्राप्त है, अत: वे स्वयं ही अपनी इच्छा से देह त्याग कर सकते हैं, कोई दूसरा उनके प्राण नहीं हर सकता। तथापि अम्बा द्वारा दो जन्मों में निरन्तर भीष्म-वध हेतु उग्र तपस्या करने से सब सचेत हो गये थे। कहीं किसी देवता या सन्त से अम्बा ने वरदान पा ही लिया तो हस्तिनापुर राज्य तथा कुरुवंश के लिए विकट संकट उत्पन्न हो सकता है। अम्बा की तपस्या को इस प्रकार अबाध रूप से बढ़ने नहीं देना चाहिए।

यह सोचकर जब सिद्धकूट के कुशाग्रबुद्धि श्रेष्ठ गुप्तचर एक दिन वहाँ पहुँचे तब भी वह तपस्यारत थी। उनके शरीर का कमर से नीचे का भाग तपती हुई बालू में धँसा हुआ था और ऊपर का भाग सूर्य की प्रखर धूप से लाल हो गया था। एक सत्रह-अठारह वर्षीया किशोरी को ऐसी कष्टकर तपस्या करते देख किसी भी कठोर मनुष्य का हृदय द्रवित हो उठता।

उस निर्जन स्थान में गुप्तचरों ने उसका तप भंग करने हेतु कई प्रकार की ध्वनियाँ की। पहले मुख से पक्षियों तथा पशुओं की ध्वनि की, फिर अपने शस्त्रों की झनझनाहट की। फिर उन्होंने गुप्तचरों की विशिष्ट शैली अपना ली। उनमें से दो, भीष्म पर मनगढ़न्त आरोप लगाकर उच्च स्वरों में भीष्म की निन्दा करने लगे। अन्य दो, उग्र स्वर में भीष्म की प्रशंसा कर, उनका पक्ष लेते हुए, पहले दोनों गुप्तचर को उच्च स्वर में अपशब्द कहने लगे। पहले वे लोग परस्पर उग्र विवाद का स्वाँग करते रहे फिर शस्त्र निकालकर भीष्म के पक्ष-विपक्ष में बँटकर युद्ध का नाटक करने लगे। अन्य गुप्तचर बीच-बचाव का अभिनय करने लगे।

अम्बा का ध्यान भंग हो गया। तपस्या भंग हो गयी। भीष्म का नाम सुनते ही उसका कौतूहल जाग उठा। रेत में धँसे हुए ही तपस्विनी कुछ देर उन्हें विवाद और युद्ध करते देखती रही। फिर उसने जिज्ञासा की।

''आप लोग कौन हैं? इस प्रकार परस्पर कुरु-राजकुल के विषय में क्यों युद्धरत हैं?''

''क्या बताएँ भद्रे! शान्तनुनन्दन भीष्म के अत्याचार बढ़ते जा रहे हैं। निरीह ग्रामीणों को उसके अधिकारी व्यर्थ ही त्रास देते हैं। भद्र नागरिकों की पुत्रियाँ सुरक्षित नहीं हैं।'' एक गुप्तचर ने कहा।

''नहीं आर्ये! आप इसकी बातों पर ध्यान न दें। यह मिथ्याभाषी है। महाराजकुमार भीष्म न्यायप्रिय हैं, उदार हैं। यह अवश्य किसी शत्रु राज्य का गुप्तचर होगा, तभी हमारे यशस्वी महाराजकुमार के विषय में अनर्गल आरोप गढ़ रहा है। राज्य

में नागरिक, परिवार तथा महिलाएँ सर्वथा सुरक्षित हैं। कोई उनकी ओर आँख उठाकर भी नहीं देख सकता!'' दूसरे गुप्तचर ने कहा।

''चुप हो जा चाटुकार! भीष्म स्वर्गीय महाराज विचित्रवीर्य के पुत्रों हेतु क्या श्रेष्ठ कन्याएँ नहीं ढुँढ़वा रहा! क्या इस हेतु उसने अपने गुप्तचर नहीं छोड़ रखे हैं?''

''लेकिन इससे यह कहाँ सिद्ध होता है कि राज्य में कन्याएँ सुरक्षित नहीं हैं?''

''क्यों, तुझे नहीं ज्ञात कि काशिराज की तीन पुत्रियों को तुम्हारा भीष्म कैसी निर्दयता से स्वयंवर-मण्डप से हर लाया था? अब भी देखना वह वही करेगा, क्योंकि वंश बढ़ाने हेतु स्वर्गीय महाराज विचित्रवीर्य के दोष-युक्त पुत्र का विवाह करना ही है।''

विचित्रवीर्य के पुत्र! दोषयुक्त पुत्र? अम्बा के मस्तिष्क में गत जन्म की स्मृतियों का महासिन्धु गरजता हुआ हरहरा उठा।

''महाराज विचित्रवीर्य के पुत्र हैं?''—अम्बा ने पूछा।

''भद्रे! वे तो नि:सन्तान ही स्वर्गलोक-वासी हो गये थे। फिर भीष्म और राजमाता ने मिलकर किसी ऋषि को आमन्त्रित किया तब नियोग-विधि से पुत्र उत्पन्न हुए! महारानी अम्बिका का पुत्र तो अन्धा ही उत्पन्न हुआ।''

''जन्मान्ध?''—अम्बा ने घबराये स्वर में पूछा।

''हाँ। वह तो जन्मान्ध है। उसे राज्य कहाँ मिला? महारानी अम्बालिका का पुत्र पाण्डु है, जिसे जन्म के समय ही पाण्डु रोग हो गया था। पाण्डु रोग तो ठीक हो गया किन्तु रक्ताल्पता के कारण वह सदा दुर्बल ही रहेगा तथा सन्तान तो उसके हो ही नहीं सकती! भद्रे! किन्तु आप ऐसी कठोर तपस्या क्यों कर रही हैं!''

स्तब्ध खड़ी अम्बा की एक दीर्घ श्वास निकल गयी।

''जैसे तुम भीष्म से रुष्ट हो न भद्र! मैं भी भीष्म के अत्याचारी, अन्यायपूर्ण कर्मों की भुक्तभोगी रही हूँ। अत: मैं उनसे अपने अन्याय का प्रतिकार करना चाहती हूँ, इसलिए ईश्वर को प्रसन्न कर वरदान चाहती हूँ कि मेरा संकल्प पूरा हो!''

''आप भी भीष्म से उत्पीड़ित रहीं आर्ये? कितने दु:ख की बात है! किन्तु आप तपस्या का कष्ट क्यों उठा रही हैं। भीष्म तो चिन्ताओं के कारण वैसे ही कौन बड़ा जीवन का सुख भोग रहा है! आप उसकी ओर से निश्चिन्त रहें। वह तो निरन्तर बढ़ती चिन्ताओं के भार से दबकर, पता नहीं कब स्वयं ही इच्छा-मृत्यु वरण कर ले। जन्मान्ध और रोगी पुत्रों को लेकर और क्या होगा?'' गुप्तचर ने कहा।

"चुप रह राजद्रोही! मैं महाराजकुमार से तेरी सारी बातें कहकर मुझे कारागार में डलवा दूँगा।" दूसरा गुप्तचर बोला।

गुप्तचर धीरे-धीरे लड़ने का नाटक करते करते दूर चले गये और अम्बा को पुनः एक नये दुःख के महासिन्धु में डुबो गये। उसकी स्नेहशीला अनुजाओं को कितने दुःख झेलने पड़े! असमय, नितान्त तरुणावस्था में कठोर वैधव्य! और फिर, अम्बिका को एक मात्र पुत्र मिला, वह भी दृष्टि-हीन!! हा अम्बिके! हा अम्बालिके! सबसे छोटी परिवार की अत्यन्त दुलारी अम्बालिका! वैधव्य! और पुत्र जन्म-समय से ही रोग हो जाने से स्वस्थ होकर भी पूर्णतः स्वस्थ नहीं!

अनुजाओं को क्लेश देने वाले हे चण्ड भीष्म! वंश-संवर्द्धन के आगे तुमने उचित-अनुचित का विवेक नहीं किया! किन्तु क्या मिला? भीष्म, तुझे जीने का अधिकार नहीं! किन्तु जियो! बहुत जियो! लेकिन सदा-सदा संकट से घिरे रहकर जियो। अपने ही वंशजों से अपमान और त्रास झेलते हुए जियो। तुम्हें मृत्यु भी सरलता से उपलब्ध न होगी। प्रतीक्षा करना। जीवन में शूल ही शूल मिलेंगे! तुम्हें शूलों की सेज मिलेगी। तब मैं आऊँगी! मैं...अम्बा...तुम्हारी मुक्तिदाता! हाँ! मैं...आऊँगी!...मैं अम्बा...नहीं...! मैं भीष्मा! मैं तुम्हें मुक्ति देने आऊँगी! मैं भीष्मा! तुम्हारी मुक्तिदाता!

उस दिन हस्तिनापुर के राजमहल के दास-दासी परिचारिकों व अन्य कर्मचारियों के चेहरों पर लिखा आतंक सहज ही पढ़ा जा सकता था। स्थान-स्थान पर वे चार-पाँच व्यक्तियों के समूहों में, कहीं किसी स्तम्भ की ओट में, तो कहीं एकान्त स्थान में, दबे स्वरों कुछ चर्चा करते दिख रहे थे। जिस नये व्यक्ति को वे कुछ बात बताते, उसके रोंगटे खड़े हो जाते! वे एक-दूसरे को महल के विभिन्न खण्डों, वातायनों आदि स्थलों की ओर उँगली के इंगित से कुछ बताते और देखने वाले के नेत्र भय-विस्फारित हो जाते।

सन्ध्या आती। दीपाधारों में दीप प्रज्वलित करते भृत्यों के हाथ काँपते। वे अँधेरे कोनों की ओर भयातुर दृष्टि से देखते और शीघ्र ही वहाँ से भाग चलते। कुछ दासियों ने राजमाता के कानों तक बात पहुँचा दी। राजमाता के दीर्घ कजरारे नेत्र भय से फैलकर और दीर्घ हो चले। यह कैसे सम्भव है?

तभी उन्हें सीढ़ियों पर, अँधेरे में नुपूरों की रुनझुन स्पष्ट सुनाई दी, जैसी कुछ वर्षों पूर्व भी सुनाई देती थी। उन्होंने हताश होकर दोनों हाथों से अपना सिर थाम लिया। परिचारकों में परस्पर दबे स्वर में नित्य चलती यह चर्चा भीष्म के पास भी अन्ततः पहुँच ही गयी। वे चौंक पड़े। यह सम्भव नहीं! तो सिद्धकूट

क्या कर रहा है? सिद्धकूट को बुलाओ।

सिद्धकूट कहीं नहीं मिल रहा। न अपने निवास-स्थान पर, न ही नगर में कहीं। कहीं दूर गया हुआ है। किसी आवश्यक कार्य से। भीष्म अहोरात्र उद्विग्न हो विशाल प्रांगण में टहलते रहे। रात्रि आँखों में ही बीत गयी। विशाल नेत्र अनिद्रा से सूजकर फूल गये। ब्राह्म मुहूर्त्त आते ही, न जाने कैसे आँख लग गयी। वे गहरी नींद सो गये।

जब कोलाहल हुआ, वे जागे। देखा, चारों ओर हत्प्रभ मन्त्री, परिचारक, दास आदि खड़े उन्हें जगा रहे थे। जीवन भर का नियम टूटा था। धूप चढ़ आयी थी। ऐसा तो कभी नहीं हुआ। राजवैद्य तक बुला लिये गये थे कि कहीं महाराजकुमार अस्वस्थ तो नहीं!

उन्होंने सबको निश्चिन्त किया कि वे पूर्णत: स्वस्थ हैं। यह नहीं कह पाये कि अहारोत्र उन्होंने जागरण किया है। क्योंकि तब पूछा जाता कि ऐसी क्या समस्या या संकट आ पड़ा कि वे नियमवत् रात को गहरी निद्रा लाभ न कर सके! तब क्या कहते! धीरे-धीरे लोग चले गये, तब उनकी दृष्टि पड़ी धूल-धूसरित थके हुए सिद्धकूट पर। वे चौंके।

''कहाँ थे सिद्धकूट? अपने कर्तव्य का ध्यान नहीं तुम्हें?''—भीष्म किंचित रोष से बोले।

''नहीं, महाभाग! मैं पूर्णत: सचेत हूँ अपने दायित्व हेतु! सीधा वत्सदेश से आ रहा हूँ!''

तीक्ष्ण-दृष्टि से सिद्धकूट को भेदते हुए भीष्म ने पूछा, ''क्या समाचार है?''

''समाचार अच्छा नहीं है, महाराजकुमार!''

भीष्म उतावले हो उठे—''तुरन्त कह न, जो भी कहना हो।''

''महाभाग! राजकुमारी अम्बा...नहीं रहीं...!''

भीष्म के विशाल नेत्रों में न जाने कहाँ से अपार व्यथा आ समायी। अपलक नेत्र सिद्धकूट पर टिक गये। कण्ठ अवरुद्ध-सा हो चला।

''कैसे हुआ यह?''—बोझिल स्वर में उन्होंने पूछा।

''महाभाग!...आत्मदाह...उन्होंने आत्मदाह कर लिया। राजकुमारी अम्बा ज्वालाओं में कूद पड़ीं।''

भीष्म के रोंगटे खड़े हो गये। आत्मदाह! वह कंचनकाया! अग्नि को समर्पित! स्वयं जीते जी...अग्नि-आलिंगन! अग्नि-स्नान! अम्बे! तुम्हें समझना कितना दुरूह है। कोई नहीं समझ पाता कि तुम क्या हो?

''राजकुमारी ने स्वयं सूखी लकड़ियों को चुना और उसकी चिता बनायी। लोगों के रोकते-रोकते भी वे उस चिता में पद्मासन लगाकर बैठ गयीं...स्वाहा

हो गयीं।''

भीष्म ने इंगित किया। सिद्धकूट चला गया। भीष्म के शून्य में स्थिर विशाल नेत्रों में कुछ बूँदें झिलमिला रही थीं। वे मन्दस्वर में कुछ कह रहे थे।

कह रहे थे—''अम्बे! तुम अद्भुत हो। अद्भुत नारी! दृढ़संकल्प! एकाकी! अद्वितीय! हाँ, भीष्मा! यह सत्य है!''

कुछ ही देर में राजमहल में अम्बा की मृत्यु का संवाद फैल गया और काशिराज पुत्री अम्बिका और अम्बालिका का दुःख-विह्वल रुदन गूँज गया।

भीष्म पारिवारिक दायित्व-निर्वाह में और भी व्यस्त हो चले। अब धृतराष्ट्र, पाण्डु और विदुर के विवाह सम्पन्न करवाना उनका सर्वाधिक महत्त्वपूर्ण कर्तव्य था। कितनी कठिनाइयों से वे जूझते-जूझते इस हचकोले खाते राजपोत को मँझधार में डूबने से बचाकर, तट की ओर मोड़ पाये हैं! वंश-संवर्द्धन एक महती समस्या रही है इस कुल में। सुतीप, शान्तनु, विचित्रवीर्य सब ही तो अपने-अपने पिता के एक ही पुत्र रहे थे। विचित्रवीर्य का एक भाई चित्रांगद तो था किन्तु युद्ध में उसके कालकवलित हो जाने पर फिर एक ही पुत्र अर्थात् विचित्रवीर्य ही बचा था। राजयक्ष्मा के रोगी होने के कारण वह भी भरी युवावस्था में निःसन्तान ही स्वर्गवासी हो गया। उसकी विधवा पत्नियों से नियोग द्वारा व्यास ने तीन पुत्र उत्पन्न किये! अब आगे भी वंशबेलि बढ़े तो! धृतराष्ट्र दृष्टिहीन! क्या उसको कोई नरेश अपनी पुत्री देगा? पाण्डु के विषय में राजवैद्यों ने पहले ही कह दिया है कि वे सन्तानोत्पत्ति में समर्थ न होंगे। यह बात किसी को पता चल जाएगी तो पाण्डु हेतु भी कोई नरेश अपनी पुत्री न देगा! क्या किया जाए? विदुर, दासी-पुत्र होने के कारण सिंहासन के न अधिकारी हैं, न उनके पुत्र-पौत्र आदि ही कभी हो सकेंगे।

समस्या ज्यों की त्यों जटिल ही रह गयी थी। यह वंशबेलि इतनी गुँथ गयी थी कि जितना-जितना भीष्म सुलझाते, उतनी इसकी गुत्थियाँ उलझती जातीं। अब पुनः कन्याएँ चाहिए! वधुएँ चाहिए। धृतराष्ट्र और पाण्डु हेतु राजपुत्रियाँ और विदुर हेतु एक सौम्य सुशील पराशवी कन्या। कहाँ से लाएँ! कैसे लाएँ? क्या करें?

जब से अम्बा ने अपने दूसरे जन्म में अग्निस्नान कर आत्मघात कर लिया तब से भीष्म ने सिद्धकूट को एक अन्य महत्त्वपूर्ण दायित्व सौंप दिया है। और वह है, उपयुक्त कन्याओं की खोज, जो वर्तमान पीढ़ी हेतु भरतवंश की वधुएँ बन सकें एवं वंशवृद्धि करने में सक्षम हों। सिद्धकूट ने राजा कुन्तिभोज की पुत्री कुन्ती एवं महाराज शल्य की बहन माद्री के विषय में पर्याप्त जानकारी पहले ही ले ली थी। भीष्म तैयार हो गये उन दोनों को पौत्र-वधू बनाने हेतु। तभी सिद्धकूट

ने एक ऐसी सूचना भीष्म को दी कि भीष्म की बाँछें खिल गयीं। हर्ष और रोमांच से हृदय पुलकित हो उठा। वह महा-आशाप्रद सूचना थी कि गान्धार-नरेश सुबल की पुत्री गान्धारी भी विवाह-योग्य कन्या है और विशेष बात यह है कि उसे भगवान शंकर का वरदान प्राप्त है कि एक-दो नहीं, वह पूरे सौ पुत्रों की भाग्यवती माता होगी!

भीष्म का मन लालायित हो उठा गान्धारी को पौत्र-वधू बनाकर हस्तिनापुर लाने हेतु। सौ पुत्र! उनके मन की मुरझायी आशालता पल्लवित हो लहलहा उठी। इस समस्याग्रस्त वंश को अधिक से अधिक पुत्र चाहिए! किन्तु राजकुमारी गान्धारी को सौ पुत्रों का ही वरदान क्यों दिया भगवान शंकर ने? सहस्र पुत्रों का वरदान क्यों नहीं दिया? भीष्म का मन तो हुआ कि तुरन्त एक रथ पर सवार हो तीव्र गति से गान्धार पहुँच जाएँ और गान्धारी का हरण करके त्वरित गति से हस्तिनापुर लौट आएँ। सौ पुत्रों को जन्म देने वाली यह राजकन्या किसी भी भाँति उनके हाथ से निकलनी नहीं चाहिए। किन्तु दृष्टिहीन धृतराष्ट्र को सुबल अपनी पुत्री सौपेंगे क्या? तो क्या पुनः हरण-नीति?

नहीं! अब नहीं। काशिराज-पुत्रियों के अपहरण का दुष्परिणाम तो आज तक भोगना पड़ रहा है भरतवंश को! अब और हरण नहीं। तब भीष्म युवा थे। वह शौर्य और शक्ति तो अब भी है किन्तु अब उसमें अनुभव, वैचारिक परिपक्वता, व्यावहारिक बुद्धिमत्ता, और आत्मसंयम जुड़ चुके थे। अब वे हस्तिनापुर राज्य और परिवार के कुलवृद्ध थे। साम-दान-भेद की नीति अपनाना चाहिए। दण्ड या बल या आक्रमण का प्रयोग सबसे अन्त के लिए आरक्षित रख लिया जाए, जब अन्य सारे उपाय विफल हो जाएँ। सबसे पहले साम नीति का प्रयोग किया जाए। भीष्म ने सदा की भाँति विदुर से मन्त्रणा की। यह तय हुआ कि गान्धार-नरेश सुबल की पुत्री का हाथ धृतराष्ट्र हेतु माँगने को दूत द्वारा प्रस्ताव भेजा जाए।

दूत गान्धार पहुँचे और भीष्म का प्रस्ताव सुबल के समक्ष प्रस्तुत किया। उन्होंने यह भी स्पष्ट कर दिया कि धृतराष्ट्र दृष्टिहीन हैं। राजकुल में उत्तेजना फैल गयी। अन्धे को कन्यादान? पूरा कुल पक्ष-विपक्ष में बँट गया। परिजन राजकुमारी गान्धारी के भविष्य हेतु चिन्तित हो उठे। दृष्टिहीन को राजपुत्री देना! असम्भव! अनुचित। दूसरी ओर दूसरे प्रकार के तर्क रखे गये। हस्तिनापुर जैसे बलाढ्य राज्य की माँग अस्वीकार करना साँप को छेड़ने जैसा है। अभी वह शिष्टता से गान्धारी माँग रहा है। मना करने पर हस्तिनापुर की शक्तिशाली चतुरंगिणी सेना तत्काल इस छोटे से, दुर्बल और पिछड़े राज्य पर चढ़ गान्धार राज्य को तहस नहस कर उसका सर्वनाश कर डालेगी! क्या हम अपनी राजकन्या को बल-विक्रम के मूर्तिमान रूप भीष्म से बचा सकेंगे? काशिराज की तीन कन्याओं को उठा ले

गया था वही भीष्म!

गान्धार के समूचे प्रशासन-तन्त्र और मन्त्रि-परिषद की सामूहिक बुद्धि से अधिक व्यावहारिक बुद्धि सुबल के पुत्र शकुनि के पास थी। पैनी दृष्टि और दाँव-पेंच भरी कूटनीति में निपुण शकुनि का उस युग के सम्पूर्ण राजनीतिक क्षेत्र में कोई काट न था। उसने मन्त्रि-परिषद् में जब अपना मत अकाट्य तर्क-बुद्धि से प्रस्तुत किया तो एकाएक सबने उसकी बात एकमतेन स्वीकार कर ली। शकुनि का कहना था कि हस्तिनापुर का विरोध करने की क्षमता गान्धार-राज्य में नहीं है। अत: जानबूझकर विपत्ति को निमन्त्रण देना अदूरदर्शिता होगी। बलवान शत्रु के सामने झुक जाना ही उचित नीति है। गान्धारी का विवाह तो होगा ही, वह भी किसी प्रतिष्ठित राजकुमार से ही होगा। यदि गान्धारी को सौंपकर हस्तिनापुर के प्रकोप से गान्धार की रक्षा हो सकती है, तो यही करने में राज्य और कुल का कल्याण है। व्यावहारिकता कहती है कि हस्तिनापुर को सन्तुष्ट रखो। इस प्रकार उसे दूर रखो। शकुनि ने कहा कि विवाह हेतु भी हस्तिनापुर से यहाँ किसी को न बुलाया जाए। गान्धारी को ही पूरे सम्मान-समारोह सहित विदा कर दिया जाए ताकि विवाह हस्तिनापुर में सम्पन्न हो सके।

किन्तु अनजान देश में अन्धे पति के होने से, राजनीतिक छल-छद्मों से गान्धारी के हितों की रक्षा कौन करेगा? पति ज्येष्ठ होते हुए भी नेत्रहीनता के कारण राजसिंहासन से वंचित है। आगे उसकी सन्तान के साथ न जाने कैसा व्यवहार हो! भेदभाव, अन्याय, उत्पीड़न, शोषण, कुछ भी हो सकता है। गान्धार-नरेश सुबल अपनी पुत्री के भविष्य की चिन्ता से व्याकुल हो उठे। किन्तु क्या किया जाए? भीष्म के अजेय शौर्य से कौन टक्कर ले सकता है? कितनी विवशता है?

तभी राजपुत्र शकुनि ने दृढ़ स्वर में कहा—"महाराज! आप चिन्ता न करें, तात! मुझे अनुमति दें गान्धारी के साथ हस्तिनापुर जाने की। मैं जाऊँगा और वहाँ अपनी भोली-भाली निरीह भगिनी के संरक्षण में सतत संलग्न रहूँगा। मैं गान्धारी एवं उसकी सन्तान के हित पर किसी भी स्थिति में लेशमात्र भी आँच न आने दूँगा। मुझे भी हस्तिनापुर जाने की आज्ञा दें तात!"

शकुनि का प्रस्ताव सुनकर सुबल चौंक पड़े—"शकुनि! तुम्हारा प्रस्ताव स्वागत योग्य है किन्तु हमें आगे-पीछे का भी विचार कर लेना चाहिए। क्या तुम दीर्घकाल के लिए अपने देश गान्धार से विछोह सहना चाहोगे?"

"दीर्घकाल के लिए नहीं, महाराज! सदा के लिए। गान्धार की राजकुमारी का सम्मान सर्वोपरि है। गान्धार राज्य की प्रतिष्ठा सर्वोपरि है। अपनी बहन और अपने राज्य का अहित तथा अनादर मैं किंचित भी नहीं सह सकता। और तात! अन्य कोई विकल्प भी तो नहीं है? क्या हम गान्धार-राजपुत्री को सुदूर अपरिचित

जन के बीच असुरक्षित छोड़ सकते हैं? गान्धार-राज्य के संचालन तथा सुरक्षा हेतु मेरे अन्य भ्राता आपके साथ रहेंगे ही। किन्तु मेरी निरीह, सुकुमार बहन को हस्तिनापुर में एकाकी तथा असुरक्षित कदापि न छोड़ें।''

शकुनि का बहन के प्रति प्रेम, राज्य के प्रति सेवा और परिवार के हित में त्याग की भावना का गहरा प्रभाव पड़ा। एक स्वर में राजपरिवार, मन्त्री, अमात्य तथा सभासदों ने प्रस्ताव का अनुमोदन कर दिया।

शकुनि ऊपर से संयत बना हुआ था, किन्तु भीतर ही भीतर क्रोध से उबल रहा था। बोलते समय उसका मुँह टेढ़ा हो जा रहा था। वह आतुर हो उठा था हस्तिनापुर जाने के लिए। उसका वश चलता तो तुरन्त हस्तिनापुर पहुँचकर कुछ ऐसा कर दिखाता जिससे कुरुवंश का प्रचण्ड प्रताप सदा के लिए धूल में मिल जाता। वह अपने पिता, परिवार तथा राज्य की विवशता समझ रहा था। वह जानता था कि भीष्म को न छेड़ने में ही गान्धार का कल्याण है। जानता था कि हस्तिनापुर की माँग पूरी कर देने से ही गान्धार-राज्य का अस्तित्व बना रह सकता है।

एक नेत्रहीन राजपुत्र को मेरी सर्वगुण-सम्पन्न, शीलवती बहन का हाथ सौंपा जा रहा है! हस्तिनापुर की यह राजनीतिक विजय है और गान्धार की पराजय! किन्तु गान्धार-राज्य की आज की इस विवशता को वह भविष्य में कभी न कभी गान्धार-नीति की विजय सिद्ध करके दिखा देगा। हस्तिनापुर की कूटनीतिक पराजय सिद्ध करके ही रहेगा। अवश्य ही गान्धारी को मिले सौ पुत्रों के वरदान की सूचना हस्तिनापुर में पहुँच चुकी होगी! तभी भीष्म ने गान्धारी का विवाह अन्धे धृतराष्ट्र से कर देने को गान्धार राजा पर दबाव डाला है। उस वरदान के आधार पर ही भीष्म अब कुरुवंश की डूबती नैया को पार लगाना चाहता है। तभी भीष्म कुरुवंश के हित की वेदी पर मेरी सरल सीधी बहन की बलि चढ़ाकर वंशवृद्धि के रंगीन सपने बुन रहा है!

ठीक है! गान्धारी के सौ पुत्रों का लालच है न उसे? गऊ-सी निरीह गान्धारी को अन्धे धृतराष्ट्र के पल्ले से बाँधा जा रहा है। इसी लालच के कारण! किन्तु इस लालची और दम्भी राजवंश की ईंट से ईंट न बजा दी, तो मेरा नाम शकुनि नहीं! शकुनि की बुद्धि ने बहुत दूर का सोच लिया था। किन्तु एक महती समस्या तो बिल्कुल निकट ही थी।

और वह थी कि, गान्धारी के विवाह के निर्णय की सूचना गान्धारी को किस मुँह से दी जाए? कौन दे यह सूचना? कैसे दे यह सूचना? क्या बीतेगा गान्धारी के मन पर! किसी का साहस न था गान्धारी के सामने जाने का, उसे यह दु:संवाद देने का।

किन्तु जिस वेग से सघन घटाओं की भाँति यह चर्चा उमड़ पड़ी थी, उसका

गर्जन अपने आप गान्धारी तक पहुँच गया था। पूरा जीवन उसे एक नेत्रहीन व्यक्ति के साथ व्यतीत करना होगा। गान्धारी के स्वप्नमहल खँडहर में बदल गये। गान्धार-राज्य के अस्तित्व पर संकट के बादल घिर आये थे। सुदूर हस्तिनापुर से उठे विकट झंझावात् ने छोटे से गान्धार-राज्य को झकझोर कर रख दिया था। इस बलवती आँधी से गान्धार-राज्य को बचाने के लिए बलि किसकी? एक कन्या की! गान्धारी की!

गान्धारी रो पड़ी। गान्धारी टूट गयी। किन्तु गान्धारी साधारण न थी। एक सर्वगुण सम्पन्न बुद्धिमान, धीर-गम्भीर कन्या कितना रो सकती है! अन्ततः अपने टूटते बिखरते स्व को उसने समेटा और उसे कर्त्तव्य सूत्र में दृढ़ता से बाँध लिया। दुःखी कौन नहीं? क्या पिता दुःखी नहीं है? माता दुःखी नहीं है? बन्धु-बान्धव, कुटुम्ब दुःखी नहीं? प्रजा दुःखी नहीं है? उसके दुःख में कितने-कितने जन दुःखी हैं!

अब जो हो सकता है, वही करना उचित है। राष्ट्र के हित के लिए ग्राम, ग्राम के हित के लिए कुटुम्ब एवं कुटुम्ब के हित की रक्षा के लिए व्यक्ति का त्याग उत्तम नीति हैं। हृदय पर पाषाण रखकर गान्धारी बलि के लिए तत्पर हो गयी।

जहाँ राजकुल भारी ऊहापोह में चिन्तातुर बैठा हुआ था, वहाँ गान्धारी की वाणी सहसा गूँज उठी—''आप चिन्ता न करें, पिताश्री! व्यक्ति से बड़ा समाज है। अपनी मातृभूमि को बचाने के लिए कोई भी त्याग बड़ा नहीं! मुझे हस्तिनापुर विदा कीजिए।''

गान्धारी की विदा की तैयारी होने लगी। विदा की वेला जब गान्धारी को लोगों ने देखा तो स्तब्ध रह गये। यह क्या? गान्धारी के नेत्रों पर वस्त्र-पट्ट दुहरा-तिहरा कर बँधा हुआ है! गान्धारी के माता-पिता, बन्धु-बान्धव सब अवाक् थे। ''हा-वत्से! यह तूने क्या किया?'' माता ने रोते हुए पूछा।

''यथार्थ से बचने का यही उपाय था। अब न यथार्थ दिखेगा, न अब कोई स्वप्न नेत्र में बस सकेंगे और फिर पतिव्रत धर्म भी तो शायद यही है? जिस सुख से पति वंचित हो, पत्नी उसका आनन्द कैसे ले सकती है?''

रोते-बिलखते समाज ने अपनी सुशील बेटी को विदा दी। रथ में बैठी गान्धारी सोच रही थी कि बलपूर्वक उसे विवाह के बन्धन में तो बाँध दिया गया, किन्तु उसकी इतनी स्वतन्त्रता तो फिर भी बनी रहेगी कि जो वह नहीं देखना चाहेगी, उसे देखने को अब उसे कोई बाध्य नहीं कर सकेगा। एक निर्विकार और तटस्थ जीवन जीना अब सम्भव हो सकेगा।

रथ में गान्धारी के निकट बैठा शकुनि सोच रहा था कि हस्तिनापुर नामक अन्धे-कुएँ में गान्धारी को धकेल देने में वह स्वयं भी तो उत्तरदायी है। किन्तु

वह उस अन्धे कुएँ को ही पूरा ऐसे पाट देगा कि समूची भूमि समतल हो जाएगी। कभी वहाँ कोई कुआँ था, इसका आभास तक न रह जाएगा। कुरुवंश का नाम चिह्न तक शेष न बचेगा।

इस घटना के कुछ ही समय उपरान्त राजा कुन्तिभोज ने राजपुत्री कुन्ती का स्वयंवर किया। कुन्ती ने स्वयंवर में पाण्डु का वरण किया। यदुवंश के देवक की एक दासी की सौम्य पराशवी पुत्री से विदुर का विवाह हुआ। कुन्ती यदुवंश के शूरसेन की पुत्री पृथा थी, कुन्तिभोज ने उन्हें गोद लिया था। अतः कुन्ती एवं देवक की दासी की पुत्री परा दोनों बचपन से मित्र थीं। जब कुन्ती को कुन्तिभोज को दिया गया तब साथ में सखी-दासी के रूप में परा भी वहाँ भेज दी गयी। कर्ण के जन्म, जल में विसर्जन तथा कुन्ती की पीड़ा की परा भी साक्षी रही और इसीलिए वे सदा अभिन्न रहीं। कुन्ती के अतिरिक्त परा देवकी की भी मित्र थी अतः उसकी पीड़ा भी परा ने आत्मसात् की थी। परा विदुर की पत्नी बनकर आयी और देवकी-पुत्र कृष्ण तथा कुन्ती-पुत्र पाण्डवों पर सदा ममता बरसाती रही।

राजमहल में अब चहल-पहल हो चली। तीन पुत्रवधुओं के आगमन से सुखद भविष्य की आशा-लता दिन-दूनी रात-चौगुनी फैल चली। बाद में हस्तिनापुर-नरेश महाराज पाण्डु का विवाह मद्र देश की राजपुत्री माद्री से भी कर दिया गया। हर्ष और उल्लास, गीत और संगीत से राजमहल नित्यप्रति गुंजरित रहने लगा।

परन्तु! रात की निबिड़ नीरवता में राजमहल पर एक काली छाया निरन्तर मंडराती रही। पूर्णिमा की धवल ज्योत्सना से भी अमावस्या ने अपनी कालिमा हटने नहीं दी। परिचारक-वृन्द में चुपचाप, दबे स्वर में चर्चाएँ होतीं। कभी महल के परकोटे पर, तो कभी सबसे ऊँची अट्टालिका पर बहुधा एक दीर्घ घूँघट वाली नारी देखी जाती थी। कुछ लोगों ने उस लाल वस्त्रधारिणी के हाथ में नग्न खंग की चमक भी देखी थी। किन्तु उत्साह और हर्ष की वेगवान लहरों में बहुत से महत्त्वपूर्ण महानुभावों को ऐसा कुछ भी न दिख पाया।

अब सबके मन में एक आतुर प्रतीक्षा थी, कि कब राजमहल में किलकारियाँ गूँजें। कब युवराज का जन्म हो! पाण्डु ने हस्तिनापुर राज्य का विस्तार किया, शक्ति बढ़ायी। किन्तु वे राज्य को एक उत्तरधिकारी देने में असमर्थ थे। अपनी इस अक्षमता के कारण वे ग्लानि में डूबे रहते। चिकित्सकों तथा वैद्यों से घिरे रहते। भाँति-भाँति के उपचार एवं पथ्य करते। जो भी उन्हें कुछ सकारात्मक बात कहता, वे उसका पालन करने सदा उद्यत रहते। इसी सन्दर्भ में उन्होंने दोनों पत्नियों के साथ पर्वत-प्रदेश जाने का निर्णय लिया। वहाँ वे स्वास्थ्य-लाभ भी कर सकेंगे और पर्वतीय ओषधि, जड़ी-बूटी से श्रेष्ठ चिकित्सा भी हो सकेगी।

परन्तु सन्तानोत्पत्ति के लिए उन्हें भी अन्ततः अपनी कुल-परम्परा का ही

अवलम्ब लेना पड़ेगा। कुन्ती ने धर्म मन्त्र पढ़कर धर्मराज से नियोग-प्रथा द्वारा युधिष्ठिर को जन्म दिया। पुन: कुन्ती ने वायु देव का मन्त्र पढ़कर वायु से भीम को तथा इन्द्र से अर्जुन को जन्म दिया। बाद में माद्री ने आश्विन कुमार सम्बन्धित मन्त्र-पाठ कर उनसे नकुल एवं सहदेव को जन्म दिया।

पाँच पुत्र एवं दोनों पत्नियों के साथ पाण्डु वहाँ आनन्द-मग्न थे।

इधर हस्तिनापुर में जब युधिष्ठिर के जन्म का संवाद पहुँचा तो धृतराष्ट्र पत्नी गान्धारी को भारी आघात पहुँचा। गान्धारी के पति ज्येष्ठ पुत्र थे किंतु दृष्टिहीन होने से वे राज्य करने के अधिकार से वंचित कर दिए गये थे। किन्तु गान्धारी को आशा थी कि राजकुल के प्रथम उत्तराधिकारी और युवराज को जन्म वही देगी। किन्तु कुन्ती आगे निकल गयी। अब पाण्डु का पुत्र युधिष्ठिर युवराज होगा। धृतराष्ट्र के वंशजों के हाथ से राजसिंहासन सदा के लिए निकल गया। गान्धारी का क्षोभ बढ़ता जा रहा था। एक तो अपने माता-पिता से इतनी दूर, फिर दृष्टिहीन पति, इसके अतिरिक्त स्वयं का सदा नेत्रों पर वस्त्र-पट्ट बाँधे रहने का संकल्प! निराशाएँ ही निराशाएँ! उसमें एक असफलता यह और जुड़ गयी।

जब जन्म दिया भी गान्धारी ने तो पुत्र अथवा पुत्री को नहीं। एक मांस का पिण्ड था वह। वह देखकर काष्ठवत् रह गयी! क्या इस आघात की ही कमी रह गयी थी मेरे जीवन में?

एक बार पहले भी कुरुवंश को अवसाद से महर्षि व्यास ने बचाया था। उन्हें वह घटना जैसे ही ज्ञात हुई, वे तुरन्त आये और गान्धारी को रोष और क्षोभ में आकर विध्वंसात्मक कर्म करने से रोक दिया। व्यास उस मासपिण्ड को देखकर हर्ष से गद्गद हो उठे।

उन्होंने तुरन्त उसका शीतल जल की धार से सिंचन करवाया। देखते-देखते वह गलने या पिघलने-सा लगा और उसके कई टुकड़े होकर इधर-उधर बहने लगे। व्यास ने धात्रियों से सब टुकड़ों को उठवाया तथा पिण्ड का जो बड़ा भाग अभी शेष था उसको फिर जलधारा से सींचा ताकि वह भी विगलित हो। उन्होंने कुल सौ टुकड़े इस प्रकार तैयार करवाये।

धात्रियों से उन्होंने सौ कुण्ड अथवा कलश घी से ऊपर तक भरवाये। कुछ ओषधियाँ उनमें डालीं तथा उन सौ अंशों को, जो अँगूठे के पोर के बराबर थे, हर कुण्ड या कुम्भ में एक-एक रखवाते गये। तभी गान्धारी ने एक पुत्री हेतु भी उनसे विनती की। सौ टुकड़ों के बाद जो कुछ इधर-उधर शेष बचा था, उसे मिलाकर उन्होंने एक और भ्रूण तैयार किया एवं उसे एक घी भरे कुण्ड में रखवाया इन सभी एक सौ एक घी भरे कुण्डों में गर्भ स्थापित कर उन्होंने उन्हें गुप्त स्थान पर कड़ी सुरक्षा में रखवाया। लगभग दो वर्ष का समय बीतने पर, जो सबसे पहले

गर्भ स्थापित किया गया था, वह परिपक्व होकर शिशु बन गया जिसका नाम दुर्योधन रखा गया। जिस दिन दुर्योधन का जन्म हुआ, उसी दिन सुदूर पर्वतों पर कुन्ती ने वायुदेव की कृपा से भीम को जन्म दिया।

कुरुकुल की प्रसन्नता का पारावार न था। महावैज्ञानिक व्यास ने अद्भुत चमत्कार कर दिखाया था। कुरुकुल को प्राण मिल गये। अब तो प्रतिदिन भीष्म को संवाद मिलता कि आज एक शिशु ने जन्म लिया। तो सन्ध्या तक वह संख्या बढ़ जाती। बड़ी संख्या में निपुण धात्रियाँ दौड़-भागकर बड़े परिश्रम से उनकी देखभाल कर रही थीं। व्यास की कृपा से भीष्म के राजमहल में जैसे असंख्य पक्षी चहचहा उठे हों।

गान्धारी के एक सौ एक शिशुओं तथा धृतराष्ट्र की वैश्य पत्नी के शिशु युयुत्सु कर्ण का कोमल मधुर क्रन्दन जब महल में गूँजता तो गद्गद हृदय भीष्म आकाश की ओर हाथ जोड़ ईश्वर को दिनभर में पता नहीं कितनी बार धन्यवाद दे उठते। पुरातन काल से चले आ रहे सूने से विराट प्रासाद में कभी एक साथ इतने शिशुओं का मीठा स्वर गूँजेगा, इसकी तो कल्पना नहीं की थी। वे अब पितामह थे। वे अपने पौत्रों के नामकरण, चूड़ाकर्म, कर्णवेधन आदि संस्कारों एवं समुचित पालन-पोषण तथा शिक्षा-दीक्षा में गहरे डूब चले। उधर पार्वत प्रदेश में पाण्डु की पत्नी कुन्ती, युधिष्ठिर, भीम तथा अर्जुन को तथा माद्री, नकुल और सहदेव को जन्म दे चुकी थीं। भीष्म पुलकित थे। भीष्म हर्षित थे। भीष्म मुदित थे, मगन थे, व्यस्त थे, मदमत्त थे।

एक ओर महल में शिशुओं की विशाल संख्या में धात्रियों और परिचारिकाओं का जमाव रहता, दूसरी ओर इन कुल एक सौ दो नन्हे-नन्हे पौत्रों-पौत्री का पक्षियों जैसा कलरव था। और क्या चाहिए किसी को? धन्य हो प्रभु!

उस दिन पितामह के चारों ओर गोल-मटोल पौत्र लुढ़कते खेल रहे थे। पितामह उन्हें देखकर निहाल हुए जा रहे थे। उनके अंक में दुर्योधन तथा दु:शासन थे, जिन्हें एक साथ सँभालने का वे असफल प्रयास कर रहे थे। दुर्योधन बड़ा बलिष्ठ था और उतना ही उत्पाती। वह पूरी शक्ति से रो रहा था, मचल रहा था। पितामह पुलकित थे।

तभी उनकी दृष्टि एक ओर खड़ी एक दासी पर पड़ी। भीष्म को वह कुछ परिचित-सी तो लगी किन्तु असंख्य दासियों और धात्रियों से भरे उस वातावरण में वे ठीक से उसे स्मरण नहीं कर पाये। वैसे भी वे अपने पौत्रों में इतने व्यस्त थे कि उन्हें कुछ और सोचने-समझने का अवकाश ही कहाँ था!

वह दासी कुछ कहने को आगे बढ़ी। भीष्म की भवों में बल पड़ गये। उन्हें इस समय अपने आमोद-प्रमोद में व्यवधान तनिक भी न सुहाया।

"कौन हो तुम? कुछ कहना है? क्या कहना चाहती हो?"—उन्होंने पूछा।

"महाभाग! अत्यन्त महत्त्वपूर्ण सूचना है।"

भीष्म ने उससे दुर्योधन व दुःशासन को सँभालने को कहा। दासी ने दोनों राजपुत्रों को उनसे ले तो लिया, किन्तु तुरन्त ही दूसरी दासी को थमा दिया। भीष्म ने रोषपूर्वक उसे देखा किन्तु उनके कुछ कहने से पहले ही वह उनके चरणों के पास हाथ जोड़कर बैठ गयी।

"महाभाग! कृपया कुछ क्षणों के लिए बालकों को छोड़, मेरे निवेदन पर ध्यान दें। गोपनीय संवाद है। अत्यावश्यक है।" दासी बहुत ही धीमे स्वर में विनयपूर्वक बोली।

"तुम कौन हो? कहो, क्या कहना चाहती हो?" भीष्म ने भृकुटि तानकर कहा।

"स्वामी! मैं आपकी अनुचरी हूँ। गुप्तचरी! गुप्तचरी गुप्तशंखिनी हूँ। मुझे सिद्धकूट महाभाग ने अत्यन्त गोपनीय कार्य सौंपा था। महाभाग! बहरी बनकर मैंने पांचाल नरेश महाराज द्रुपद के महल में महारानी की विश्वासपात्र अनुचरी का पद पा लिया था। मैं उनके अन्तःपुर में कर्तव्यरत रहती हूँ। अचानक ही एक अद्भुत सूत्र मेरे हाथ लगा।"

भीष्म के ललाट पर बल पड़ गये थे। वे बार-बार अपने भाल पर हाथ फेर रहे थे।

"विस्तार से कहो।"

"महाभाग! महारानी ने मुझे अपने पुत्र शिखण्डी की सेवा का दायित्व सौंपा था। किन्तु स्वामी! शिखण्डी पुत्र नहीं, पुत्री है! वह और कोई नहीं, अम्बा है। राजकुमारी अम्बा पुनः जन्म ले चुकी है।"

"क्या कह रही हो गुप्तशंखिनी?"—विस्मय से भीष्म ने कहा।

"सत्य महाभाग! मुझे धात्री का कार्य सौंपकर भी राजपुत्र शिखण्डी के स्नान आदि कार्य स्वयं महारानी ही करती रहीं। वे मेरी ओर से निश्चिन्त रहतीं कि मैं तो बधिर हूँ, कुछ सुन नहीं सकूँगी। किन्तु कई बार वे दीर्घ निःश्वास लेकर दुःख जतातीं। कहतीं 'हा प्रभु! एक पुत्र तो दिया होता!' मैं सोचती कि पुत्र तो है, फिर महारानी इतनी दुःखी क्यों रहती हैं? किन्तु मैं कुछ कहती नहीं थी और ऐसा दिखाती थी कि मैंने कुछ भी नहीं सुना। एक बार महाराज द्रुपद झूले पर महारानी के साथ बैठे हुए थे। उनकी चर्चा बहुत गोपनीय थी, किन्तु मैंने सुन ली। महारानी कह रही थीं कि भगवान शंकर ने वरदान दिया था कि 'जन्म तो

होगा पुत्री का किन्तु बाद में वह पुरुष हो जाएगी। अब मेरा धैर्य टूटा जा रहा है नाथ! हमारी पुत्री शिखण्डिनी अन्ततः कब सचमुच पुत्र बनेगी! मैं जन्म से ही उसे पुत्रवत् सजाती-सँवारती हूँ और वरदान के कारण उसे पुत्र शिखण्डी के रूप में संसार के सामने प्रस्तुत करती आयी हूँ! किन्तु कब तक हम यह रहस्य सबसे छिपाकर रख सकेंगे?' '' गुप्तशंखिनी ने कहा।

''रुको! गुप्तशंखिनी!'' भीष्म सहसा गरज उठे।

''इससे यह कहाँ सिद्ध होता है कि अम्बा का पुनर्जन्म हो गया? गुप्तशंखिनी! अम्बा! अम्बा! अम्बा! केवल अम्बा के विषय में यदि कुछ जानकारी हो तो मुझे बताओ। मुझे केवल अम्बा के विषय में ही जानना है और कुछ नहीं। किसी नरेश के अन्तःपुर की चर्चा कितनी भी रोचक हो, किन्तु वह बाद में भी कभी हो सकती है। अम्बा! अम्बा! अम्बा! मैं केवल अम्बा के विषय में जानने को अधीर हूँ। किन्तु लगता है तुम्हारे पास उसके विषय में कहने को कुछ नहीं है।'' भीष्म उतावले हो उठे।

''महाभाग! मुझे क्षमा करें। मैं वही सूचित करने तो पांचालराज्य से सीधी चली आ रही हूँ।'' गुप्तशंखिनी ने भयभीत होकर कहा।

''तो वास्तविक महत्त्व की बात पर शीघ्र क्यों नहीं आती? इधर-उधर की बात में समय क्यों वृथा कर रही है?''—भीष्म उत्तेजित हो उठे।

''महाराजकुमार! झूले पर बैठे महाराज द्रुपद व महारानी चर्चा कर रहे थे, तभी राजकुमार शिखण्डी वहाँ आया और महाराज की कटि से कृपाण खींचकर उससे खेलने लगा। खेलते-खेलते अचानक वह कृपाण वाला हाथ ऊपर उठाकर खड़ा होकर घोषणा कर उठा—''मैं शिखण्डी नहीं! मैं शिखण्डी नहीं! मैं अम्बा हूँ। मैं भीष्मा हूँ! मैं भीष्म को मार डालूँगी! मैं अम्बा हूँ। मैं भीष्मा हूँ! भीष्म कहाँ? मैं उसका वध करूँगी!'' यह सुनकर महाराज महारानी दोनों घबरा गये। तुरन्त उन्होंने उसके हाथ से कृपाण लेकर, उसके मुख पर अपना हाथ रख दिया और मुझे सन्देह से देखने लगे। किन्तु मैं सिर झुकाये फूलों की माला ही गूँथती रही। इस घटना के बाद भी मैंने एकान्त में कई बार राजपुत्र शिखण्डी को क्रोध में यह दुहराते सुना कि वे अम्बा हैं और भीष्म का वध करेंगे।''

भीष्म के मुखमण्डल से सारा हर्ष-उल्लास लुप्त हो चुका था। भाल पर गहरी रेखाएँ उभर आयी थीं। चेहरा अनायास फक् हो गया। तो!...अम्बा ने फिर जन्म ले लिया! आश्चर्य! द्रुपद का पुत्र, पुत्र नहीं, पुत्री है! अम्बा है! अब तक यह रहस्य छिपाये रखा गया है! आश्चर्य! वे कुछ देर काष्ठवत् ही खड़े रह गये। फिर शीश झुकाये, दोनों हाथ पीछे की ओर बाँधे, गहरे विचारों में डूबे धीरे-धीरे वहाँ से चले गये।

इसके बाद गुप्तचरों को भीष्म के कठोर आदेश थे द्रुपद-सुत शिखण्डी पर कड़ी दृष्टि रखने हेतु। वे स्वयं व्यस्त हो चले अपने एक सौ दो पौत्र एवं पौत्री की शिक्षा-दीक्षा की व्यवस्था में। ज्येष्ठ पौत्र दुर्योधन बड़ा उत्पाती था। आये दिन छोटे भाइयों से मारपीट करता रहता। किसी बात की हठ ठान लेता तो उसे पूरी करके ही छोड़ता। अन्य सभी भाई उससे डरते और उसका लोहा मानते। उसका विरोध करके अपने ऊपर करारे प्रहार बुलवाने का साहस कोई न जुटा पाता। कभी कोई पिटता, कभी कोई। दु:शासन उसका सर्वाधिक प्रिय भ्राता था। वे दोनों मिल जाते तो सीधे-सादे अन्य कौरव-बालक तो भय से इधर-उधर छिपते-छिपाते फिरते। आये दिन पितामह भीष्म को निर्णायक बनकर इन कौरव-बालकों के झगड़े निपटाने पड़ते। वे सोचते कि धीरे-धीरे दुर्योधन अनुशासित हो जाएगा। किशोरावस्था की वय होती ही है उच्छृंखलता वाली।

एक दिन वे प्रात: सन्ध्योपासना से उठे ही थे कि एक ब्राह्मण-मण्डली का आगमन हुआ। उनके साथ विधवा वेश में एक दु:खी महिला भी थी। भीष्म के सम्मुख आते ही महिला अपने को संयत न रख पायी और बिलख-बिलख कर रो पड़ी। भीष्म चौंक पड़े उसका मुख देखकर। कुन्ती! पाण्डु की पत्नी कुन्ती! और विधवा वेश में!

वज्रपात! भीष्म इस अनहोनी की कल्पना भी नहीं कर सकते थे कि पाण्डु इतनी शीघ्र काल-कवलित हो जाएँगे! कुन्ती का कातर क्रन्दन रुकने का नाम नहीं ले रहा था। यह देख ब्राह्मण-मण्डली के वरिष्ठतम विप्रवर ने पीछे खड़े पाँच किशोर बालकों को धीरे से आगे बढ़ाया।

"शान्तनुनन्दन भीष्म! दु:ख है कि हस्तिनापुर-नरेश पाण्डु दिवंगत हो गये। हम उनकी अस्थियाँ लेकर आये हैं, ताकि उनका अन्तिम संस्कार करवा सकें। और महाभाग, ये रहे आपके पौत्र, स्वर्गीय महाराज पाण्डु के पाँच पुत्र। महाराज पाण्डु की द्वितीय पत्नी माद्री, महाराज के शरीर के साथ सती हो गयीं। ये सबसे छोटे दो पुत्र, नकुल एवं सहदेव दिवंगता महारानी माद्री के पुत्र हैं। और ये तीनों ज्येष्ठ पुत्र युधिष्ठिर, भीम एवं अर्जुन महारानी कुन्ती के पुत्र हैं। अब आप स्वर्गीय महाराज की पत्नी महारानी कुन्ती एवं पाँचों किशोर बालकों को अपने संरक्षण में लीजिए ताकि इनका भविष्य बन सके।"

अपने आँसू पोछते हुए भीष्म ने पाँचों आगन्तुक पौत्रों को हृदय से लगा लिया।

अब उनके पौत्रों की कुल संख्या एक सौ छह हो चुकी थी। भीष्म की

अभिलाषा रंग लायी थी। किन्तु तब यह कौन जानता था कि भीष्म के ये अनमोल हीरे हीरे नहीं हैं। ये चकमक पत्थर की भाँति परस्पर रगड़ जाएँगे, लड़ जाएँगे। और ऐसी चिनगारी उत्पन्न करेंगे कि जिसमें कुरुवंश फूस की भाँति स्वाहा हो जाएगा। अब पौत्रों के परस्पर संघर्ष और भी बढ़ गये। उग्र भी हो उठे। दुर्योधन को ये नये आये हुए भ्राता फूटी आँखों न सुहाते। युधिष्ठिर उससे बड़े थे और भीम उसके बराबर, इसे वह स्वीकार न कर पाता। वह उन्हें अपना भाई मानने को तैयार न था। न जाने कहाँ गिरिमण्डल-वनमण्डल से आ गये ये वनवासी! उसे लगने लगा कि ये पाँचों जैसे उसके साथ उसके भाइयों के अस्तित्व को चुनौती हैं। उनके साथ उसका व्यवहार ढिठाई भरा रहता। पाण्डवों के साथ भीष्म तथा विदुर का प्रेमपूर्ण व्यवहार वह सह न पाता। गुरु द्रोणाचार्य अथवा कृपाचार्य द्वारा पाण्डवों की प्रशंसा सुनते ही उसके तन में आग लग जाती। इसका परिणाम यह हुआ कि उसने अपने समस्त सगे अनुजों को संगठित कर लिया। अब उनके साथ वह दुर्व्यवहार न करता, बल्कि उनके हितों की रक्षा में संलग्न रहता। उन्हें उसने समझाया कि गान्धारी के समस्त पुत्र एक हैं। और पाण्डव उन सबके अस्तित्व को चुनौती हैं। उनके सुखद भविष्य हेतु कण्टक-सम हैं, अतः सावधान! हर कौरव को उसने सावधान और सचेत किया। पाण्डवों के प्रति हर कौरव के मन में पूर्वाग्रह भर दिये। फिर तो जो होना था वही हुआ। भीष्म की समस्या दिन पर दिन जटिल होती गयी। दुर्योधन की उग्रता, व्यग्रता, और उच्छृंखलता बढ़ती गयी। जितना युधिष्ठिर अपने अनुजों सहित शान्त और विनम्र रहते, उतना दुर्योधन पाण्डवों के प्रति अशिष्ट और निर्दय होता चला गया। कुरुकुल में नया आतंक जन्म ले चुका था। भाइयों में कलह स्थायी होती जा रही थी। भीष्म, विदुर, कृपाचार्य, द्रोणाचार्य त्रस्त होते जा रहे थे। कुन्ती भयातुर हो अपने पुत्रों को समझा-बुझाकर संयम में रखे रहती। गान्धारी दुर्योधन को डाँट-फटकार करने का कोई अवसर न गँवाती। किन्तु स्थिति दिन-प्रतिदिन गम्भीर होती जा रही थी।

द्रोणाचार्य अपने इन एक सौ छह भरतवंशी शिष्यों में सर्वाधिक प्रसन्न पाण्डु-पुत्र अर्जुन से थे। अर्जुन मेधावी, वीर, अत्यन्त विनम्र होने के कारण तीव्रगति से एक महाकुशल धनुर्धर के रूप में उभर चुका था। द्रोणाचार्य अर्जुन की लक्ष्यबेध-निपुणता पर हृदय से न्यौछावर थे। वे मुक्त कण्ठ से अर्जुन की सराहना करते और सराहना करने से कभी नहीं थकते। धृतराष्ट्र-पुत्र यह देख ईर्ष्या से कुण्ठित हुए जाते। दुर्योधन गदायुद्ध में निष्णात था। किन्तु भीम भी गदायुद्ध में कुछ कम न था। दुर्योधन को अपना प्रतिद्वन्द्वी नहीं चाहिए। वह किसी को अपने से ऊँचा या अपने बराबर नहीं देख सकता था। उसने भीम का वध तक करवाने के कई बार प्रयास किये। किन्तु विदुर सदा पाण्डवों की ढाल बने चौकस रहते। दुर्योधन

इसलिए विदुर से भी चिढ़ता रहता। भीष्म, द्रोणाचार्य, कृपाचार्य द्वारा उनके प्रति स्नेह पर भी उसे सन्देह होता। उसे लगता ये सब पाण्डवों पर अधिक स्नेह बरसाते हैं।

भीष्म सब देखते। चिन्तित होते। दीर्घ निःश्वासें लेते और इस कुल-घातक समस्या का निदान खोजते रहते। इन हृष्टपुष्ट स्वस्थ एक सौ छह द्रोण-शिष्यों की शस्त्र-शिक्षा पूर्ण हुई तो उनके आयुध-ज्ञान एवं शस्त्र-कौशल की एक स्पर्धा का आयोजन किया गया।

कुरुराजपुत्रों के शस्त्र-कौशल प्रदर्शन से सभी सन्तुष्ट थे। किन्तु अर्जुन का प्रदर्शन हर क्षेत्र में, हर दृष्टि से अभूतपूर्व और अद्वितीय रहा। वृक्ष पर रखे पक्षी की आँख बेधते समय आसपास का पूरा परिवेश अर्जुन के लिए लुप्त हो गया था। अर्जुन की एकाग्रता से द्रोणाचार्य अभिभूत हो उठे। वे गद्गद थे। पूरी प्रतियोगिता में अर्जुन श्रेष्ठ शिष्य सिद्ध हुए।

तभी किसी बलिष्ठ तरुण के गुरु-गम्भीर गर्जन ने सबको चौंका दिया— ''अर्जुन! यह जो खिलवाड़ तुम दिखा रहे हो न, यह तो बच्चों का खेल है। मेरे लिए तो ये बायें हाथ का खेल है। यदि सत्य ही तुम शस्त्र-विद्या में पारंगत हो तो मैं तुम्हें चुनौती देता हूँ। आओ, मुझसे स्पर्धा करो। तुम्हारी शस्त्र-कौशल की वास्तविकता अभी उजागर हो जाएगी।''

सन्नाटा छा गया। लोगों ने देखा कि एक दीर्घकाय, तेजस्वी, श्रेष्ठ शरीर-सौष्ठव वला सुदर्शन युवक वहाँ खड़ा अर्जुन को ललकार रहा था। धूप में उसका विलक्षण गौरवर्ण नेत्रों को चकाचौंध किये दे रहा था। गम्भीर स्थिति थी। लोग चकित थे। कौन है यह तेजस्वी तरुण! भीष्म और विदुर में अर्थपूर्ण दृष्टि-विनिमय हुआ। वे ही जानते थे कि यह नवागन्तुक कौन है।

अर्जुन हतप्रभ थे और द्रोणाचार्य विचलित। कृपाचार्य की प्रत्युत्पन्न मति काम कर गयी। आगे बढ़कर उन्होंने पूछा, ''युवक! अर्जुन एक राजपुत्र हैं। कोई भी स्पर्धा समानों में ही होती है। अतः कोई राजपुत्र ही अर्जुन को चुनौती देकर उनसे स्पर्धा कर सकता है। बोलो युवक! तुम किस राज-परिवार के कुलदीपक हो? तुम्हारे पिता किस राज्य के नरेश हैं? तुम कहाँ के राजकुमार हो?''

आगन्तुक का ओजस्वी मुखमण्डल अचानक मुरझाकर तेजहीन हो गया। अपमान और क्षोभ से विवर्ण मुख झुकाये वह निश्चल खड़ा रह गया।

''कर्ण! कर्ण! अरे बेटा कर्ण तुझे ढूँढ़ता हुआ पागल हुआ जा रहा हूँ और तू यहाँ कहाँ राज-समाज में घुस आया। चल शीघ्र घर चल।'' पुकारता एक वृद्ध व्यक्ति तभी वहाँ आया। सबने पहचाना। अरे यह तो अधिरथ सूत है। तो यह तेजस्वी तरुण अधिरथ सूत का पुत्र है? सूतपुत्र है?

जहाँ राजपरिवार की महिलाएँ बैठी हुई थीं, सहसा वहाँ हलचल मच उठी।

भागदौड़ होने लगी। महारानी कुन्ती मूर्च्छित हैं। जल लाओ। शीघ्र जल के छींटे दो। महिलाओं में चिन्ता के कारण भारी अस्त-व्यस्तता फैल गयी। विदुर-पत्नी परा कुन्ती की सेवा में तत्पर हो गयी थी।

भीष्म और विदुर में अर्थपूर्ण दृष्टि-विनिमय हुआ। वे जानते थे कि कर्ण, कुन्ती का पुत्र है। कुन्ती की कौमार्यावस्था में जन्मा पुत्र, जिसे एक मंजूषा में रखकर कुन्ती ने अश्वनदी में बहा दिया था। अधिरथ सूत को भाग्यवश वह मंजूषा मिली। अधिरथ और उसकी पत्नी राधा, मंजूषा में एक सुन्दर नवजात शिशु को अकस्मात् पाकर विभोर हो गये। उसे ईश्वर-दत्त मानकर अपने पुत्र की भाँति उन्होंने उसका पालन-पोषण किया।

वह कर्ण था। युधिष्ठिर, भीम तथा अर्जुन का सहोदर। कर्ण पाण्डु का कानीन पुत्र था। कर्ण, इस प्रकार, पाण्डव था। समस्त भरतवंशी राजपुत्रों में ज्येष्ठ था। हस्तिनापुर राज्य का उत्तराधिकारी था। राजसिंहासन का अधिकारी था। युवराज-पद का प्रथम अधिकारी वही था।

जिस नवजात शिशु को मंजूषा में रखकर अश्वनदी में बहाया था, उसे एक श्रेष्ठ तरुण के रूप में आज कुन्ती ने देखा। कुन्ती ने देखा कि उसका प्रथम-पुत्र उसके अन्तिम-पुत्र अर्जुन को युद्ध हेतु ललकार रहा है। हा प्रभो! यह कैसी विडम्बना! कुन्ती दारुण पीड़ा से व्याकुल हो अचेत हो गयी थीं।

अधिरथ सूत द्वारा नवागन्तुक तरुण को पुत्र कहकर पुकारे जाने से समूचे उपस्थित समाज में सनसनी फैल गयी। सूतपुत्र! तो वह सूतपुत्र था जो राजकुमार अर्जुन को चुनौती दे रहा था? परन्तु उस पूरे समाज में एक व्यक्ति था जिसने उस तेजस्वी सूतपुत्र में छिपी अपार सम्भावनाओं को पलक झपकते ताड़ लिया। वह था दुर्योधन, जिसमें कूट-कूटकर भरा अवसरवाद, कर्ण को देखते ही मत्तमयूर-सा नाच उठा। उसे एक मित्र की आवश्यकता थी। परमवीर! निष्ठावान्! मित्रता की वेदी पर बलिदानी मित्र! लेकिन दीन-हीन स्थिति वाला मित्र! सदा दुर्योधन की कृपा पर निर्भर रहने वाला एक पराक्रमी मित्र! लेकिन जिसके पराक्रम पर स्वयं दुर्योधन निर्भर रह सके। जिसके पराक्रम को अपने हित में अन्तिम बूँद तक निचोड़ सके। दुर्योधन ने तत्काल कर्ण को अंगदेश के राजपद पर नियुक्त कर वहीं उसे राजतिलक से विभूषित कर दिया।

हतप्रभ भीष्म साँस रोककर यह सब देखते रहे। विदुर काष्ठवत् बैठे रह गये। तब से कुरुकुल की वंश-गुत्थियाँ और भी उलझकर विषम से विषमतर होती चली गयीं। पुरुषार्थ और दैव में घनघोर स्पर्धा थी जैसे। दैव ने जैसे ठान ही लिया था पुरुषार्थ के हर प्रयास पर पानी फेर देने का। भीष्म असहाय थे। विदुर निरुपाय थे।

कौरव और पाण्डवों के बीच वैर की विषबेल दिन-दूनी रात-चौगुनी फैलती जा रही थी। पाण्डवों का हस्तिनापुर में रह पाना निरापद नहीं रह गया था। कुन्ती की स्थिति उस पक्षिणी की भाँति थी जो झंझावातों से बचाने के लिए अपने शावकों को अपने पंखों के नीचे छिपाये रखने का सतत प्रयास करती है। किन्तु कब तक, इस त्रासदी का कोई अन्त है क्या?

मध्यरात्रि में जब सब सो जाते तब निबिड़ स्तब्धता में कुलवृद्धों में गूढ़ मन्त्रणाएँ होतीं। विकल्प खोजे जाते। उधर गान्धारी के भाई शकुनि के धूर्त्त नेतृत्व में दुर्योधन, दु:शासन तथा कर्ण आदि के भी नैशिक सत्र चलते। कुटिल और क्रूर योजनाएँ बनायी जातीं कि कैसे पाण्डवों का अस्तित्व जड़मूल से समाप्त कर दिया जाए।

अन्तत: कौरवों ने बड़ी सूझबूझ से एक योजना बनायी कि पाण्डवों को उनकी माता सहित दूर नगर वारणावत भिजवाकर, वहाँ छल से उन सबका वध करवा दिया जाए। वारणावत में यक्षमह मेले का भव्य उत्सव होने वाला था। अत: समयानुकूल बहाना भी अच्छा मिल गया। योजना व्यावहारिक आकार लेने लगी। दुर्योधन ने अपने विश्वस्त पुरोचन को पाण्डवों के रहने के लिए विशिष्ट भवन निर्माण हेतु नियुक्त कर दिया। उसे आदेश दिये कि उस भवन में अधिकाधिक ज्वलनशील पदार्थों का प्रयोग किया जाए। ऊपर से दिखने में वह सामान्य प्रासाद ही दिखे किन्तु वास्तव में वह एक जतुगृह हो। षड्यन्त्र का जाल धीरे-धीरे गुप्त रूप से फैलने लगा। दूसरी ओर पाण्डवों के महासंरक्षक विदुर सदा की भाँति सचेत थे। षड्यन्त्र की गन्ध भाँपने में उन-सा चतुर कोई न था। वे जानते थे कि कौरव शान्त नहीं रह सकते। अत: विदुर भी अपने गुप्तचरों को सावधान करके परिस्थिति पर सूक्ष्म दष्टि रखे हुए थे।

उधर पांचाल-नरेश द्रुपद के यहाँ उनकी पटरानी की पुत्री शिखण्डिनी का पालन-पोषण पुत्र की भाँति चल रहा था। द्रुपद इस आशा में जी रहे थे कि एक न एक दिन शंकर भगवान के वरदान स्वरूप शिखण्डिनी पुरुष बन जाएगी। किन्तु अब उनकी आशा शनै: शनै: हताशा में बदलती जा रही थी। पुत्र-प्राप्ति की उनकी आकांक्षा द्रोणाचार्य के वध की आकांक्षा से जुड़ी हुई थी। द्रोणाचार्य के पाण्डव शिष्यों ने युद्ध में द्रुपद को पराजित करके बन्दी बनाकर कैसे अपने गुरुदेव को समर्पित कर दिया था। इस घटना का स्मरण आते ही द्रुपद का तन-बदन उत्तप्त हो उठता। अन्य पत्नियों के भी जो पुत्र थे, वे द्रुपद की अपेक्षा के अनुरूप न थे। उन्हें एक महावीर पुत्र चाहिए था जो द्रोणाचार्य से उनके अपमान का प्रतिशोध

ले सके। किन्तु कब शिखण्डी वास्तव में पुरुष बनेगा? दिन पर दिन द्रुपद की आशा क्षीण पड़ती जा रही थी। कितनी प्रतीक्षा और?

यही सोचकर द्रुपद ने विप्रवर याज से अपने लिए पुत्रेष्टि यज्ञ करवाया। इस बार द्रुपद भाग्यशाली रहे क्योंकि यज्ञ और पूजन इस बार सफल हो गया। उनकी मनोकामना पूर्ण हो गयी और चमत्कारिक रूप से यज्ञकुण्ड से ही उन्हें पुत्र धृष्टद्युम्न प्राप्त हुआ। यही नहीं, इस बार उन पर विधाता की महती कृपा रही कि जो उन्होंने नहीं माँगा था, वह भी अचानक प्राप्त हो गया! वह थी एक कन्या! याज्ञसेनी! द्रौपदी! पांचाली! धृष्टद्युम्न तथा द्रौपदी, किशोर वय के पुत्र एवं पुत्री, एक साथ यज्ञकुण्ड से प्रकट हुए। द्रुपद के कुटुम्ब में हर्ष का पार न रहा!

अब वे धृष्टद्युम्न में द्रोणाचार्य की पराजय की सम्भावना देखने लगे। वही द्रोणाचार्य का वध करके द्रुपद के हृदय को मर्मान्तक पीड़ा पहुँचाने वाले शूल का उच्छेद कर सकेगा। धृष्टद्युम्न तथा द्रौपदी के रूप में एक साथ युगल पुत्र-पुत्री की महती उपलब्धि होने पर भी द्रुपद के भाग्य में शान्ति नहीं लिखी थी।

जिस प्रकार भीष्म अपनी पारिवारिक समस्याओं में बुरी तरह उलझ गये थे और उनकी पारिवारिक समस्याओं का स्थायी समाधान नहीं मिल रहा था, उसी प्रकार पांचाल-नरेश द्रुपद और उनकी पत्नी भी अपने ही बुने हुए जाल में बुरी तरह फँस चुके थे। देवाधिदेव महादेव का वरदान शिखण्डी के सन्दर्भ में अब तक फलीभूत न हो पाया था। मुँहमाँगा वरदान निष्फल हुआ जा रहा था। द्रुपद विस्मय और निराशा में डूबे रहते। किन्तु फलीभूत होगा अवश्य! इस आशा में पुत्री शिखण्डिनी का जन्म से ही पुत्रवत् पालन हो रहा था। प्रारम्भ के कुछ वर्ष तो यह योजना ठीक से चलती रही। अब संकट आ गया था। विडम्बना यह थी कि पुत्री शिखण्टिनी युवा हो रही थी राजपुत्र शिखण्डी के रूप में! राजपुत्र शिखण्डी के युवा होने से उसके शीघ्र विवाह कराने हेतु चारों ओर से आग्रह होने लगे। द्रुपद पर सम्बन्धियों, राजनीतिक परामर्शदाताओं तथा अमात्यों एवं अधिकारियों का दबाव बढ़ने लगा। द्रुपद अपने इस दायित्व को पूर्ण करने में अपने को असहाय पा रहे थे। वे भारी दुविधा में थे। फिर भी पत्नी से विचार-विमर्श कर उन्होंने बड़े भय और संकोच से यह साहस कर दिखाया कि दशार्ण देश के राजा हिरण्यवर्मा की पुत्री से अपनी शिखण्डिनी पुत्री का, पुत्र रूप में विवाह कर दिया!

एक न एक दिन तो रहस्य खुलना ही था कि शिखण्डी पुरुष नहीं, स्त्री है! जिस भयावह सत्य के उद्घाटन की आशंका से द्रुपद आशंकित थे, वह आशंका एक दिन खुलकर एक भीषण चुनौती के रूप में सामने आ खड़ी हुई। शिखण्डी

की नवविवाहिता पत्नी ने भारी क्षोभ और संकोच के साथ पति के स्त्री होने की बात अपनी धाय एवं सखियों को बता दी। राजकन्या की इस सूचना ने चिनगारी का काम किया जिसने तुरन्त ही विकट ज्वालाओं का रूप धारण कर लिया, जिसमें पांचाल राज्य के सुख-चैन धू-धू कर जल उठे।

विश्वासघात! छल! अपमान! दुःसाहसी द्रुपद! पुत्र के स्थान पर उसने पुत्री का ही विवाह दशार्णराज हिरण्यवर्मा की पुत्री से कर दिया! कन्या का विवाह कन्या से? समूचे राजसमाज में हिरण्यवर्मा का सिर नीचा कर दिया! उसका अपमान किया! उसकी पुत्री का अपमान किया! प्रचण्ड क्रोध से हिरण्यवर्मा हुंकार उठा। हिरण्यवर्मा की हुंकार की अनुगूँज पांचाल राज्य में पहुँची और पांचालों के राजमहल थर्रा उठे। पूरे संसार की आँखों में धूल झोंककर द्रुपद अपनी पुत्री को पुत्र बताते आये थे। आज नये घटनाक्रम से क्षोभ, निराशा, भय और आतंक से द्रुपद व्याकुल हो उठे। उन्हें सूचना मिल चुकी थी कि हिरण्यवर्मा मित्र-नरेशों तथा बन्धु-बान्धवों से मिलकर द्रुपद से अपने अपमान का प्रतिशोध लेने की रणनीति निर्धारित कर रहा है। सैन्य-संग्रह हो रहा है। सभी मित्र-नरेश मिलकर निश्चित रूप से पांचाल पर आक्रमण कर उसे क्षार-क्षार कर डालेंगे। हिरण्यवर्मा गरज रहा था। पांचाल राज्य पर संकट के प्रलयमेघ छाये हुए थे। हिरण्यवर्मा का गर्जन उनमें गूँज रहा था। चुनौतियों की कड़कड़ाती उन्मत्त दामिनियाँ एक साथ पांचाल राज्य के वक्ष चीरती हुई उसे थरथराता छोड़ जातीं। पांचाल राज्य के बचने की अब कोई आशा नहीं। द्रुपद, उनका परिवार और उनकी मन्त्रिपरिषद चिन्तातुर थे कि राज्य को कैसे बचाया जाए।

शिखण्डिनी अर्थात् अम्बा की पीड़ा का तो जैसे अन्त ही न था। वह स्वयं ही अपने स्त्रीरूप से घृणा करती रही थी और पुरुष बनने की चेष्टाओं में उसने कोई कमी न छोड़ी थी। गत जन्मों में वह नारी अवश्य थी, जिससे वह अप्रसन्न रहती थी। परन्तु कम से कम तब उसकी समाज में एक स्पष्ट और मान्य स्थिति तो थी! अब तो वह न इधर की रह गयी, न उधर की! कन्या होते हुए भी द्रुपद की पटरानी ने उसका पुत्रवत् पालन-पोषण किया। वह बचपन से ही पुत्रवत् वस्त्र पहनती रही। उसके समस्त संस्कार भी पुत्रवत् सम्पन्न किये गये। वह स्वयं भी अपने को इस रूप में पाकर सन्तुष्ट थी। किन्तु विवाह और उसके उपरान्त की घटनाओं से शिखण्डिनी एक अत्यन्त ही विषम और त्रासदायी परिस्थिति में फँस गयी थी। लज्जा और अपमान से वह विचलित हो उठी। चारों ओर उसकी चर्चा होती। उपहास किया जाता।

शिखण्डिनी एकान्त में रोती। कैसा दुर्भाग्य! मेरे कारण मेरे माता-पिता कैसे घोर संकट में पड़ गये हैं। मेरे कारण हिरण्यवर्मा की सेनाएँ पांचाल राज्य को

रौंद डालेंगी। पांचाल राज्य मिट्टी में मिल जाएगा। राजपरिवार नष्ट हो जाएगा। भाई-बन्धु, माता-पिता क्या युद्ध के बाद जीवित रहेंगे? शिखण्डिनी सिहर उठती। उसे भी तो वर मिला था कि वह पुरुषत्व प्राप्त कर लेगी! परन्तु कब? जीवन में चारों ओर परत-दर-परत अनिश्चितता का घना कोहरा छा गया था। रह-रहकर शिखण्डिनी के भीतर की अम्बा कौंध-कौंध उठती। भीष्म! उसके समस्त कष्टों का मूल भीष्म रहा है। भीष्म उसे जन्म-जन्म से त्रास देता रहा है। भीष्म के कारण ही उसे पतिसुख कभी नहीं मिल पाया! परिवार-सुख से सदा वंचित रह गयी। एक स्त्री के दायित्व नहीं निभा पायी। न पति का प्रेम, न पतिसेवा, न पुत्र-पुत्रियों का सुख, न परिवार का संरक्षण। उस चण्ड भीष्म ने मुझे कहीं का नहीं रखा! न स्त्री की भूमिका निभा पायी, न ही पुरुष की! यदि पुरुष की भाँति युद्ध करके भीष्म को पराजित कर देती तो मुझे अपूर्व सन्तोष मिला होता। किन्तु भीष्म ने मुझे न स्त्री रहने दिया, न पुरुष! भीष्म ने स्वयं तो विवाह नहीं किया, स्वयं परिवार नहीं बसाया, वह कठोर-हृदय भला अम्बा की पीड़ा क्या समझे!

शिखण्डिनी विकल हो एकान्त-प्रेमी और अन्तर्मुखी होती जा रही थी। परिवार पर संकट मँडरा रहा था। पांचाल राज्य पर युद्ध के बादल छा गये थे। दशार्णराज हिरण्यवर्मा क्रोधोन्मत्त सिंह की भाँति दहाड़ रहा था। सैन्य-संग्रह पूर्ण होते ही वह पांचाल राज्य के संहार हेतु चल पड़ेगा। हा कष्ट! शिखण्डिनी के भीतर बैठी अम्बा फुफकार रही थी। अब धैर्य नहीं शेष! सारी समस्या का निदान है—पुरुषत्व प्राप्त करना! भीष्म का वध करना!

भीष्म का वध करना तो उसके जन्म-जन्मान्तरों का ध्येय रहा है। अब तो पुरुष बनने के अतिरिक्त और कोई उपाय नहीं रहा नित्य-प्रतिदिन के अपमान से बचने का। कैसी रही मेरी भी नियति! गत जन्मों में भी अपमान के विषघूँट पी-पीकर जीना पड़ा! और इस जन्म में भी अपमान का गरलपान ही उसके भाग्य में लिखा है! अपमान! उपहास! तिरस्कार! अब या तो पुरुष ही बनना होगा या फिर संसार त्याग करना होगा। मेरा अन्तर्द्वन्द्व न जीने देता है, न मरने देता है! अन्तर्दाह प्रतिदिन, प्रतिपल बढ़ता जा रहा है। हा पिता! हा माता! पांचाल-राज्य को कैसे भी बचाना है। आक्रमण से! माता-पिता को संसार के धिक्कार और तिरस्कार से बचाना है! समाज में उनकी प्रतिष्ठा पुनः स्थापित करनी है। कैसे करूँ? क्या करूँ?

तप!! तपस्या! केवल तपस्या!!

शिखण्डिनी की यह विकल मनःस्थिति दिन-पर-दिन विस्फोटक रूप धारण करती जा रही थी। इसी विक्षिप्तप्राय स्थिति में एक दिन घर-परिवार और राज्य

छोड़कर, शिखण्डिनी चुपचाप निकल गयी। उसे अपनी कोई सुध-बुध न रह गयी थी। सोचने-समझने की शक्ति नहीं रह गयी थी। उसे नहीं ज्ञात था कि वह कहाँ जा रही है। जिधर पाँव उठ गये, उधर ही चलती जा रही थी।

भूखी, प्यासी भटकते-भटकते वह एक सघन वन में पहुँची। दूर एक विशाल भवन दिखाई दिया तो वह उसी दिशा में बढ़ गयी। भवन के चारों ओर विराट प्रांगण था। विचित्र-सी शान्ति छायी हुई थी। अनोखी वनस्पतियों और कितने ही अनजाने सघन वृक्षों के पुष्प-गुल्मों की सुगन्धें चारों ओर व्याप्त थीं। प्रांगण में दूसरी ओर के सुदूर कोने में कुछ लोग कार्यरत दिख रहे थे। वहाँ बड़े-बड़े अलावों पर विशाल कड़ाह चढ़े थे, जिनमें कुछ उबल रहा था। विचित्र वेशभूषा वाला एक व्यक्ति वहाँ खड़ा शायद मन्त्र पढ़ रहा था और बीच-बीच में निकट के जड़ी-बूटी के ढेर से हाथों से सामग्री उठा-उठाकर कड़ाहों में डालता जा रहा था। कुछ सेवकगण कड़ाहों में उबलती सामग्री को निरन्तर चला रहे थे। उनसे कुछ ही दूरी पर निषादस्त्रियाँ बड़े-बड़े मूसलों से उलूखलों में कुछ कूट रही थीं और कूटकर उसी का ढेर बाहर लगाती जा रही थीं। उस दिशा से बड़ी विचित्र गन्ध उठ रही थी। प्रांगण के लगभग मध्य में विराट शाखाओं और घने पत्रगुल्मों से आच्छादित एक महावृक्ष था। वह अन्य वृक्षों से भिन्न तथा विशिष्ट सा था क्योंकि उस पर स्थान-स्थान पर विभिन्न रंगों की पताकाएँ फहरा रही थीं। काँसे के नाना प्रकार के छोटे-बड़े घण्टे-घण्टियाँ झूल रहे थे। महावृक्ष के नीचे गोबर से लिपा-पुता स्वच्छ और विशाल चौरा था, जिस पर महावृक्ष की जड़ के निकट सिन्दूर से पुती हुई विशाल पिण्डी स्थित थी। सिन्दूर, वैसे वृक्ष के तने पर भी स्थान-स्थान पर पुता हुआ था। पिण्डी के समक्ष, एक बड़ा-सा तैल भरा दीपक प्रज्वलित था। उसी के निकट हारी-थकी शिखण्डिनी बैठ गयी और चकित-सी चारों ओर निहारने लगी। अद्‌भुत परिवेश है यहाँ का! कितनी अद्‌भुत शान्ति! स्तब्धता!

तभी ताली बजने की ध्वनि सुनकर उसने भवन की ओर देखा। एक भयभीत सी वृद्धा ने ताली बजाकर उसका ध्यान आकर्षित किया था। पहले तो शिखण्डिनी उस वृद्धा का इंगित समझ नहीं पायी। पर जब वृद्धा ने बार-बार अपने दोनों कान छू-छूकर हाथ हिलाये, तब शिखण्डिनी समझ गयी कि वृद्धा उस स्थान पर बैठने को मना कर रही है। शायद वहाँ बैठना निषिद्ध था। क्लान्त तन-मन लिये शिखण्डिनी उठ गयी और हौले-हौले वृद्धा की ओर बढ़ी। निकट आने पर वृद्धा ने अत्यन्त धीमे स्वर में पूछा, "कष्ट है?" शिखण्डिनी कुछ कह न पायी केवल शीश हिलाकर 'हाँ' का इंगित कर दिया।

"भीतर जाओ। पीड़ित जन के लिए बहुत स्थान है।" वृद्धा ने कहा और वहाँ से चली गयी।

शिखण्डिनी थके हुए तन के अवलम्ब के लिए एक सुन्दर सुशिल्पित स्तम्भ से टिक गयी। कुछ ही देर में प्रासाद के दूसरे छोर से वही वृद्धा हँसती हुई निकली। उसके साथ में एक युवक तथा युवती थे। वे तीनों बड़े प्रसन्न थे। युवती के अंक में एक नवजात शिशु था। वे प्रांगण के मध्य में स्थित महावृक्ष की ओर गये। वहाँ उन्होंने महावृक्ष को हाथ जोड़कर प्रणाम किया। कुछ देर नेत्र मूँदकर प्रार्थना की। फिर तैल भरकर एक दीपक प्रज्वलित कर पिण्डी के सम्मुख रखा। सिन्दूर तथा पुष्प पिण्डी पर चढ़ाये और नवजात शिशु को उस सिन्दूर-पुती पिण्डी के समक्ष रख, तीनों ने साष्टांग दण्डवत् की। फिर शिशु को अंक में लेकर महावृक्ष की प्रदक्षिणा की, और धीरे-धीरे वहाँ से जाने लगे। किन्तु ओझल होने से पूर्व, उन्होंने पुनः मुड़कर दूर से प्रासाद की ओर भी हाथ जोड़कर प्रणाम किया और चले गये।

शिथिल गात और बोझिल पाँवों से शिखण्डिनी ने जिज्ञासावश भवन में प्रवेश किया। बड़े विशाल कक्ष थे। किन्तु सब सूने। घूमते-घूमते शिखण्डिनी ने वहाँ एकान्त में एक कक्ष में पहुँचकर धूनी रमा ली। उपवास! व्रत! तप! एक ही आसन में बैठे-बैठे दिनरात व्यतीत हो जाते। न उसे भूख लगती, न प्यास सताती। जैसे वह इस संसार में थी ही नहीं! कितने दिन तक उग्र तपस्या में लीन रही और दिन पर दिन कृशकाय तथा दुर्बल होती गयी। केवल एक लगन थी। एक ही रटन थी। एक ही प्रार्थना थी—"प्रभो! मुझे पुरुषत्व प्रदान करो! मुझे पुरुषत्व प्रदान करो!"

शिखण्डिनी यहाँ अपरिचित क्षेत्र में तपरत थी, दूसरी ओर समूचे पांचाल राज्य तथा राजधानी काम्पिल्य नगरी में राजकुमार शिखण्डी के अचानक लुप्त हो जाने से हाहाकार मच गया था। राजपरिवार और प्रजा सभी चिन्तित हो उठे। द्रुपद की हवाइयाँ उड़ गयी थीं। यह क्या हो गया! बैठे-ठाले एक और संकट! वैसे ही चिन्ता कौन-सी कम थी! शिखण्डी को स्थान-स्थान पर खोजा जा रहा था। सरिता-सरोवर में बड़े-बड़े जाल डलवाये जा रहे थे कि कहीं जानबूझकर अथवा अनजाने में राजपुत्र डूब तो नहीं गया! निकटवर्ती राज्यों में पांचाल राज्य के गुप्तचर व्यापारी, संन्यासी और ज्योतिषी तथा भिखारी आदि का वेश धारण कर शिखण्डी की खोज में लगे हुए थे। भय था कि कहीं शिखण्डी के श्वसुर हिरण्यवर्मा ने तो प्रतिशोध लेने के लिए शिखण्डी का हरण नहीं कर लिया! द्रुपद की चिन्ताएँ दुगुनी हो चुकी थीं। ज्योतिषियों, भविष्यवक्ताओं, साधु-महात्माओं का राजमहल में मेला जैसा लगा रहता।

यदि शिखण्डी को लुप्त कराने में हिरण्यवर्मा का हाथ नहीं है, तब तो संकट और भी विकट है। क्या स्पष्टीकरण दिया जाएगा उनके जामाता के अदृश्य होने का? चारों ओर भाँति-भाँति की चर्चाएँ फैल रही थीं। अवश्य ही कहीं कुछ

असामान्य रहा होगा, इसलिए पांचाल-कुमार पलायन कर गया! भाग गया! छिप गया! कायर कहीं का! नपुंसक!

द्रुपद झूठे ठहराये जा रहे थे और शिखण्डी नपुंसक। शिखण्डी के जाने से पांचाल राज-परिवार विकट संकट में डूबा हुआ था। ऊपर से दशार्णराज हिरण्यवर्मा के आक्रमण की आशंका ने आतंक का रूप धारण कर लिया था। कहीं राह नहीं सूझ रही थी। कोई उपाय नहीं दिख रहा था। शिखण्डी कहाँ? गया तो, अन्ततः गया कहाँ? क्यों चला गया? अपमान से क्षुब्ध होकर? दुखी होकर? स्वयं को असहाय और एकाकी समझकर? केवल प्रश्न थे, जिनका उत्तर देना किसी के लिए सम्भव न था। किन्तु शिखण्डी इस कोलाहल से दूर घनघोर तपस्या में रत था।

स्थूणाकर्ण की दीर्घ साधना अन्ततः आज समाप्त हो गयी। आज उसका उद्यापन था। गत कितने माहों से वह दिन-रात विशिष्ट कल्याणकारी अनुष्ठान में संलग्न रहा था। अध्ययन, चिन्तन और मन्थन! इस कठोर साधना के फलस्वरूप आज शायद कोई महती उपलब्धि उसके हाथ लगी। हालाँकि मन में अब भी कुछ व्यग्रता थी। कुछ दुःश्चिन्ता रह-रहकर मुखमण्डल पर छा जाती और तब एकाएक मुखमण्डल की प्रफुल्लता पर जैसे राहु की छाया पड़ जाती। फिर भी इतने दिनों तक अपने उपासना-गृह में बन्द रहने के उपरान्त, जब स्थूणाकर्ण ने बाहर की ओर देखा तो मन आनन्द से भर उठा। कब से उसे अपने भवन, उद्यान, दासी-दास तो क्या, अपनी देह का भी भान नहीं रहा था।

ताँबे की थाली में पूजन-सामग्री तथा ताम्रकलश में जलभरकर गम्भीर भाव से स्थूणाकर्ण प्रांगण में स्थित महावृक्ष के निकट गया। महावृक्ष के सम्मुख हाथ जोड़कर, मुख ऊपर उठाये, कितनी ही देर तक वह गद्‌गद भाव से स्तुति-मन्त्र पढ़ता रहा। तत्पश्चात् उसने भक्तिभाव से महावृक्ष की जड़ में जलपात्र से जल चढ़ाया। पिण्डी पर जल चढ़ाया। पिण्डी पर विधिवत् उसने भलीभाँति सिन्दूर का लेप किया। हाथ धोकर पिण्डी तथा वृक्षमूल पर पुष्प चढ़ाये। एक बड़े से दीपक में तैल भरकर उसे प्रज्वलित कर पिण्डी के समक्ष रखकर, स्थूणाकर्ण ने पुनः नमन किया। फिर महावृक्ष के विशाल चौरे की सात बार प्रदक्षिणा की। अन्त में साष्टांग प्रणाम की मुद्रा में वह कितनी ही देर भूमिसात रहा। जब उठा तो उसके मन में अपूर्व शान्ति पैठ चुकी थी। कोई भारी बोझ उसके मन-मस्तिष्क से हट चुका था।

प्रसन्नवदन स्थूणाकर्ण वृक्षों, वनस्पतियों का अवलोकन करते-करते प्रासाद की ओर बढ़ा। उसे शायद किसी विशिष्ट उपयुक्त स्थान की खोज थी, किसी

विशिष्ट प्रयोजन हेतु। विभिन्न कक्षों का अवलोकन करते-करते सहसा उसके मन में विचार आया कि ईशान-कोण अर्थात् उत्तर-पूर्व दिशा वाला प्रकोष्ठ ही सर्वथा उपयुक्त रहेगा।

वह सर्वाधिक विशाल प्रकोष्ठ है, लगभग एक सभागार के आकार का। वास्तुशास्त्रीय दृष्टि से दिशा भी सर्वथा अनुकूल है। उसके विशाल द्वार एवं खुले हुए बड़े-बड़े वातायन स्वच्छ, अमल, मलय-समीर के अनुकूल हैं। वही प्रकोष्ठ महाधिपति कुबेर की प्रतिमा स्थापित करने के लिए उचित रहेगा। यह सोचते हुए स्थूणाकर्ण ने ईशान कोण वाले उस प्रकोष्ठ में प्रवेश किया। और....!

और!...वह चौंक पड़ा।

अपरिचित नारी! तेजस्विनी तपस्विनी! कौन है यह? पहले तो कभी इसे यहाँ नहीं देखा। ऐसी तरुण वय! और यह कातर कपिला-सा रूप? कृशकाय गात! रूखी जटाएँ। वेदनाकुल मुखमण्डल! किन्तु दृढ़-संकल्प की अनोखी आभा से प्रदीप्त! स्थूणाकर्ण का कौतूहल बढ़ चला।

''तुम कौन हो?''

तपस्या में विघ्न पड़ने से तपस्विनी की भृकुटि में बल पड़ गये। नेत्र खोले। कमान-सी तनी भवें! रक्ताभ कमल-नयन! नयनों में आश्चर्य आ समाया। यह कौन?

सामने गोल, सुचिक्कन मुखाकृति, श्वेत भवों, बाहर की ओर निकले हुए से विशाल नेत्र वाला, एक लम्बोदर स्थूलकाय, सहृदय-सा पुरुष चकित हो उसे निहार रहा था। इतना गोल तथा इतना चिकना मुखमण्डल आज से पहले शिखण्डिनी ने कभी नहीं देखा था। कौन है यह विचित्र वेशभूषा वाला व्यक्ति?

प्रश्न फिर से गूँज उठा।

''तुग कौन हो, भद्रे?''

उत्तर में शिखण्डिनी विस्फारित नेत्रों से शून्य में ताकती रह गयी। प्रश्न उसके कानों में घण्ट-सा बज उठा। वह सोचती रह गयी। वह कौन है? वह क्या है! उसका परिचय क्या है? द्रुपद की पुत्री शिखण्डिनी? द्रुपद का पुत्र शिखण्डी? अपने किस जन्म का परिचय दे? क्योंकि उसके हर जन्म के परिचय पर प्रथम जन्म की अम्बा ही सदा हावी रहती थी। वह कुछ भी बन जाए, किन्तु वह सदा अम्बा ही तो रह जाती है! वह कौन है? स्त्री या पुरुष? न स्त्री, न पुरुष? क्या उत्तर दे?

''भद्रे! तुन कौन हो? तुमको यहाँ पूर्व में तो कभी नहीं देखा। इस प्रासाद में कैसे आयीं? ऐसी कठोर तपस्या इस वय में? क्यों? मैं इस भवन का स्वामी हूँ। लगता है कि तुम किसी बहुत बड़े संकट में पड़ गयी हो? क्या कष्ट है

तुम्हें? यदि उचित समझो तो मुझे बताओ। मैं यथासम्भव तुम्हारी समस्या का निराकरण करने का प्रयास करूँगा?'' स्थूणाकर्ण ने करुणा-विगलित स्वर में कहा।

अहो! आश्वासन! तपस्विनी के विशाल नेत्र डबडबा आये। देखते-देखते जन्म-जन्म की संचित पीड़ा का जलधि उन दो सुन्दर नयनों में उमड़ पड़ा। कोई तो मिला, जो कहता है कि उसकी पीड़ा हरने का यथासम्भव प्रयास करेगा!

''आप धन्य हैं आर्य! आप महान् हैं आर्य।'' शिखण्डिनी के मुख से किसी भाँति निकला।

''किन्तु भद्रे! मैं आर्य नहीं! मैं यक्ष हूँ। मैं स्थूणाकर्ण यक्ष हूँ। यक्षाधिपति कुबेर के अधीन एक अधिकारी। इस पूरे क्षेत्र का मैं स्वामी हूँ। अपने इस प्रासाद में मैं अपने स्वामी महायक्षराज कुबेर की प्रतिमा स्थापित करने हेतु उपयुक्त स्थान खोजते-खोजते इस प्रकोष्ठ में आ पहुँचा और यहाँ तुम्हारी तपस्या में बाधक बन गया। क्षमा करना।''

यक्ष की दयालुता, उदारता तथा सुसंस्कृत व्यवहार से शिखण्डिनी को लगा जैसे कोई देवदूत उससे बात कर रहा है। व्याकुल शिखण्डिनी ने उसके समक्ष अपनी दीर्घ व्यथा-कथा के सारे पृष्ठ एक-एक करके खोल दिये। न वह स्त्री रह गयी न पुरुष बन पायी। समूचे समाज में उसका उपहास हो रहा है। भीरु पिता द्रुपद ने अपनी इस कन्या का विवाह हिरण्यवर्मा की कन्या से ही कर दिया। अब अपमान से तिलमिलाया हिरण्यवर्मा सेनाएँ एकत्रित कर रहा है। ताकि पांचाल राज्य को पूर्णतः नष्ट कर वह अपने अपमान का प्रतिशोध ले सके।

''यक्षराज! मैं आप की शरण में हूँ। मुझे राह बताएँ। मेरे माता-पिता और परिवार की दशार्णराज हिरण्यवर्मा के क्रोध से रक्षा करें। पांचाल राज्य की निर्दोष प्रजा को युद्ध की विभीषिका से बचाएँ। गत जन्म में तपस्या करके मैंने स्थायी रूप से पुरुषत्व पाने का वरदान पाया था। किन्तु अब तो केवल पांचाल राज्य की हिरण्यवर्मा के आक्रमण से रक्षा करना ही मेरा सर्वोपरि लक्ष्य बन गया है। किसी भी भाँति यदि हिरण्यवर्मा यह मान ले कि मैं पुरुष हूँ, तो वह बिना आक्रमण किये, सन्तुष्ट होकर देश लौट जाएगा। पांचाल बच जाएगा। क्या ऐसा कोई उपाय नहीं? कुछ चमत्कार घट जाए? दर्शाणराज को कुछ समय के लिए मेरे पुरुषत्व का भ्रम ही हो जाए? अथवा कुछ समय के लिए ही मुझे पुरुषत्व प्राप्त हो जाए। यदि ऐसा कुछ हो जाए तो भारी जन-धन हानि बच जाएगी। नहीं तो मेरा परिवार, मेरा सुन्दर-सा पांचाल राज्य धूल में मिल जाएँगे। यक्षराज! मेरे राज्य को बचा लें। मैं आपके आश्रय में हूँ।''

शिखण्डिनी का कण्ठ अवरुद्ध था। जुड़े हुए हाथ काँप रहे थे। नेत्रों में पीड़ा का अविरल ज्वार था। शिखण्डिनी असुरक्षा, अनिश्चितता, असहायता और याचना

की कातर मूर्ति बनी हुई थी।

स्थूणाकर्ण का हृदय शिखण्डिनी की मर्मान्तक पीड़ा से दहल उठा। उसने ध्यान से शिखण्डिनी की वेदना सुनी और गहरे मन्थन में डूब गया। रह-रहकर उसके नेत्र किसी अज्ञात आशा से चमक उठते। और वह बुदबुदा उठता—"कैसा अद्भुत संयोग!...कैसा अद्भुत संयोग!"

शिखण्डिनी ने अपने आँसू पोंछते हुए विस्मय से पूछा, "संयोग? अद्भुत संयोग कैसा महाभाग।?"

"नहीं-नहीं। कुछ नहीं। यह नहीं सम्भव।"—स्थूणाकर्ण ने निराशा से शीश हिलाया।

"किन्तु अभी तो आप कुछ अद्भुत संयोग का उल्लेख कर रहे थे! यक्षराज! यह मेरा अन्तिम प्रयास है, अन्तिम आशा है। इसके बाद तो चारों ओर निराशा की घोर गहरी खाई है। जीने के सारे विकल्प यदि समाप्त हो गये तो केवल प्राणत्याग ही एकमात्र राह है मेरे लिए। महाभाग! अब अपमान, तिरस्कार, व्यंग्य और उपेक्षा सहने का न मुझमें धैर्य रह गया है, न ही शक्ति! अब या तो मुझे अग्निप्रवेश करना पड़ेगा या जल-समाधि ले लेनी पड़ेगी।"

"नहीं नहीं, राजपुत्री! इतनी शीघ्र किसी निर्णय पर मत पहुँचो। मुझे सोचने का कुछ समय दो," स्थूणाकर्ण ने विचलित से स्वर में कहा।

वह किसी अन्तर्द्वन्द्व में उलझा हुआ था। मुख पर आशा और निराशा के भाव आ-जा रहे थे। मन के भीतर से कोई उसे झकझोर रहा था कि अगर कर सकता है कुछ, तो करता क्यों नहीं? दूसरे ही क्षण वह निराशा से शीश हिलाता। अभी उचित नहीं। अभी उचित नहीं। एक दीर्घ निःश्वास ली यक्ष ने।

"राजकुमारी शिखण्डिनी! भद्रे! तुम्हारा विचित्र संकट और उसके निवारण का प्रस्ताव एक ओर तो मेरे लिए सुखद संयोग है। दूसरी ओर मैं अभी पर्याप्त आत्मविश्वास संचय नहीं कर पा रहा कि निश्चित रूप से मैं तुम्हारी सहायता कर सकूँगा। राजपुत्री! प्रायः संसार में यह मान जाता है कि यक्षगण प्रणुख रूप से व्यापार-व्यवसाय में निपुण होते ही हैं, इसीलिए संसार में सर्वाधिक समृद्ध, वैभवयुक्त होने के कारण वे अत्यन्त भोगी और विलासी होते हैं। किन्तु वास्तव में ऐसा नहीं है। यक्ष-समाज पहले ऐसा नहीं था। यक्षों ने अपने समाज की मौलिक तथा आदियुगीन विशिष्ट परम्पराएं त्यागी नहीं हैं। यही कारण है कि अभी भी विद्वान और बुद्धिमान यक्ष कहीं एकान्त में मनन-चिन्तन करते हुए मिल जाते हैं। विधाता ने उन्हें विलक्षण बुद्धि दी है। अतः कुछ यक्षगण जीवन-मृत्यु के गूढ़तम रहस्यों के अन्तिम ज्ञान तक भी पहुँच चुके हैं। वे नीति और दर्शन के गूढ़ सैद्धान्तिक

तत्त्वों के परम ज्ञाता भी हैं। साथ ही विभिन्न कौशल, विद्या तथा ज्ञान में भी पारंगत हैं।...

''शिखण्डिनी! मैं भी यहाँ शान्त एकान्त में एक शास्त्र-विशेष का अध्ययन करता रहता हूँ। मैंने चिकित्सा शास्त्र में विलक्षण योग्यता पायी है। शरीर-विज्ञान पर मेरा असाधारण अधिकार है। चिकित्सा शास्त्र के अन्तर्गत भी एक विशिष्ट विद्या मेरा अत्यन्त प्रिय विषय है। वह है शल्य चिकित्सा। अभी तक मेरा शल्य-चिकित्सा का ज्ञान या तो किसी असाध्य शारीरिक दोष के निराकरण हेतु प्रयुक्त हुआ है अथवा सन्तानोत्पत्ति हेतु। शारीरिक दोष के कारण सन्तानोत्पत्ति में अक्षम दम्पती मेरे पास आते हैं। शल्य-चिकित्सा से दोष का निराकरण होते ही, वे सन्तान प्राप्त कर गद्गद भाव से लौटते हैं। परन्तु अभी गत कितने ही माहों से मेरा शल्य विद्या का अध्ययन नर और नारी के शरीर में होने वाले विपरीत परिवर्तन पर केन्द्रित रहा है। मैंने इस प्रकार के होने वाले परिवर्तन के पीछे के समस्त गूढ़ रहस्यों को अब जान लिया है। इस सन्दर्भ में न केवल प्राणी-शास्त्र बल्कि मनोविज्ञान के समस्त सिद्धान्तों का गहन अध्ययन कर चुका हूँ।.....

''आज ही मेरी यह साधना पूर्ण हुई है। इस संसार में जो प्रथम-यौन-परिवर्तन की घटना घटी थी, उसमें मेरे ही एक महान पूर्वज का विलक्षण और महत्त्वपूर्ण योगदान रहा था। सहस्त्रों वर्ष पूर्व की बात है, जब मेरे एक पूर्वज ने इस विज्ञान में अद्‌भुत दक्षता प्राप्त की थी। शायद तुमने इला की प्राचीन गाथा सुनी हो! इला मनु की पुत्री तथा बुध की पत्नी थी। वास्तव में मनु के इल नामक पुत्र ने जन्म लिया था। भगवान शंकर द्वारा निषिद्ध एवं अभिशप्त काम्यकवन में इल भूल से पहुँच गया। फलस्वरूप वह स्त्री हो गया तथा उसका नाम इला रखा गया। चन्द्र-पुत्र बुध ने इला से विवाह किया। इला ने एक पुत्र को जन्म भी दिया किन्तु उसके पश्चात पुनः इला में शारीरिक परिवर्तन के लक्षण प्रकट होने लगे। इससे इला क्षुब्ध और अन्यमनस्क होकर हिमालय प्रदेश में एकाकी घूमती रहती थी। वहाँ उसकी भेंट मेरे उन ही पूर्वज से हुई जिनका उल्लेख अभी मैंने किया था। वे मेरे पूर्वज महायक्ष सुमन्यु एवं महायक्षी समा हिमालय की कन्दरा में निवास करते थे। उन्हीं महामना महायक्षराज एवं महायक्षी ने इला की चिकित्सा कर उसे पुरुषत्व प्रदान किया और तब इला का पुरुष नाम सुद्युम्न प्रसिद्ध हुआ।....

''जो महत्त्वपूर्ण विज्ञान मेरे उन महामना पूर्वज सुमन्यु ने सिद्ध किया था, उसी में पारंगत होने की मेरी उत्कट महत्त्वाकांक्षा रही थी। आज मैं उस विषय का अध्ययन पूर्ण कर चुका हूँ। यह मेरे लिए बड़े ही सौभाग्य और गर्व का विषय है। अपने साधना-गृह से बाहर आकर मैंने उन्हीं महायक्षराज के चैत्य पर पूजा-अर्चना निवेदित की। हम यक्षों की मान्यता है कि देह-त्याग के पश्चात् यक्ष वृक्षों

पर रहते हैं। मेरे प्रांगण में तुमने एक विलक्षण-सा विशालकाय महावृक्ष देखा होगा। वही चैत्य है। उसी महावृक्ष पर मेरे हिमालय-कन्दरावासी पूर्वज महायक्षराज सुमन्यु एवं महायक्षी समा का वास है। उनके आशीर्वाद और कृपा के बिना भला मैं क्या ऐसे एक नितान्त विलक्षण विज्ञान में दक्षता पा सकता था? अतः उनके प्रति आभार व्यक्त करना मेरा पुनीत कर्त्तव्य था। वे मेरे महागुरु हैं।''

स्थूणाकर्ण का यह सम्पूर्ण आख्यान अवाक् शिखण्डिनी ने साँस रोककर सुना। स्थूणाकर्ण के चुप होते ही शिखण्डिनी के नेत्रों से पुनः अविरल धारा बह चली। किन्तु पीड़ा के स्थान पर, यह हर्ष की पावन गंगा थी। शिखण्डिनी के नेत्रों में नव-उत्साह की चमक थी। हृदय में नवजीवन का स्पन्दन जाग उठा था। निस्तेज मुखमण्डल पर खोयी हुई जीवन-लालिमा हौले से उतर पड़ी थी।

''आप धन्य हैं यक्षराज! मैं कितनी मूढ़ थी, अज्ञानी थी कि आपके श्रेष्ठ गुण तथा कौशल से अनभिज्ञ ही रह गयी। अब तो मेरी समस्या का सहज ही निराकरण हो जाएगा, यह मैं समझ गयी हूँ। अब मेरे जीवन में नव प्रभात का उदय होने वाला है। मैं धन्य-भाग्य हूँ। मुझे विधाता ने यहाँ आने की प्रेरणा इसीलिए दी शायद, ताकि त्रास से मुझे आपके द्वारा सदा के लिए मुक्ति मिल सकेगी। यक्षराज! मैं आपकी शरण में हूँ। मेरा उद्धार करें। मुझ पर दया करें। मेरा कल्याण करके संसार के जन-जन में आपका नाम, यश तथा ख्याति अमर हो जाएँगे। यक्षराज! अब विलम्ब न करें! मेरे माध्यम से समूचे पांचाल राज्य की रक्षा करें! असंख्य जन का कल्याण हो जाएगा। मैं चिकित्सा हेतु प्रस्तुत हूँ। आप आश्वस्त रहें, मैं पूरा सहयोग करूँगी।''

स्थूणाकर्ण ने हाथ फैलाकर उसे और बोलने से रोका—''राजपुत्री! धैर्य रखो। मैं स्वयं विधि की लीला पर विस्मित हूँ। मैं बड़ा हर्षित था कि आज मेरा मनोरथ पूर्ण हुआ और एक महत्त्वपूर्ण उपलब्धि मैंने पा ली है। किन्तु फिर भी मेरा मन उद्वेलित था। क्योंकि मेरा समूचा ज्ञान केवल सैद्धान्तिक है। मुझे चिन्ता थी कि मुझे अपने सैद्धान्तिक ज्ञान को कार्यरूप में परिणत करने, अर्थात् प्रयोग करने हेतु क्या कोई उपयुक्त सामग्री अथवा विषय मिल सकेगा! तभी तुम्हारी समस्या और उसके निराकरण का तुम्हारा प्रस्ताव मिला। राजकुमारी! मैं तो चकित रह गया इस अद्भुत संयोग पर! यह तो सत्य ही मेरे लिए एक सुखद संयोग है।''

शिखण्डिनी की उतावली बढ़ती जा रही थी।

''तो विलम्ब क्यों यक्षराज? मैं पूरा सहयोग करूँगी। मैं चिकित्सा हेतु तत्पर हूँ। प्रस्तुत हूँ। नहीं, मैं आतुर हूँ।''

''नहीं राजपुत्री! सबसे पहले ऐसे प्रयोग, मैं प्राणीजगत के किसी अन्य जीव

पर करता हूँ। जब वह सफल हो जाता है, तब ही मानव पर उसका क्रियान्वयन करना श्रेयस्कर है। मैं नहीं जानता कि क्या मैंने वह विद्या सिद्ध कर ली है! मात्र सैद्धान्तिक पक्ष के अध्ययन से किसी विषय में सिद्धि नहीं मिल जाती। सैद्धान्तिक तथा व्यावहारिक दोनों ही पक्ष चिकित्सा-शास्त्र में समान रूप से महत्त्वपूर्ण हैं। विशेष रूप से यौन-परिवर्तन हेतु चिकित्सा प्रक्रिया महाजटिल है। अतः इसकी सफलता, चिकित्सा के इस क्षेत्र में अभ्यास एवं अनुभव पर निर्भर है। मैं अभी अपनी उपलब्धि से आश्वस्त नहीं हो पा रहा हूँ।''

''महाभाग! आप चिन्ता न करें। मुझसे श्रेष्ठ विषय आप को निकट भविष्य में तो प्रयोग हेतु मिलना सम्भव नहीं है। तो आप इस अमूल्य अवसर को क्यों गँवाना चाहते हैं जो स्वयं ईश्वर ने आपको मेरे माध्यम से प्रदान किया है?''

''नहीं, राजपुत्री शिखण्डिनी! अधीरता उचित नहीं। इस विद्या का स्वरूप अत्यन्त गम्भीर हैं। आधे ज्ञान का प्रयोग करना अदूरदर्शिता और मूढ़ता होगी। यह हानिकारक भी सिद्ध हो सकेगा। यदि इतनी गम्भीर और जटिल शल्य-क्रिया का प्रयोग तुम पर किया और फिर भी यदि तुम्हारा अभीष्ट सिद्ध नहीं हो पाया, राजपुत्री, तो कितना विकट अनर्थ हो जाएगा! अधर्म हो जाएगा। तुम्हारी आशाएँ छिन्न-भिन्न हो जाएँगी। मेरा सर्वस्व नष्ट हो जाएगा। इसलिए मैं मन ही मन अपनी योग्यता को स्वयं ही माप-तोल रहा हूँ। इतना कठोर और त्रासदायी प्रयोग सर्वप्रथम तुम पर करने में मेरा मन काँपता है। मेरी आत्मा साथ नहीं दे रही।'' स्थूणाकर्ण ने अपने भाल पर उभरी चिन्ता की रेखाओं पर हाथ फेरते हुए कहा जैसे वह उन्हें मिटाने का प्रयास कर रहा हो।

''यक्षराज, क्षमा करें! अभी तक यक्षों के विषय में मेरी धारणा कुछ और ही थी। मैंने जितना भी अभी तक यक्षों के विषय में जाना और सुना है, उससे मैं उन्हें अत्यन्त निर्मम, कठोर एवं मानव-द्वेषी समझती आयी थी। किन्तु महाभाग! आप तो, मानवीय संवेदनाओं, भावुकता एवं दया के आगार हैं। आप मेरे कष्टों की चिन्ता न करें। आप कभी न कभी तो किसी न किसी मनुष्य पर अपनी विद्या का प्रयोग करते ही! तो फिर वह प्रथम मनुष्य मैं ही क्यों नहीं हो सकती? महाभाग! आप यह स्वीकार क्यों नहीं कर पा रहे कि यह सारा संयोग विधि ने ही रचा है? ईश्वर ने मुझे आप के पास आने की प्रेरणा इसीलिए दी है कि आप अपने महत्त्वपूर्ण ज्ञान का प्रयोग मुझ पर निश्चिन्त होकर कर सकें। और यक्षराज! शल्यक्रिया के उपरान्त भी यदि मेरा अभीष्ट सिद्ध नहीं हो पाया, तो भी हानि कहाँ है? मेरा जीवन तो वैसे भी नरक तुल्य है। क्योंकि मैं आत्मसम्मान से अपना जीवन-यापन् कहाँ कर पा रही हूँ? यदि शल्य-क्रिया असफल भी हो गयी, तो अधिक से अधिक क्या होगा?...

"कृपालु यक्षराज! मैं जन्म-जन्मान्तरों से विषम से विषम परिस्थितियों से लड़ती आयी हूँ। संघर्ष मेरी नियति है। मैंने कभी हार नहीं मानी। मैं जीवन के प्रति निषेधात्मक दृष्टिकोण कभी नहीं अपना सकी। मैं आशावादी हूँ। सतत संघर्षशील रहकर, मैं सदा प्रयासरत रहती हूँ अपने उद्देश्य के लिए। निराशा के भँवर-जाल में डूबकर भी मैं आशा को ही थामे रही कि आशा में मेरा विश्वास और आस्था कभी न कभी मुझे संकटों के सागर से पार अवश्य करा देंगे। महाभाग! किसी भी स्थिति में मेरा कुछ नहीं बिगड़ेगा। अब और अधिक मेरा क्या बिगड़ भी क्या सकता है? जिस स्थिति में मैं आज हूँ, उससे अधिक बुरी स्थिति अन्ततः और हो भी क्या सकती है? दूसरी ओर, यदि शल्यक्रिया का प्रयोग असफल हो गया तो आप को भी निराश होने की आवश्यकता नहीं क्योंकि आप उस प्रक्रिया के दोषों का निराकरण करके उसे पूर्णता प्रदान कर सकेंगे। महाभाग! आप उसे एक परिपूर्ण शास्त्र का रूप दे सकेंगे। इससे सब का कल्याण ही होगा।...

"अतः यक्षराज! विधाता द्वारा प्रदत्त इस अवसर को आप ठुकराएँ नहीं। मेरी प्रार्थना है कि इस समूची स्थिति पर आप भी मेरी ही भाँति एक स्वस्थ और सकारात्मक दृष्टिकोण अपनाएँ। फिर पता नहीं कब आप को ऐसा सुअवसर मिले। और मिले या न मिले, यह कौन जानता है! यदि यह अवसर आपने संकोचवश छोड़ दिया और भविष्य में फिर ऐसा अवसर नहीं मिला, तो महाभाग, भारी अनर्थ हो जाएगा। क्योंकि आपकी सारी विद्या अप्रस्फुटित रह जाएगी और संसार एक महान ज्ञान के लाभ से सदा-सदा के लिए वंचित हो जाएगा। मेरे जैसा यदि पुनः कोई अभागा मानव इस पृथ्वी पर जन्मा, तो उसका कभी कल्याण नहीं हो सकेगा। उसके समान जितने भी मनुष्य भविष्य में जन्म लेंगे, वे केवल पीड़ा, तिरस्कार, उपहास और धिक्कार का जीवन भोगते-भोगते नष्ट हो जाएँगे। क्या आप ऐसा ही चाहते हैं?"

स्थूणाकर्ण मन्त्रमुग्ध था। शिखण्डिनी का एक-एक तर्क स्थूणाकर्ण के मर्मस्थल को गहन रूप से प्रभावित करता जा रहा था। उसके अन्त:पट को भेदता जा रहा था। हृदयस्थल में तीव्रता से गहरा पैठता जा रहा था। अकाट्य थे शिखण्डिनी के तर्क! कितना स्वस्थ था उसका दृष्टिकोण! किन्तु अभी भी यक्ष के मन को कुछ संशय, कुछ ऊहापोहों ने जकड़ रखा था। कुछ पल विचार करने के बाद उसने एक बार फिर शिखण्डिनी को इतनी जटिल चिकित्सा कराने से विमुख करना चाहा।

"भद्रे। तुम कल्पना भी नहीं कर सकती कि यह सम्पूर्ण शल्य-प्रक्रिया शारीरिक रूप से कितनी कष्टदायक होती है। तुम उस दारुण यन्त्रणा को सह न सकोगी।"

''सह सकूँगी, यक्षराज! सहर्ष सह सकूँगी।'' शिखण्डिनी के नेत्रों में अद्‌भुत ज्योति थी।

''हाँ राजपुत्री! मैं भी सोचता हूँ कि तुम अवश्य सह सकोगी, क्योंकि तुम स्वयं ही तो अपने शरीर को कितनी यातना देती आयी हो! इतने कठोर व्रत-उपवास कर-करके अब तुम्हें शारीरिक कष्ट का शायद भान ही न होता हो!'' स्थूणाकर्ण ने किंचित् हास्य के साथ कहा।

''आप सत्य कहते हैं महाभाग! मेरे लिए शारीरिक पीड़ा का अब कोई अर्थ नहीं रह गया। कैसी भी शारीरिक पीड़ा अब मेरे लिए प्रभावहीन हो चुकी है। किन्तु मन की पीड़ा के सामने मैं शस्त्र डाल चुकी हूँ। मन की पीड़ा की मैं क्रीतदास हो गयी हूँ। मन की कचोट न मुझे जीने देती है, न मरने देती है। यक्षराज! मैं मर-मरकर जीवित होती रही हूँ। और जी-जी कर मरती रही हूँ। किन्तु आप मेरे शरीर की जो चिकित्सा करें, उसके परिणाम-स्वरूप मेरा मन भी निश्चित रूप से और अन्तिम रूप से स्वस्थ हो सकेगा। आप मुझे चिकित्सा हेतु निर्देशित करें।''

''धन्य हो राजकुमारी अम्बे! धन्य है तुम्हारा साहस! धन्य है तुम्हारी इच्छा शक्ति। परन्तु मुझमें ही अभी आत्मविश्वास की कमी है। मैं अवश्य ही प्रयास करूँगा कि तुम अपने दीर्घकालीन मानसिक त्राण से मुक्ति पा सको। किन्तु चिकित्सा के इस विशिष्ट क्षेत्र में, यह अपने ढंग का अनूठा और इस युग का सर्वप्रथम प्रयोग होगा। चूँकि मैं अभी किसी जीव-जन्तु पर भी अपनी विद्या का प्रयोग नहीं कर पाया हूँ, अतः मन में चिन्ता है कि तुम्हें जो पुरुषत्व मिलेगा, वह कहीं अस्थायी न रह जाए। तब भी इतना तो सम्भव हो सकेगा कि तुम अपने पुरुषत्व का प्रमाण देकर पांचाल-राज्य को धूल-धूसरित होने से बचा सकोगी।'' स्थूणाकर्ण ने कहा।

''यह भी मेरे लिए कम महत्त्व का नहीं है। यक्षराज! यदि अस्थायी पुरुषत्व प्राप्त हुआ तो मैं अपने परिवार एवं राज्य की रक्षा सुनिश्चित हो जाने पर पुनः आपके पास लौट आऊँगी। तब आप अपनी इच्छा एवं ज्ञान के अनुसार मुझ पर प्रयुक्त हुई चिकित्सा-प्रक्रिया के दोषों के निराकरण हेतु दुबारा प्रयोग करके अपनी विशिष्ट विद्या में यश पा सकेंगे। आप अपनी विद्या, अपने ज्ञान के प्रति आश्वस्त हो सकेंगे।''

स्थूणाकर्ण चकित था। शिखण्डिनी के दृढ़ संकल्प से अभिभूत था। और तब शल्य-प्रक्रिया द्वारा शिखण्डिनी के यौन परिवर्तन हेतु दीर्घ चिकित्सा प्रारम्भ हुई।

शिखण्डिनी की गहन चिकित्सा कई माह तक चलती रही। उसकी मूर्च्छित

अवस्था में उस पर नाना प्रकार की तीक्ष्ण छुरियाँ चलती रहीं! कभी अर्ध-मूर्च्छित स्थिति में उसे नीम की पत्तियों तथा छाल की गन्ध का आभास होता, तो कभी तुलसी-दल का! कभी कच्ची हल्दी के अनुलेप की अनुभूति होती, तो कभी चन्दन-लेप की! कभी भाँति-भाँति की अजानी वनस्पतियों के पत्ते घी में तर कर के घावों पर रखे जाते, तो कभी शीतल हिम-पिण्ड रखे जाते।

कड़वे क्वाथों तथा कसैली औषधियों का पान करना चिकित्सा का अनिवार्य अंग था। धीरे-धीरे रसाहार, फिर फलाहार और फीके स्वादहीन पथ्यों का सेवन चला। और तब प्रारम्भ हुए योगाभ्यास, प्राणायाम, ध्यान आदि के दीर्घ सत्र! कितना समय निकल गया, कुछ भान नहीं।

उस कक्ष की एक पूरी भित्ति पर चमकता हुआ काँसा जड़ा था, इसलिए वह भित्ति कांस्य निर्मित लगती थी। प्रतिदिन उसे रगड़-रगड़ कर चमकाया जाता था। आज एक नवतरुण उस कांस्य-दर्पण के सम्मुख खड़ा अपने अभिनव रूप को एकटक निहार रहा था। कौन है यह? पुनर्नवा? अकल्पनीय! अविश्वसनीय! अद्‌भुत! उसे विश्वास नहीं हो रहा था। क्या यह मैं ही हूँ? यह सुन्दर सुडौल युवक! क्या यह स्वप्न तो नहीं! उसने अपनी बाहु पर चिकोटी काटी।

अहो नहीं! यह तो सच है! यह सत्य है। यह तो सचमुच ही सत्य हो गया! अहो! तो अन्ततोगत्वा वह अघटित घट ही गया, जिसके घटने की उसने तीन जन्मों से व्याकुल प्रतीक्षा की थी। शिखण्डिनी को अब भी विश्वास नहीं हो पा रहा था।

वह दर्पण के और निकट आ गयी। अपने मुखमण्डल का सूक्ष्म निरीक्षण किया। ऊपरी होठों के ऊपर जो दिख रहा है, क्या वह भी यथार्थ है? कौतूहल से उसने अपनी उँगलियों को वहाँ फेरकर कुछ अनुभव करना चाहा। और फिर प्रबल उत्साह से भरकर अपनी दोनों भुजाओं को थपथपाया। विजय! वह जीत चुकी थी। वह विजयी हुई थी। वह स्त्री नहीं, पुरुष है। अब वह रणकौशल में निष्णात हो सकेगी। एक महावीर योद्धा की भूमिका कब से उसकी प्रतीक्षा कर रही है। अब विलम्ब नहीं।

अब वह शिखण्डिनी नहीं! शिखण्डी है! अब झूठ, कपट और विश्वासघात की आवश्यकता नहीं। अब वह पांचालकुमार शिखण्डी है। द्रुपदनन्दन शिखण्डी है। हृदय हर्ष और उत्साह से उमड़ रहा था। वृद्ध यक्ष स्थूणाकर्ण के सामने पड़ते ही शिखण्डी स्वयं को सँभाल न पाया। उसके सम्मुख उसने भूमि पर माथा टिका दिया। वृद्ध यक्ष प्रसन्न था। उसने प्रेम से शिखण्डी को उठाया।

"राजपुत्र शिखण्डी! संसार में किसी नयी एवं महत्त्वपूर्ण भूमिका के लिए ही शायद ईश्वर की कृपा ने तुम्हें पुरुष बना दिया है। ईश्वर तुम्हारे पुरुषत्व को स्थायित्व दे।" स्थूणाकर्ण ने गद्‌गद कण्ठ से कहा।

"महाभाग! आप महान् हैं। आप ने जन्म-जन्म की प्रताड़ित और उत्पीड़ित एक नारी को जीवन-दान दिया है। मैं आपके उपकार से कभी उऋण नहीं हो सकूँगा। यक्षराज! मेरा विश्वास करें। मैं तुरन्त पांचाल राज्य पहुँचकर दशार्णराज हिरण्यवर्मा को अपने राज्य पर आक्रमण करने से रोकना चाहता हूँ। जैसे ही उसे विश्वास हो जाएगा कि मैं पुरुष हूँ, स्त्री नहीं, वह अपने राज्य लौट जाएगा। तब मैं तुरन्त ही आपके पास आ जाऊँगा ताकि आप अपनी विद्या के व्यावहारिक पक्ष का पुनः आकलन कर सकें और यदि आपको सुधार आवश्यक लगे तो मैं पुनः शल्य प्रयोग हेतु तत्पर रहूँगा।"

स्थूणाकर्ण के वृद्ध नेत्र विजय की ज्योति से दमक रहे थे। उसकी दीर्घ साधना सफल हुई थी। अपने आदि पूर्वज के चरण-चिह्नों पर चलकर, उनकी अद्वितीय विद्या को उसने स्वयं ही सिद्ध कर दिखाया था। स्थूणाकर्ण ने स्नेह से शिखण्डी के शीश पर हाथ फेरा।

"तुम धन्य हो! राजपुत्री अम्बा जैसी जुझारू नारी तीनों लोकों में, किसी युग में नहीं मिल सकती। ऐसी अद्वितीय महिला का पुनः अवतरण होना भी सम्भव नहीं। ऐसी दृढ़ संकल्प नारी न कभी किसी युग में हुई, न होगी। धन्य है अम्बा, जो अपने संकल्प की पूर्ति के लिए स्वेच्छा से ही मृत्यु को वरण करती रही और अन्ततः उसने अपना प्रण पूर्ण करके ही छोड़ा। उसने भाग्य के हाथों स्वयं को नहीं सौंपा, कितनी बड़ी बात है! विधाता के सामने आत्म-समर्पण नहीं किया! वह स्वयं ही अपनी भाग्यविधाता बनना चाहती थी और ईश्वर को चुनौती देकर, उसने ईश्वर-प्रदत्त अपना नारी रूप त्यागकर, पुरुषत्व प्राप्त करके दिखा दिया संसार को कि दुर्बल व्यक्ति भी अपनी संकल्प-शक्ति से प्रकृति को भी पराजित कर सकता है! राजकुमारी अम्बा अद्वितीय है, सदा अद्वितीय ही रहेगी। घोर नैराश्य और घनीभूत पीड़ा के गहन अन्धकार पर दृढ़-संकल्प की अखण्ड ज्योति से विजय प्राप्त करने वाली राजकुमारी अम्बा को यह स्थूणाकर्ण यक्ष विनत भाव से नमन करता है।...

"किन्तु हे राजपुत्र शिखण्डी! अब तुम शीघ्र ही प्रयाण हेतु प्रस्तुत हो जाओ! किन्तु जाने से पूर्व महाचैत्य को अवश्य शीश नवाना। महावृक्ष पर विराजमान मेरे पूर्वज कन्दरावासी महायक्ष सुमन्यु तथा पूर्वजा महायक्षी समा को प्रणाम करो। जिनके महाप्रसाद के रूप में तुमने मनोवांछित पुरुष तन पाया है। महायक्ष को पूजन-अर्चन-निवेदन करके तुम पांचालराज्य हेतु प्रस्थान करो। तुम्हारी यात्रा हेतु

मैंने एक द्रुतगामी अश्व की व्यवस्था कर दी है।...

"जाओ शिखण्डी! अपने उद्देश्य में सफल हो। मेरी हार्दिक शुभकामनाएँ और आशीर्वाद सदा तुम्हारे साथ रहेंगे। ईश्वर करे तुम्हारा पुरुषत्व स्थायी हो। मैंने ईश्वर के कृतित्व को परिवर्तित कर, ईश्वर को चुनौती दी है। इस युग में यह प्रयोग न केवल अभिनव तथा अनोखा है बल्कि क्रान्तिकारी भी है। मैंने पूरी सावधानी रखी है कि तुम्हारा पुरुषत्व स्थायी हो, राजपुत्र शिखण्डी! इस पूरे अभियान की स्थायी सफलता हेतु अब तुम्हारी अनुपस्थिति में मैं मन्त्रशक्ति का प्रयोग करूँगा। मन्त्र में विलक्षण शक्ति होती है। तुम निश्चिन्त होकर अपना दायित्व निर्वाह करो। दिव्य मन्त्र तुम्हारे पौरुष को स्थायित्व देंगे।"

शिखण्डी ने गद्‌गद हो कृतज्ञ भाव से यक्षराज को प्रणाम किया। महाचैत्य पहुँचकर महायक्ष तथा महायक्षी को प्रणाम किया। पूजन-अर्जन कर, तैल पूरित बड़ा दीपक प्रज्वलित कर वहाँ रखा। महाचैत्य की प्रदक्षिणा कर पुनः प्रणाम किया।

शिखण्डी ने अपने सैन्धव तुरंग को एड़ क्या लगायी, जैसे उड़ चला आकाश की नीलिमा में। उसके जन्म-जन्मान्तरों की साध पूरी हुई थी। जन्म-जन्मान्तरों की कठोर तपस्या सफल हुई थी। अब शिखण्डिनी नहीं! अब वह सत्य ही शिखण्डी है! वह अपने माता-पिता को कपट और मिथ्यावचन के लांछन से बचा सकेगा। वह पांचालराज्य को धूल में मिलाने से बचा सकेगा। किन्तु अब तक दशार्णराज ने कहीं आक्रमण करके पांचाल देश को नष्ट तो नहीं कर दिया? चिन्ता-व्याकुल शिखण्डी ने और वेग पकड़ा।

सैन्धव तुरंग उछला तथा तीव्र वेग से जैसे उड़ चला।

काम्पिल्य नगरी में जैसे झंझावात आ गया हो! धूल छायी जा रही थी! यह आँधी है या भूकम्प? कहीं दशार्णराज हिरण्यवर्मा का आक्रमण तो नहीं? उसकी कोई नयी कूटनीतिक चाल तो नहीं प्रजाजन को आतंकित करने की? पांचालों को भयभीत करने की?

द्रुपद एवं उनकी महारानी उद्यान में बैठे अपनी खोयी हुई पुत्री शिखण्डिनी की चिन्ता में डूबे हुए थे कि चारों ओर कोलाहल सुनकर, और भी अधिक चिन्ता-व्याकुल होकर खड़े हो गये। धूल का एक बड़ा-सा बवण्डर तीव्रगति से उनकी ओर चला आ रहा था? कुछ दूर पर वह धूल का बादल रुक गया। एक अश्व का धुँधला-सा आकार दिखा और एक अपरिचित युवक उतरकर उनकी ओर दौड़ पड़ा। अंगरक्षक तुरन्त शस्त्र सँभालकर सावधान की स्थिति में आ गये। द्रुपद ने अपनी भयभीत पत्नी के कन्धे पर हाथ रख धैर्य बँधाने का प्रयास किया।

सामने खड़ा था एक हृष्ट-पुष्ट, स्वस्थ और शक्तिशाली अपरिचित तरुण! हर्ष से गद्‌गद। यात्रा, धूल और श्रम से गौरवर्ण ताम्रवर्ण-सा होकर भी अद्‌भुत

नवोल्लास से दमक रहा था। तरुण ने द्रुपद एवं महारानी के चरण स्पर्श किये। अवाक् खड़े दम्पती अचकचाकर पीछे हट गये।

युवक विभोर हो उन्मुक्त रूप से अट्ठहास कर उठा।

"तात! माता! नहीं पहचाना न मुझे! मैं शिखण्डी! तात! माता! मैं शिखण्डिनी नहीं रहा। सत्य ही शिखण्डी हो गया हूँ। स्त्री नहीं। मैं पुरुष हूँ। यक्षराज स्थूणाकर्ण ने मेरा कायाकल्प किया और अब आपका पुत्र आपके समक्ष खड़ा है! तात! अब आप निर्भीक होकर दर्शाणराज हिरण्यवर्मा को आमन्त्रित करें ताकि उनका भी भ्रम दूर हो जाए।"

चौंककर द्रुपद और उनकी पत्नी ने ध्यान से देखा। अपने तथाकथित पुत्र शिखण्डी के ऊपरी होठ के ऊपर श्मश्रु की रेख देखने को जो माता तरस गयी थी, उसके सामने वास्तव में वह पुत्र अपनी गहरी श्याम श्मश्रु पर हाथों से ताव दे रहा था।

"अहो पुत्र! अहो पुत्र!" महारानी नाच उठीं।

"महाराज! यह हमारा पुत्र शिखण्डी! भगवान शंकर का वरदान पूर्ण हुआ। पुत्री शिखण्डिनी अब सत्य ही पुत्र शिखण्डी बन गयी! अहो पुत्र! अहो भाग्य! धन्य हैं, प्रभु महादेव!"

द्रुपद ने विह्वल हो शिखण्डी को बाहुओं में भर लिया। सबके नेत्रों से अश्रुपात हो रहा था। वर्षों की पीड़ा कितने ही निर्झरों से बही जा रही थी।

अब आए तो दशार्णराज! आए और स्वयं अपने नेत्रों से देख ले कि शिखण्डी वास्तव में शिखण्डी ही है। हमने सत्य कहा था। हिरण्यवर्मा की पुत्री भ्रम में थी। दशार्णराज भ्रान्ति में था। अब संकट के बादल छँट जाएँगे। अब ताड़ना की दामिनी नहीं कड़कड़ाएगी। चारों ओर आनन्द छा गया। राजमहल का हर कोना अट्टहासों से गुंजरित था। सारा मानसिक तनाव पिघल चला। दबाव तथा आतंक छू हो गया। थाल लिये दास-दासी मिष्ठान्न वितरित कर रहे थे।

दूसरी ओर पांचालनरेश द्रुपद के समधी दशार्णराज के महल में शिखर-मन्त्रणाएँ चल रही थीं कि पांचाल पर आक्रमण किया जाए अथवा नहीं! किया जाए तो कब? हिरण्यवर्मा फूँक-फूँककर पग रखना चाहता था। उसे भय था कि कहीं उसकी पुत्री को अपने पति के स्त्री होने के विषय में कोई भ्रम तो नहीं! पांचाल राज्य पर आक्रमण करने से भारी धन-जन हानि हो जाएगी। और बाद में यदि जामाता पुरुष सिद्ध हुआ तो क्या होगा? संसार हिरण्यवर्मा को धिक्कारेगा! समाज में वह सिर उठाने योग्य नहीं रह जाएगा। चारों ओर हिरण्यवर्मा की निन्दा और

भर्त्सना होगी। उसकी अदूरदर्शिता प्रमाणित होगी! पुत्री के भावी जीवन पर प्रश्नचिह्न लग जाएगा। हिरण्यवर्मा सिहर उठता ऐसे भविष्य की कल्पना से।

हिरण्यवर्मा ने अपनी पत्नी से कहा कि वह पुनः पुत्री से पूछे। फिर से जानकारी ले। दशार्णराज और पांचाल राज्य का समूचा भविष्य राजकन्या के कथन पर निर्भर है। यही हुआ। महारानी ने स्वयं पुत्री से कुरेद-कुरेदकर पूछा। फिर धात्रियों द्वारा राजपुत्री से पुछवाया। यही नहीं। राजपुत्री की घनिष्ठ सखियों को भी इस कार्य में संलग्न किया। दशार्णराज कन्या का सभी को एक ही उत्तर था। द्रुपदसुत शिखण्डी पुरुष नहीं, एक कन्या है।

हिरण्यवर्मा भारी अन्तर्द्वन्द्व में फँसा हुआ था। आक्रमण तथा युद्ध का निर्णय बहुत गम्भीर होता है। युद्ध की विभीषिका विकट होती है, और उसका परिणाम अनिश्चित और भयावह। अतः समर छेड़ने से पूर्व हिरण्यवर्मा कोई छिद्र नहीं छोड़ना चाहता था। सभी प्रकार की सावधानियाँ अपनाना आवश्यक है, ताकि बाद में किसी प्रकार का कोई आक्षेप उस पर न लग सके।

उसकी पुत्री हर बार कहती थी कि उसका पति द्रुपदकुमार शिखण्डी एक स्त्री है। पांचाल नरेश द्रुपद हर बार कहते थे कि उनका पुत्र शिखण्डी वास्तव में पुरुष ही है, वह पुत्र है। पुत्री नहीं। उसको स्त्री बताना राजपुत्री की मात्र कपोल-कल्पना अथवा भ्रान्ति है।

राजपुत्री अपने मत पर अडिग थी। द्रुपद अपने मत पर अडिग थे।

अब एक और प्रयास सही! अन्तिम प्रयास। सत्य स्थिति जानने का अन्तिम प्रयास! इसके लिए हिरण्यवर्मा ने कुछ कुशल प्रौढ़ कुटनियों के साथ सुन्दर नर्तकियों को छद्मवेश में काम्पिल्य नगरी भेजा। जब तक गुप्तचरों का यह रूपवान दल काम्पिल्य पहुँचा तब तक पासा पलट चुका था। राजकुमार शिखण्डी तो एक सुन्दर, स्वस्थ, बलशाली तरुण है! स्थूणाकर्ण यक्ष की कृपा के विषय में किसी को भला कैसे ज्ञात होता! दशार्णराज की महिला गुप्तचर तो शिखण्डी पर न्यौछावर हो गयीं! मन मुग्ध हो गया। लौटकर उन्होंने बड़े ही उत्साह और हर्ष से दो टूक शब्दों में दर्शाणराज को सूचना दी कि राजपुत्र शिखण्डी पुरुष हैं। इसमें सन्देह का तो लेशमात्र भी स्थान न था। पता नहीं राजकन्या को उनके विषय में कैसे इतनी भयंकर भ्रान्ति हो गयी!

हिरण्यवर्मा भौंचक रह गया! अच्छा हुआ जो उसने अन्तिम निर्णय लेने से पहले महिला गुप्तचरों का उपयोग कर लिया! तो उसकी पुत्री को क्या हो गया? क्या मात्र उसका अल्हड़पन था? क्या उसमें दायित्वबोध विकसित ही नहीं हो पाया? केवल अपने एक भ्रम के कारण उस मूर्खा ने अपने पिता की, अपने राज्य के अस्तित्व तथा समूची प्रतिष्ठा को ही दाँव पर लगा दिया? ईश्वर ने समय

रहते बचा लिया अधर्म करने से! नहीं तो पुत्री के कहने पर यदि पांचालराज्य मिटा दिया होता! तो कितना भयंकर अनर्थ हो गया होता। पुत्री का समूचा श्वसुर-कुल यदि नष्ट हो जाता, पुत्री का पति युद्ध में वीरगति पा जाता तो कितना भयंकर परिणाम भोगना पड़ता!

दर्शाणराज हिरण्यवर्मा तथा उसकी पत्नी के सामने राजकन्या नतशिर खड़ी रह गयी जब उसके माता-पिता ने कड़े शब्दों में उसे ताड़ना दी। वह अवाक् थी। स्तब्ध थी। क्या सचमुच उससे भूल हुई थी? क्या वह भ्रम था? भ्रान्ति थी? भोली राजकन्या भला यह कैसे जानती कि यह सारा चमत्कार अम्बा की अदम्य इच्छाशक्ति का परिणाम था!

ग्लानि और पश्चात्ताप में डूबे हिरण्यवर्मा ने कुछ विद्वान पण्डितों के साथ पांचाल-नरेश द्रुपद से भेंट करने और उनसे क्षमा माँगने के लिए तुरन्त काम्पिल्य की ओर प्रस्थान किया।

दीर्घ अन्तराल के पश्चात् आज शान्तनुनन्दन भीष्म द्रोणाचार्य की सैन्य प्रशिक्षण शाला में पधारे थे। इसलिए वहाँ आज विशेष हलचल थी। जिस ओर छायादार घने वृक्ष पंक्तिबद्ध खड़े थे, वहीं काष्ठासनों पर विशिष्ट जन विराजमान थे। धूप-छाँह का आनन्द लेते हुए भीष्म के एक ओर द्रोणाचार्य और दूसरी ओर कृपाचार्य बैठे हुए थे। पीछे सेवकगण खड़े उन पर छत्र ताने हुए थे।

बड़ी संख्या में राजपुत्रों का समागम था। लक्ष्यवेध का अभ्यास चल रहा था। नवागत शिष्यों को अभ्यास कराने का दायित्व अपने पट्ट-शिष्य अर्जुन और पुत्र अश्वत्थामा को सौंपकर द्रोणाचार्य भीष्म के निकट बैठे थे। मुदितमन भीष्म सामने रखी तिपाई पर पाँव फैलाये अधखुले नेत्रों से शस्त्र-विद्या का प्रदर्शन देख रहे थे।

एक के बाद एक राजपुत्र आते और दूर वृक्ष पर स्थित लक्ष्य पर शर-सन्धान करते। जिस युवक ने अभी आकर लक्ष्य साधना प्रारम्भ किया था उसे पहचानने का भीष्म ने प्रयास किया। किन्तु वे पहचान नहीं पाये।

"आचार्य! अब कौन लक्ष्यवेध कर रहा है?" भीष्म ने नेत्रों को संकुचित करते हुए उस युवक पर दृष्टि स्थिर करते हुए पूछा। वे अपने एक सौ छह पौत्रों में लगभग आधे पौत्रों को ही तो सदा सही-सही पहचान पाते थे!

"वह! महाराज कुमार गंगानन्दन! वह कुरुवंश का राजपुत्र नहीं। वह नया प्रशिक्षार्थी है। पांचाल राज्य से आया है। महाभाग! वह महाराज द्रुपद का पुत्र शिखण्डी है।"

शिखण्डी!! भीष्म चौंक पड़े। अधखुले नेत्र पूरे खुल गये। न जाने क्या हुआ कि उसी समय धनुष पर शर-सन्धान करता हुआ शिखण्डी, उसी स्थिति में सहसा ही विशिष्टजन की दिशा में घूम गया और उसका लक्ष्य अचानक ही भीष्म पर सध गया। अर्जुन ने तुरन्त झपटकर शिखण्डी का हाथ पकड़कर नीचे झुका दिया।

"क्या करते हो राजकुमार? देखते नहीं वहाँ पितामह बैठे हैं! गुरुजन बैठे हैं! तुमने उनकी ओर अपना लक्ष्य कर दिया! लक्ष्य साधकर उनके साथ खिलवाड़ करते हो! स्वयं ही अपने लक्ष्य को भ्रष्ट करते हो! तुम बहुत अपरिपक्व हो! कोई भी विद्या बिना धैर्य के नहीं प्राप्त होती। तुम्हें अभी बहुत सीखना होगा। लक्ष्यवेध ही सबकुछ नहीं है। युद्धशास्त्र के नियम भी तुम्हें कण्ठस्थ करके आत्मसात् करने होंगे। ज्ञान और अधीरता एक-दूसरे के विपरीत है। अधीरता त्यागो। धैर्यवान बनो। लक्ष्य साधते समय मन को इधर-उधर मत दौड़ाओ। एकाग्रचित्त रहो।"—शिखण्डी को फटकारते हुए अर्जुन की साँस फूल गयी, मुखमण्डल क्रोध से तमतमा आया था।

शिखण्डी ने नीचे के होठ का दाहिना कोना दाँतों में दबा लिया। अब शिखण्डी का मुख किसी अज्ञात कारण वश तमतमा उठा। भीष्म की दिशा में मुड़ जाने से शिखण्डी का मुख भीष्म के ठीक सामने था। प्रात:कालीन धूप के धुले-धुले खुले-खुले प्रकाश में भीष्म ने कौतूहल से देखा। और आश्चर्यचकित रह गये। कमान-सी तनी भवें! रक्ताभ कमलनयन!

तुम्हारा स्वागत है अम्बे! व्यर्थ ही अर्जुन उसके साथ विवाद में उलझ रहा है। अम्बा तो सदा से ही महादृढ़प्रतिज्ञ रही है। हर जन्म में वह प्रतिज्ञा की धनी रही है। मैं प्रतिज्ञा का भीष्म अवश्य हूँ, किन्तु इतनी भीष्म-शक्ति तो मुझमें भी नहीं कि प्रतिज्ञा पूर्ण करने के लिए बार-बार जन्म ले सकूँ! नि:सन्देह अम्बा प्रतिज्ञा की महाभीष्म है। वह वही करेगी जिस हेतु वह कटिबद्ध है। किन्तु अर्जुन अबोध क्या जाने! अर्जुन भला क्या जाने कि शिखण्डी के इस रूप और शरसन्धान के पीछे अम्बा की कितने जन्मों की तपस्या है! कितने जन्मों की आकुल साध है! कितने जन्मों की व्यथा का जलधि उसके हृदय में उमड़ता रहा है! मन को मथता रहा है!

अम्बे! तुम्हारी दृढ़ता धन्य है! तुम्हारा वज्र-संकल्प धन्य है। और अन्तत: तुमने जन्म-जन्मान्तर के अपने इस शत्रु भीष्म का वध करने हेतु पुरुष-शरीर पा ही लिया! तुम सदा अद्वितीय ही रहना। एक जीवन नहीं। एक जन्म नहीं, तुम्हारे तीन जन्मों से मैं तुम्हें देखता आ रहा हूँ और तुम्हें मैंने सदा प्रचण्ड रूप से, चमत्कारिक रूप से, जुझारू पाया। तुम धन्य हो अम्बे। तुम्हारा यह रूप कितना

दिव्य है! इसे बनाये रखना! भीष्म मुग्ध थे।

पांचाल-राज्य का वह राजरथ हस्तिनापुर से काम्पिल्य की ओर द्रुतगति से चला जा रहा था। काम्पिल्य से राजकुमार शिखण्डी के लिए सन्देश भेजा गया था कि राजकुमारी द्रौपदी के विवाह की आवश्यक चर्चा हेतु वह तुरन्त ही काम्पिल्य आ जाए। शिखण्डी ने गुरु द्रोणाचार्य से विनती की थी और अब वह इसी उद्देश्य से कुछ दिनों के लिए पांचालराज्य जा रहा था।

रथ में बैठे शिखण्डी के मुख पर विद्रूप मुस्कान थी। हस्तिनापुर रहकर उसने द्रोणाचार्य से युद्ध-शास्त्र का प्रशिक्षण अभी कुछ ही समय तो पाया है। युद्ध-कौशल का जो ज्ञान पाया, वह तो पाया ही कितु शिखण्डी कुछ और पाने से अधिक उत्फुल्लित था। हस्तिनापुर नगर के बाहर, समीप ही लगे हुए द्रोण सैन्य-प्रशिक्षण केन्द्र में तो उसने शस्त्र-संचालन का ज्ञान पाया किन्तु साथ ही राजनीतिक तथा कूटनीतिक ज्ञान भी कम नहीं अर्जित किया। कुरु-कुटुम्ब के जितने-जितने छिद्र वह पकड़ पाता, उतनी-उतनी उसकी प्रसन्नता बढ़ती जाती। विराट सप्तखण्डी महल! और दीमक का खाया हुआ! जर्जर! खोखला! दीमक काष्ठ में रहेगी तो उसी को खा जाएगी! अपने आवास अथवा आश्रय-स्थल पर भी दीमक को दया नहीं। यही तो हो रहा है विराट कुरु-कुटुम्ब में! नयी पीढ़ी अपने पूर्वजों के पुण्यकर्म, यश, प्रतिष्ठा तथा गौरव-कीर्ति पर दीमक की भाँति चिपट पड़ी है और शनैः-शनैः उसे चाट-चाटकर नष्ट किये दे रही है। कलह! क्लेश! ईर्ष्या! डाह! इस प्राचीन राजवंश रूपी महामहल के समस्त शिखर एक-एक करके गिरने ही वाले हैं।

शिखण्डी उच्च स्वर में हँस पड़ा। तपती कड़ी धूप में सहसा काले-काले मेघदलों को देखकर जैसे सहस्र नयन खोलकर मयूर नृत्य कर उठता है, उसी भाँति शिखण्डी के भीतर अम्बा नाच उठी थी। अन्ततः! अन्ततः! तीसरे जन्म में ही सही, किन्तु भीष्म द्वारा रचित माया-संसार का विनाश वह देख तो लेगी! सारथी मुँह बाये बार-बार पीछे मुड़कर शिखण्डी को देख रहा था। शिखण्डी का मन-मयूर उन्मत्त हो नाच रहा था। केकाध्वनि निःसृत थी। शिखण्डी हँसे जा रहा था।

पांचाल नरेश द्रुपद की राजसभा में छाया गम्भीर मौन का तार झटके से टूट गया। जैसे ही शिखण्डी ने अट्टहास करते हुए प्रवेश किया, सभासद चौंक पड़े। सब

विस्मय से शिखण्डी को देखने लगे। सभा की गम्भीर शान्ति में शिखण्डी उन्मत्त प्रभंजन सा आया था। द्रुपद की किंचित क्रोध भरी वाणी गूँजी।

''शिखण्डी! यह अट्टहास! देखते नहीं, सांसदगण कितनी चिन्ता में डूबे हुए हैं!''

मदमत्त गजराज की भाँति झूमते-झूमते शिखण्डी ने राजपुरोहित तथा द्रुपद के चरण स्पर्श किये। द्रुपद के शब्दों का उस पर प्रभाव ही न पड़ा। वह जैसे किसी और ही लोक से उतरा चला आ रहा था।

''महाराज! हँसूँ नहीं, तो क्या करूँ? हस्तिनापुर से आ रहा हूँ तो हँसना तो पड़ेगा ही न! वहाँ से मैंने इतने हर्ष-कण बीने-बटोरे हैं कि वे मेरे हृदय में समा नहीं पा रहे। वहाँ तो तात, प्रतिदिन ऐसी-ऐसी घटनाएँ घटती रहती हैं कि दिन-रात मनोरंजन ही होता रहता है। हस्तिनापुर के रंगमंच पर कभी पटाक्षेप नहीं होता! कभी यवनिका नहीं पड़ती। कुरुवंश का प्रत्येक सदस्य कुशल नट है। वहाँ हर व्यक्ति अपनी नाट्य-प्रतिभा को अधिकाधिक प्रदर्शित करता है। इतना रोचक दीर्घ नाटक वहाँ अभिनीत किया जा रहा है कि मेरा मन तो वहाँ से हटने का हो ही नहीं रहा था...। तात! वहाँ सब एक-दूसरे की जड़ें काटने में ही लगे रहते हैं....और अब तो तात....तात...'' शिखण्डी आगे कुछ कह न पाया। ऐसे वेग से उसके मुख से पुनः अट्टहास फूट पड़ा। किन्तु तुरन्त हँसते-हँसते ही उसने बोलना प्रारम्भ कर दिया।

''और वह उनका कुलवृद्ध भीष्म! वह तो अपने ही मकड़जाल में स्वयं बुरी तरह फँस गया है। वंशवृद्धि हेतु कैसा ताना-बाना बुना था! और वह राजमाता सत्यवती! कहीं की ईंट, कहीं का रोड़ा। सत्यवती ने कुनबा जोड़ा! और अब अपने ही उद्धत वंशजों से बचने पलायन कर गयीं। भीष्म के वंशज, पौत्र अब उसके लिए जी का जंजाल बन गये हैं। जैसे मकड़े अपने ही जनक को लील जाते हैं, वैसे ही युवा कौरव अपने कुलवृद्धों को मुँह फाड़े एक साथ लीलने चले आ रहे हैं! भीष्म ने जिन्हें अपना कण्ठहार समझा था, वे पौत्र अब उसके कण्ठ में नाग की भाँति लिपट पड़े हैं और प्रतिपल फुफकार रहे हैं! विष वमन कर रहे हैं, दंश दे रहे हैं। गृह-कलह की पराकाष्ठा है। हा हा हा हा...'' शिखण्डी फिर अट्टहास कर उठा।

''शान्त हो जाओ, शिखण्डी! तुम्हारा प्रलाप सुनने का मुझमें धैर्य नहीं रहा! तुम्हें कुरुवंश के गृह-कलह से क्या प्रयोजन?''—द्रुपद ने कड़े स्वर में पूछा!

''मुझे क्या प्रयोजन! जहाँ वर्षों से, पीढ़ियों से वंशवृद्धि हेतु जो निरन्तर अनाचार किये गये, उनके लिए आज उन कर्मों का फल भोगने का समय आ गया, तो मुझे आनन्द न हो? अन्यायी और अत्याचारियों को दण्ड मिलने से किस

मनुष्य को सन्तोष नहीं होता? अथवा, शायद आप सबकी अपेक्षा मेरे भीतर न्यायभावना अधिक बलवती है! मैं तो प्रसन्न हूँ! वंशज ही आज कुल-घातक बन गये हैं! यहाँ तक कि पाण्डवों को हस्तिनापुर से दूर हटाने के लिए छल से वारणावत भेज दिया गया है। वहाँ यक्षमह-उत्सव है। मेला देखने गये हैं पाण्डवबन्धु अपनी माता के साथ! किन्तु इसके पीछे अवश्य कोई चाल है मैं सब जानता हूँ।''—शिखण्डी हाथ फैलाकर जैसे व्याख्यान दे रहा था। द्रुपद से सहन नहीं हो पा रहा था पुत्र का यह विक्षिप्तों जैसा व्यवहार। क्रोध से उनका स्वर कठोर हो गया।

''बन्द करो प्रलाप! बन्द करो अनर्गल प्रलाप, शिखण्डी! बहुत हो गया। तुम कुछ नहीं जानते! तुम कुछ नहीं जानते। शान्त होकर बैठ जाओ।''—द्रुपद के कहने से साथ ही अपने हाथों से सिर थाम लिया।

शिखण्डी स्तब्ध रह गया। उसने पिता से कभी इतना कठोर स्वर नहीं सुना था। उसे उनसे सदा ही सहानुभूति और ममत्व मिला था। आज क्या हो गया? तात और इतने उग्र? तब तक द्रुपद ने स्वयं को संयत कर अपना शीश उठाया और विचलित स्वर में कहने लगे।

''हम सब यहाँ द्रौपदी के विवाह में सम्बन्ध में विचार करने एकत्रित हुए हैं और तुम अनावश्यक रूप से व्यवधान डाले जा रहे हो! हमारे स्वप्न चूर-चूर हो गये और तुम हँस रहे हो!''

स्वप्न चूर-चूर! शिखण्डी हतप्रभ था—''क्षमा करें तात! मैं कुछ समझा नहीं। मैंने अज्ञानवश समय तथा स्थान की गरिमा का उल्लंघन कर डाला है, मैं क्षमाप्रार्थी हूँ। किन्तु हमारे कौन से स्वप्न चूर-चूर हो गये? और कैसे? क्यों चूर-चूर हो गये?'' शिखण्डी ने चिन्तित होकर पूछा।

''इसीलिए तो कह रहा था, तुम कुछ नहीं जानते। हम तो कब से पाण्डुनन्दन अर्जुन को अपना जामाता बनाने का स्वप्न पाले हुए थे और तुम उन्हीं के पितामह के लिए अपशब्दों का प्रयोग किये जा रहे हो! तुम कुछ नहीं जानते। तुम यह नहीं जानते कि हम पर भारी दुःख का पहाड़ टूट पड़ा है। पाँचों पाण्डव-बन्धु तथा उनकी माता महारानी कुन्ती भीषण अग्निकाण्ड में कालकवलित हो चुके हैं!''

''अहो नहीं!....'' शिखण्डी के मुख से निकला। शिखण्डी के मन में अर्जुन के लिए बहुत आदर था। पाण्डवों के प्रति होते अन्याय के कारण उसे उनसे लगाव हो चला था।

''ऐसा ही हुआ है। दुर्भाग्यवश यह दारुण संवाद सत्य है। वे एक भयंकर षड्यन्त्र के आखेट हो चुके हैं! ऐसा ज्ञात हुआ है कि वारणावत में पाण्डव अपने आवास में आग लग जाने से भस्म हो गये उसी में।'' द्रुपद ने पीड़ित स्वर में कहा।

शिखण्डी को विश्वास नहीं हो रहा था।

''किन्तु उनके भस्म हो जाने का प्रमाण?''

''पाँचों भाइयों एवं उनकी माता के भस्मीभूत शव प्राप्त हो गये हैं।''

सभा में सन्नाटा छा गया।

''हमारा कैसा दुर्भाग्य कि संसार के श्रेष्ठ धनुर्धर को हम अपनी पुत्री, राजकुमारी द्रौपदी के पति के रूप में नहीं देख सके! हम सभी पांचालों की द्रौपदी के लिए सुयोग्य वर की खोज अर्जुन पर ही समाप्त हुई थी! स्वप्न भंग हो गया।'' द्रुपद व्याकुल होकर हाथ से अपना कपाल ठोकने लगे।

कुछ वरिष्ठ सांसद तुरन्त उठ खड़े हुए ऐसा करने से रोकने के लिए। शिखण्डी ने तुरन्त पहुँचकर उनका हाथ थाम लिया। राजगुरु भी निकट पहुँचकर द्रुपद को धैर्य बँधाने लगे।

''राजन्! इस प्रकार व्याकुल होने से कोई लाभ नहीं। ईश्वर की लीला को समझ पाना बड़ा कठिन है। फिर भी, मेरी दृष्टि से अभी पूर्णत: आशा छोड़ देने का अवसर नहीं आया है। यदि राजकुमारी के भाग्य में राजकुमार अर्जुन की पत्नी होना लिखा होगा तो उसे कोई नहीं रोक सकता।'' राजगुरु ने कहा। द्रुपद चौंक पड़े। सांसद चौंक पड़े।

''किन्तु गुरुवर! अर्जुन तो अब इस लोक में रहे ही नहीं...!'' द्रुपद ने विस्मय से कहा।

''कौन कह सकता है महाराज! यह निश्चित रूप से षड्यन्त्र रहा होगा। किन्तु हमें यह नहीं भूलना चाहिए कि एक-दूसरे के प्रति परस्पर शत्रुता का भाव रखने वाले दोनों ही पक्ष एक-दूसरे से अत्यन्त सावधान भी रहते हैं! हर पक्ष दूसरे पक्ष की एक-एक गतिविधि पर सन्देह करता है, उस पर कड़ी दृष्टि रखता है। एक पक्ष की उदारता में भी दूसरे पक्ष को षड्यन्त्र की गन्ध आती है। हर पक्ष दूसरे पक्ष की ओर से शंकालु रहकर फूँक-फूँककर ही चरण बढ़ाता है। और इस प्रकरण में तो हमें यह सदा स्मरण रखना चाहिए कि पाण्डवों को अपने कुलवृद्धों का संरक्षण प्राप्त रहा है। विशेष रूप से परम बुद्धिमान महात्मा विदुर अत्यन्त दूरदर्शी हैं। वे पाण्डवों की सुरक्षा हेतु हर समय अतिशय सावधान रहते हैं! उनकी तीक्ष्ण दृष्टि से इतना बड़ा षड्यन्त्र छूट जाए, यह मुझे सम्भव नहीं लगता। मुझे अभी इस घटना और संवाद पर विश्वास नहीं। सन्देह है। जब तक हर प्रकार से पूरी खोजबीन न कर ली जाए। एकाएक निष्कर्ष पर पहुंचना नीति के विरुद्ध है।'' राजगुरु के चिन्तनशील नेत्र सुदूर कहीं शून्य में खोये हुए थे।

द्रुपद के नेत्रों में आशा झलक उठी। अपने आप ही उनके हाथ राजगुरु की दिशा में जुड़ गये।

''अहो गुरुवर! प्रभो! आप नहीं जानते, आपने मेरे प्राण लौटा दिये हैं! किन्तु, यदि पाण्डव जीवित हैं, तो कहाँ हैं, किस स्थिति में हैं, यह कैसे ज्ञात हो सकेगा? उनकी कुशल-क्षेम हम कैसे पता लगाएँगे? और हम राजकन्या पांचाली का विवाह भी शीघ्र करने को आतुर हैं कि योग्य वर मिलते ही मैं उसे यज्ञकुण्ड से उत्पन्न अपनी अद्वितीय कन्या को शीघ्र से शीघ्र सौप दूँ। अर्जुन की खोज करवाने में तो बहुत समय लग जाएगा। खोज कहाँ से प्रारम्भ करेंगे? कहाँ तक करेंगे? किस-किस भाँति उनकी खोज की जा सकेगी?''

राजगुरु अपने आसन पर बैठकर गहन मन्थन में डूब गये। कुछ पल ऐसे ही मौन अधीरता में बीत गये। राजगुरु ने जब बोलने के लिए मुख उठाया तो उनका मुखमण्डल अपूर्व आत्मविश्वास से चमक रहा था।

''तब तो राजन्! एक काम करें। राजपुत्री द्रौपदी के विवाह का विचार त्याग दें!''

यह कैसी बात? विवाह का विचार त्याग दिया जाए! सभासद हतप्रभ रह गये। द्रुपद विस्फारित नेत्रों से राजगुरु को एकटक देखते रह गये।

''आप क्या कह रहे हैं, महाभाग? राजपुत्री का विवाह तो करना ही होगा। आज नहीं, तो कल! विवाह का विचार कैसे त्यागा जा सकता है?''

''मैं ठीक कह रहा हूँ, महाराज! विवाह के विचार को त्याग देना ही उचित होगा.... ।''

''नहीं-नहीं, गुरुवर...!'' कई कण्ठों से एक साथ निकला। राजगुरु ने हाथ उठाकर सभा को शान्त किया और गम्भीर स्वर में बोले।

''मैं सभा में विवाह के स्थान पर राजकुमारी पांचाली के स्वयंवर की योजना का प्रस्ताव प्रस्तुत कर रहा हूँ।''

सभासद अब भी विस्मित थे। द्रुपद ही बोले।

''स्वयंवर! यह विचार तो किसी के मस्तिष्क में आया ही नहीं था। किन्तु गुरुवर! स्वयंवर से क्या लाभ? मैंने तो अर्जुन को जामाता बनाना चाहा था। जब अर्जुन नहीं, तो विवाह हो या स्वयंवर, क्या अन्तर पड़ता है? स्वयंवर के विचार से भी मुझमें तो उत्साह का संचार हो ही नहीं पा रहा।''

''महाराज! इस प्रकार निरुत्साहित न हों। पाण्डुनन्दन एवं उनकी माता जीवित हैं अथवा नहीं, स्वयंवर के माध्यम से पता लगाना सरल हो जाएगा। महाराज! आप राजपुत्री द्रौपदी के स्वयंवर की घोषणा करवा दें। दूर-सुदूर समस्त राजपरिवारों को निमन्त्रण भिजवाएँ तथा स्वयंवर की घोषणा को व्यापक रूप से जनपद-जनपद, नगर-नगर और ग्राम-ग्राम में प्रचारित करवाएँ। राजकुमारी के स्वयंवर की सूचना जन-जन में फैलेगी। स्थान स्थान पर चर्चा होने लगेगी। स्वयंवर

की सूचना पाने से पाण्डव-बन्धु जहाँ कहीं भी होंगे, भाग लेने अवश्य आएँगे।''

''साधुवाद! साधुवाद!'' का तुमुल घोष सभाकक्ष में गूँज उठा। सभासदों व राजपरिवार के सदस्यों के मुखमण्डलों पर प्रशंसा एवं आनन्द का भाव छा गया। द्रुपद के भाल से चिन्ता की रेखाएँ लुप्त होने लगीं। उन्होंने गद्‌गद हाथ जोड़कर राजगुरु को प्रणाम निवेदन किया।

''आप धन्य हैं गुरुदेव! आपने ने जो युक्ति सुझायी है उसके लिए पूरा पांचाल राज्य आपका आभारी है, आप के सम्मुख नतमस्तक है। इसीलिए तो दण्डनीति अथवा राजधर्म के द्वारा राजा को निर्देशित किया गया है कि वह राजगुरु के मार्गदशन में ही अपने दायित्वों का निर्वाह करे। कैसा उत्तम विधान है राजनीति शास्त्र का! गुरुदेव! आपके अतिरिक्त और कोई हमें इस दुविधा और धर्मसंकट से नहीं उबार सकता था। कैसा सत्य उद्‌घाटित किया आपने कि स्वयंवर का संवाद पाते ही हर क्षत्रिय स्वयंवर में भाग लेने अवश्य आएगा। धन्य हैं गुरुवर!'' द्रुपद गद्‌गद कण्ठ से कह उठे।

किन्तु स्वयंवर! स्वयंवर! शिखण्डी को सभाभवन अचानक तीव्रगति से घूमता हुआ-सा प्रतीत हुआ! पूरी सभा स्वयंवर की चर्चा में व्यस्त थी। शिखण्डी काष्ठवत् बैठा रह गया था। सुदूर अतीत के किसी स्वयंवर का धुँधला-सा चित्र मानस-पटल पर बनता-बिगड़ता रहा। बन्दी पक्षिणी की भाँति अम्बा अन्तर्मन में पंख फड़फड़ा उठी। रथचक्र गड़गड़ा उठे। एक ही रथ के पहिये गड़गड़ाते हुए जैसे सहस्रों रथचक्रों के गड़गड़ाने के भीषण नाद में परिवर्तित हो गये। युद्ध! बाण-वर्षा! राजरथ भागा जा रहा था। पीछे से तीर पर तीर आ रहे थे। सहसा फूट पड़ा तीन असहाय भय-व्याकुल किशोरियों का आर्तनाद! कातर कुररी-सा दारुण क्रन्दन!

शिखण्डी सिहर उठा। विस्फारित नेत्रों से कब से वह शून्य में ताकता रह गया था। उसके मुख से अस्पष्ट से शब्द अनजाने ही निकल रहे थे।

''स्वयंवर!....अर्थात् अनिश्चितता...! स्वयंवर...अर्थात्....अनिश्चित भविष्य! अनिश्चित जीवन...नहीं नहीं!...स्वयंवर नहीं...!''

सबका ध्यान शिखण्डी की ओर गया। वह बेसुध-सा बैठा था।

''कैसी अनिश्चितता?''—द्रुपद ने विस्मित होकर पूछा।

''अग्रज शिखण्डी की आशंका में बहुत बल है, वे ठीक कह रहे हैं?'' धृष्टद्युम्न ने सभा में प्रवेश करते हुए शिखण्डी की बात सुनकर कहा।

''राजकुमार शिखण्डी का मत उचित है। स्वयंवर में राजपुत्री स्वेच्छा से किसी अन्य राजपुत्र के कण्ठ में भी वरमाला डालकर उसे वर सकती है, जब कि पिताश्री महाराज पांचाल, जामाता के रूप में पाण्डुनन्दन अर्जुन का स्वप्न सँजोये

हुए हैं। यह स्थिति कैसे उचित कही जा सकती है? तात शिखण्डी! आप को इसी अनिश्चितता का भय है न?'' धृष्टद्युम्न ने शिखण्डी से पूछा।

शिखण्डी ने स्वयं को सँभाला। सूखे अधरों पर जिह्वा फेरते हुए, हकलाते हुए उसने उत्तर दिया।

''हाँ...यही...! यही तो मैं सोच रहा था! यही तो अनिश्चितता है...।''

शिखण्डी के मत को लगभग सभी सांसदों ने अनुमोदित किया। द्रुपद पुनः चिन्ता में डूब चले। किन्तु राजगुरु के पास हर समस्या का निदान था। उनके पास जैसे युक्तियों का अक्षय भण्डार था।

''चिन्ता न करें, पांचाल-नरेश! इस समस्या का समाधान भी बड़ा सरल है। स्वयंवर दो प्रकार के होते हैं। एक वह स्वयंवर जो पूर्णतः कन्या की स्वेच्छा पर आधारित रहता है, जिसमें कन्या पूरी स्वतन्त्रता के साथ अपने जीवन-साथी का चयन तथा वरण कर सकती है। किन्तु दूसरे प्रकार का स्वयंवर किसी वीरोचित स्पर्धा पर निर्भर रहता है। उस स्पर्धा में सभी राजपुत्रों को पराजित करके जो वीरपुरुष विजयी होता है, कन्या उसी को वरण करती है।''

''अहो! त्रेतायुग में मिथिला-नरेश महाराज जनक ने अपनी महिमामयी पुत्री सीता हेतु जैसा स्वयंवर आयोजित किया था...?'' द्रुपद ने कौतूहल से पूछा।

''आप सही समझे हैं महाराज। सांसदगण! आप सबको विदित ही है कि महाराज जनक ने अपनी पुत्री भगवती जानकी हेतु सुयोग्य वर खोजने के लिए नरेशों के लिए कितनी कठोर स्पर्धा आयोजित की थी। भगवान शंकर के विशाल पुरातन धनुष को उठाना तो दूर, कोई हिला भी नहीं सकता था। यह तो केवल दशरथनन्दन, महाभाग राम ही कर सकते थे और इसलिए जनकनन्दिनी ने उनका ही वरण किया।''

सभासदों ने राजगुरु के मत का अनुमोदन और प्रशंसा करते हुए हर्षध्वनि की।

''महाराज! सभासद-गण! अभी मेरा वक्तव्य समाप्त नहीं हुआ है। चूँकि राजकुमारी द्रौपदी के स्वयंवर का एक उद्देश्य पाण्डुनन्दन सव्यसाची को खोज निकालना भी है, अतः मेरा परामर्श है कि अत्यन्त कठिन लक्ष्यवेध-स्पर्धा को इस स्वयंवर का आधार बनाया जाए। एक ऐसी स्पर्धा जिसमें केवल राजकुमार अर्जुन ही सफल हो सकें।'' राजपुरोहित ने कहा।

उनकी बात समाप्त हुई नहीं कि सदन 'साधुवाद साधुवाद, धन्य हैं, धन्य हैं', के हर्ष और आश्चर्य-मिश्रित निनाद से एक बार फिर गूँज उठा।

''राजपुत्र अर्जुन तो कैसा भी दुष्कर लक्ष्यवेध करने में समर्थ हैं?'' शिखण्डी ने अभिभूत स्वर में कहा।

"हाँ! पाण्डुनन्दन सव्यसाची-सा लक्ष्यवेधी कोई नहीं।" किसी सांसद ने कहा।

"राजकुमार अर्जुन के अतिरिक्त अंगराज कर्ण भी तो श्रेष्ठ लक्ष्यवेधी हैं!" किसी अन्य सांसद ने कहा।

"अंगराज कुशल लक्ष्यवेधी अवश्य हैं किन्तु स्पर्धा तो केवल क्षत्रियों तक सीमित रहेगी। अत: अंगराज का स्पर्धा में भाग लेने का प्रश्न ही नहीं उठता।" द्रुपद ने कहा।

"किन्तु लक्ष्यवेध प्रतियोगिता अत्यन्त दुरूह होनी चाहिए।" राजपुरोहित ने बल देकर कहा।

"सुदूर बैठे पक्षी की आँख वेधना कैसा रहेगा?"—धृष्टद्युम्न ने पूछा।

"पक्षी अथवा मत्स्य की आँख?"—शिखण्डी ने पूछा।

"यह तो फिर भी सरल ही हुआ! इसे और अधिक कठिन बनाना होगा। मत्स्य को ऊपर रखकर नीचे जल में उसका प्रतिबिम्ब देखकर नेत्र को वेधना मेरी दृष्टि से अधिक दुरूह होगा!"—प्रधान अमात्य ने कहा।

सभा में प्रशंसा के शब्द गूँज गये। प्रधान अमात्य कुछ पल मन्थन करते रहे। फिर सदन को शान्त करते हुए बोले—"स्पर्धा को और दुरूह किया जाए तो उत्तम होगा। स्वयंवर-सभा की छत में एक यन्त्र से मछली को झूलने की स्थिति में रखा जाए और वह यन्त्र मछली सहित अपनी धुरी पर निरन्तर घूमता रहे। नीचे भूमि पर जल-कुण्ड में मत्स्य के प्रतिबिम्ब के नेत्र को देखकर ऊपर की ओर शर-सन्धान किया जाए। निरन्तर घूमते रहते मत्स्य की आँख वेधना अपने आप में ही कठिन है, फिर जल में उसकी परछाहीं में नेत्र देखकर लक्ष्यवेध करना केवल कुन्तीपुत्र अर्जुन के ही सामर्थ्य में है।"

"उत्तम! अति उत्तम!" सांसदों ने ध्वनिमत से योजना का समर्थन किया!

सभा विसर्जित होते-होते राजपरिवार के सदस्यों, अधिकारियों एवं सांसदों के मुख पर परम सन्तोष का भाव था। सब निश्चिन्त थे कि यदि अर्जुन जीवित हैं, तो वे स्वयंवर तथा इस विलक्षण लक्ष्यवेध-स्पर्धा की सूचना सुनकर अवश्य आएँगे, क्योंकि यह स्पर्धा प्रत्येक वीर के लिए, प्रत्येक क्षत्रिय के लिए चुनौती होगी। और इसके अतिरिक्त पांचाल नरेश की यज्ञकुण्ड से उत्पन्न अद्वितीय कन्या का हाथ कौन राजपुत्र न पाना चाहेगा? पांचाल राज्य से कौन सम्बन्ध न बनाना चाहेगा? सभा के आज के दोनों निर्णय महत्त्वपूर्ण थे। प्रथम, यह कि स्वयंवर आयोजित होगा। दूसरा, यह कि पूरी सावधानी से एक अत्यन्त जटिल लक्ष्यवेध स्पर्धा रखी जाएगी ताकि स्वयंवर का सम्पूर्ण आयोजन अर्जुन पर केन्द्रित हो जाए। वे विजयी रहें तथा द्रौपदी उन ही का वरण करे।

द्रौपदी के स्वयंवर की घोषणा होते ही दूर-सुदूर जनपदों और ग्रामों में उसकी चर्चा होने लगी। स्वयंवर अब एक विशेष घटना के रूप में उल्लिखित होते थे। पहले स्वयंवर की प्रथा अत्यधिक प्रचलित थी। अब स्वयंवर कम होते हैं। अब वैवाहिक सम्बन्ध राजनीतिक आवश्यकताओं तथा कारणों से अधिक सम्पन्न होने लगे थे। इसलिए राजा-महाराजाओं में ही नहीं, जन-मानस के लिए भी स्वयंवर बड़ी उत्कण्ठा का विषय होते थे। और द्रौपदी के स्वयंवर का तो मूल आधार ही रोमांचक था। लक्ष्यवेध की स्पर्धा! लोगों का कौतूहल सँभालते न सँभलता था।

पांचालराज्य के राजपुरोहित का एक-एक अनुमान सत्य सिद्ध होता गया। जब दुर्योधन ने पुरोचन को वारणावत में पाण्डवों को माता सहित भस्म करने के लिए मूँज, सन, राल, काष्ठ, लाक्षा आदि का भवन बनाने का आदेश दिया था, तभी विदुर की तीक्ष्ण दृष्टि अनिष्ट की आशंका को भाँप गयी थी। उनके गुप्तचरों ने भवन-निर्माण सामग्री की सूचना उन्हें दे दी थी। विदुर ने अपने विश्वासपात्र खनक को छिपकर एक ऐसी गुप्त सुरंग बनाने को कहा जो उस जतुगृह से निकलकर दूर वनों में समाप्त हो, साथ ही विदुर ने युधिष्ठिर को कम प्रचलित म्लेच्छ भाषा में, आने वाले संकट तथा उसके निदान की योजना भी समझा दी थी। यक्षमह-उत्सव का आनन्द लेने के दसवें दिन पुरोचन ने पाण्डवों को उनके लिए विशेष रूप से निर्मित उस नवीन भवन में पहुँचाया। उन्होंने देखा और समझा। वे तुरन्त भाँप गये कि ज्वलनशील पदार्थों से बना वह जतुगृह उनके लिए अपना कालमुख खोले खड़ा है। किन्तु विदुर के खनक की सहायता से पाँचों पाण्डवों तथा कुन्ती अग्निकाण्ड से बचकर सुरंग के मार्ग से दूर सघन वनों में जा पहुँचे। यक्षमह मेले में दूर-दूर के गाँवों से निषादों के परिवार भी बड़ी संख्या में आनन्द मनाने आये थे। पाण्डवों के भाग्यवश ऐसे ही एक परिवार में एक माता, पाँच पुत्रों सहित आयी थी, किन्तु मेला समाप्त होने पर घर नहीं लौट पायी और कुन्ती से शरण माँगकर उसी लाक्षागृह में रात को पुत्रों सहित सो गयी थी। अग्निकाण्ड के बाद उस भील स्त्री तथा उसके पाँचों पुत्रों के जले हुए शव पाकर यही विश्वास किया गया कि पाँचों पाण्डुनन्दन अपनी माता कुन्ती सहित अग्नि-ज्वालाओं में भस्म हो गये। रोते-बिलखते कुरुवंश के विवश वयोवृद्धों ने उनका अन्तिम संस्कार भी सम्पन्न करवा दिया।

पाण्डव एवं कुन्ती सुरंग मार्ग से वनों में पहुँचे। वहाँ से चलकर एकचक्रा नगरी में ब्राह्मण वेश में छिपकर रहने लगे। कुछ ब्राह्मणों से पांचाल-नरेश की

कन्या द्रौपदी के स्वयंवर की चर्चा सुनी तो वे भी ब्राह्मणों की उस मण्डली के साथ पांचाल राज्य पहुँच गये। स्वयंवर में कोई भी नरेश मछली की आँख वेध न पाया। तब ब्राह्मण-समुदाय से अर्जुन उठे तथा उन्होंने लक्ष्यवेध कर दिया। इसके पूर्व अंगराज कर्ण ने भी प्रतियोगिता में भाग लेना चाहा था किन्तु राजकन्या द्रौपदी द्वारा स्वयं ही दो-टूक शब्दों में घोषणा कर देने पर, कि वह सूतपुत्र से विवाह नहीं करेगी। कर्ण प्रतियोगिता से बाहर रह गया।

ब्राह्मणवेश में होने से अर्जुन को कोई नहीं पहचान पाया। क्षत्रिय नरेशों के क्षोभ और कुण्ठा का पार न रहा कि राजाओं के योग्य राजकन्या को एक दरिद्र ब्राह्मण ने पा लिया। एक से एक बल-विक्रम के धनी, क्षत्रिय राजा-महाराजा मुँह लटकाये रह गये और एक ब्राह्मण युवक ने अत्यन्त दुष्कर लक्ष्यबेध कर उन्हें नीचा दिखा दिया! यह कैसे हुआ? क्यों हुआ? समस्त क्षत्रिय नरेशों ने एक होकर द्रुपद पर आक्रमण कर दिया। युधिष्ठिर अपने साथ नकुल और सहदेव को लेकर चले गये ताकि पाँचों को साथ देखकर उन लोगों के पाण्डव होने का किसी को सन्देह न हो पाए। भीम अर्जुन की सहायता हेतु वहीं रुक गये। किन्तु अर्जुन की विलक्षण धनुःप्रतिभा और भीम के अतुल बल के सामने आक्रमणकारी राजा टिक नहीं पाये। अन्ततः द्रौपदी को लेकर अर्जुन तथा भीम अपने आवास पर पहुँचे। द्वार बन्द देख, अर्जुन ने माता को बाहर से पुकारकर कहा कि वे भिक्षा ले आये हैं। कुन्ती ने भीतर से ही उत्तर दिया कि प्रतिदिन की भाँति वे उस भिक्षा को भी पाँचों भाइयों में समान रूप से बाँट लें और भोग करें। इस प्रकार अनजाने में दी गयी आज्ञा पत्थर की लकीर बन गयी, जिसे विधाता भी न मिटा पाया और द्रौपदी पाँचों पाण्डवों की पत्नी बन गयी।

द्रौपदी की स्वयंवर-सभा में नरेशों की आवभगत हुई। उनकी विरुदावली गायी गयी। फिर लक्ष्यवेध-स्पर्धा भी हुई। इन सब दायित्वों में धृष्टद्युम्न तथा सत्राजित् आदि द्रुपद के पुत्र अपने पिता का साथ देते रहे। द्रौपदी द्वारा अर्जुन के कण्ठ में वरमाला डालने तथा उन्हें निराश एवं क्षुब्ध राजाओं के आक्रमण से सुरक्षित बचाकर, छिपाकर उनके बाहर निकलने की व्यवस्था आदि भी धृष्टद्युम्न सँभालता किन्तु....शिखण्डी?

शिखण्डी कहाँ? इस पूरे घटनाक्रम के चलते शिखण्डी सभा-भवन में नहीं दिखा। शिखण्डी सभा के बाहर द्वार पर था। अस्त्र-शस्त्र धारण किये योद्धा के वेश में मरने-मारने की मनःस्थिति में! उसकी भवों में बल पड़े थे। रक्ताभ कमल-नयन सजग थे। द्वार-रक्षक बनने का दायित्व उसने स्वयं ही अपने लिए चयन किया था। नग्न खंग हाथ में लिये, कन्धे पर धनुष और पीठ पर एक से एक तीक्ष्ण बाणों का तूणीर बाँधे वह द्वार पर प्रहरी की भाँति टहल रहा था। आज

आए तो कोई मेरी अनुजा का हरण करने! आज वह समर्थ है!

वह सचेत था कि कहीं कोई अवांछित रथ तो नहीं आ रहा! कोई अपहरण का षड्यन्त्र तो कहीं जन्म नहीं ले चुका। पत्ता भी गिरता तो वह वेग से खंग चमकाता हुआ दौड़ पड़ता उसे मारने। दूर से कहीं धूल उठती दिखाई देती तो तुरन्त उस दिशा में शर-सन्धान कर उठता। चारों ओर उसकी दृष्टि थी। कहीं फिर से कोई भीष्म तो नहीं! रोती-बिलखती स्वयंवरा को बलपूर्वक उठाकर रथ में हरण करनेवाला कहीं कोई फिर से शान्तनुनन्दन तो नहीं? अब यदि आया स्वयंवरा का हरण करने, तो उसका शीश उसके कन्धों पर नहीं रहेगा। जन्मों की साध पूरी हुई थी आज शस्त्र धारण करके। आज अम्बा योद्धा-रूप में अपनी अनुजा की स्वयंवर-सभा की द्वारपाल बनकर खड़ी थी। मरने-मारने को उतारू थी। नारी को समाज ने दुर्बल बना दिया, इसलिए उसको पुरुषत्व प्राप्त करना पड़ा। अब वह स्वयंवर की पवित्रता बचा सकती है! स्वयंवर को बचा सकती है। किसी अपराधी पुरुष को दण्डित कर सकती है।

उसके नेत्र यहाँ-वहाँ छापा मार रहे थे। किसी अपराधी की उसे खोज थी। उसके हाथ कसमसा रहे थे किसी दुर्दान्त अपहरणकर्ता को दुधारी तलवार से दो फाँक कर देने को! हृदय का स्पन्दन तीव्र था। गहरी उच्छ्वासें थीं। उत्तेजना चरम बिन्दु पर थी। आज यदि भीष्म आए तो देख ले कि अन्याय का प्रतिकार क्या होता है। एक सम्पूर्ण जीवन वृथा कर देने का दण्ड क्या होता है! आज कोई अपहर्ता आए तो वह जान लेगा कि दबी, सहमी, भीरु और दुर्बल नारी का लौह-संकल्प क्या होता है! अब कदापि नहीं हो सकेगा! अब अनहोनी नहीं घट सकेगी! आज अम्बा ने शस्त्र धारण किये हैं! आज अम्बा प्रचण्ड योद्धा बनी खड़ी है द्वार पर! आज अपहरण जैसा कुत्सित प्रयास कदापि सम्भव नहीं! आज अम्बा के हाथ में नग्न खंग तड़ित वेग से लपलपा रही है। दूर रहो। दूर हटो! सावधान! सावधान!

एक सर्वथा अज्ञात ब्राह्मण को स्वयंवर की आधारभूत स्थिति के कारण द्रुपद ने राजकन्या द्रौपदी सौंप तो दी थी किन्तु बाद में वे और उनके परिवार उसकी चिन्ता से व्याकुल हो उठे। कौन जीत ले गया द्रौपदी को लक्ष्यवेध-स्पर्धा में? किस सर्वथा अनजान अपरिचित युवक के साथ चली गयी उनकी नयनतारा? और उस क्षण द्रुपद के परिवार में और राज्य में हर्ष व्याप्त हो गया जब उन्हें पता चला कि और कोई नहीं, ब्राह्मणवेश में अर्जुन ने ही लक्ष्यवेध का चमत्कार कर दिखाया था। द्रौपदी का पाँचों भाइयों की पत्नी होने के विचार का पहले घोर रूप से विरोध

हुआ, किन्तु अतीत के विभिन्न दृष्टान्तों, तर्कों तथा महर्षि व्यास के समझाने से विरोध ठण्डा पड़ गया।

पांचाल राज्य और हस्तिनापुर एक-दूसरे के निकट आ गये। घनिष्ठ सम्बन्धों के गठबन्धन में दोनों राजकुल आबद्ध हो गये। कौन जानता था कि ये घनिष्ठ सम्बन्ध एक-दूसरे के लिए जानलेवा सिद्ध होंगे। शिखण्डी भीष्म के प्राण हरने निकट आया है। धृष्टद्युम्न द्रोणचार्य को ठिकाने लगाना चाहता है। और द्रौपदी! द्वापर की कृत्या बनकर कुरुकुल का सर्वनाश करने प्रकट हुई है! कौन कल्पना कर सकता था यह सब?

पांचाल राज्य में असंख्य महावीर नरेशों को स्पर्धा में धराशायी करके अर्जुन ने महती विजय पायी थी। पाण्डव न केवल जतुगृह से जीवित निकले बल्कि अपनी विजय की दुन्दुभि बजाते प्रकट हुए थे। चारों ओर उनका अभिनन्दन हो रहा था। इससे जहाँ कुरुवंश की उद्यत युवा पीढ़ी की ईर्ष्या की ज्वालाओं में मनों घी पड़ गया, वहीं भीष्म तथा विदुर आदि कुलवृद्ध की प्रसन्नता और गर्व का पार न था। पांचाल राजपरिवार से घनिष्ठ सम्बन्ध हो जाने से पाण्डवों की स्थिति बिल्कुल बदल चुकी थी। अत: निर्णय हुआ कि पाण्डव खाण्डवप्रस्थ को अपनी राजधानी बनाकर रहें और अपने नये राज्य की उन्नति करें। हस्तिनापुर में कौरव रहेंगे।

खाण्डवप्रस्थ प्राचीनकाल में कुरुवंश के पूर्वजों की कभी राजधानी थी। नहुष तथा ययाति आदि ने उसका उत्कर्ष किया था। बाद में राजधानी बदलती रही और खाण्डवप्रस्थ उपेक्षित होता गया। उस उपेक्षित तथा उजाड़ प्रदेश में पाण्डवों ने राजधानी बसायी। उसका नामकरण हुआ इन्द्रप्रस्थ। श्रीकृष्ण के समान नगर बसाने की कला में कोई सिद्धहस्त न था। निर्जन स्थान पर द्वारका जैसे अनुपम नगर बसाने का उनका प्रगाढ़ अनुभव था। श्रीकृष्ण की योजनाओं तथा नीतियों का पाण्डव शब्दश: पालन करते चले और देखते देखते इन्द्रप्रस्थ राज्य उत्कर्ष की सर्वोच्च ऊँचाइयों को छूने लगा। पाण्डवों के कठोर परिश्रम, एकता तथा लगन से इन्द्रप्रस्थ की कीर्ति चारों दिशाओं में फैल चली। इन्द्रप्रस्थ राज्य धन-धान्य, वैभव, समृद्धि, न्याय और धर्म का पर्याय बन चला। एक से एक ऋषि-मुनि, विद्वान, आचार्य, कलाकार, व्यापारी, गुणी-जन तथा यहाँ तक कि अभावग्रस्त दीन-दुखी दरिद्रजन भी वहाँ विकास करने तथा सुख, शान्ति का जीवन व्यतीत करने पहुँचने लगे।

चारों ओर इन्द्रप्रस्थ की उन्नति का डंका पिटने लगा और कौरव-बन्धुओं के हृदय को दिन-रात दंश देने लगा। और तब अपार सम्पदा, विपुल वैभव के स्वामी, इन्द्रप्रस्थ नरेश युधिष्ठिर ने राजसूय यज्ञ सम्पन्न करने का निर्णय किया।

उनके राजसूय यज्ञ में जिन व्यक्तियों से विघ्न उत्पन्न होने की आशंका थी, पहले उन्हें नष्ट किया। इसलिए सर्वप्रथम मगध सम्राट जरासन्ध कृष्ण-नीति का आखेट बना।

राजसूय यज्ञ की व्यापक तैयारियाँ पूरे उत्साह तथा विधि-विधान से होने लगीं। मार्ग-दर्शन के लिए भीष्म तथा विदुर आदि बहुत पहले ही इन्द्रप्रस्थ पहुँच गये थे तथा समूची व्यवस्था पर दृष्टि रखे हुए थे। द्वारकाधीश श्रीकृष्ण के वहाँ पहुँचते ही हर्ष, उत्साह तथा मनोबल द्विगुणित हो उठा। चारों ओर आनन्द ही आनन्द था। मंगल गीतों के गान थे। शुभ वाद्यवृन्द की गूँज थी। मार्गों पर नर्तक-मण्डलियों के नृत्य थे, तो चतुष्पथों पर नटों के मनोरंजक खेल थे। फूल थे। मालाएँ थीं, अगरु-चन्दन की सुवास थी। पूजन-अर्चन था। मन्त्र और तन्त्र थे। दान और दक्षिणा थी। सन्तुष्टि और तृप्ति थी। कोलाहल और उल्लास था। सभी व्यक्ति अपने-अपने निर्दिष्ट दायित्वों के निर्वाह में पूरी शक्ति से लगे हुए थे।

शान्तनुनन्दन भीष्म अपने प्रकोष्ठ में ध्यानमग्न थे। वे निर्गुण के उपासक थे। निराकार का ध्यान करते। आज अचानक ध्यान में विघ्न पड़ने लगा। बीच बीच में मोरपंख लहरा जाते। किसी का मनोहारी स्मित रह-रहकर छलना करता। किसी के अपूर्व सुन्दर नेत्रदल की गहरी दृष्टि अर्थपूर्ण कटाक्ष-सी कौंध-कौंध सी जाती....और हृदय को आन्दोलित कर डालती। भीष्म विस्मित थे! भीष्म स्वयं अपने आपको ही समझ पाने में आज अद्भुत रूप से असमर्थ हुए जा रहे थे। यह कैसे हुआ? ऐसा क्यों हुआ जा रहा है?

"मंगलं पुण्डरीकाक्षः मंगलायतनो हरि!"—उनके मुख से निकला। और एक कौतुक भरा आह्लाद उनके मुखमण्डल पर व्याप्त हो गया।

"शान्तनुनन्दन महाभाग गांगेय! क्या आप बहुधा एकान्त में बैठे-बैठे इसी प्रकार हँसते-मुस्कराते रहते हैं?"

भीष्म चौंक पड़े। कौन है? किसने पूछा? नेत्र खोले तो सामने वही मोर-मुकुट! वही गहरी स्मित् की छलना! और वही भेदभरी कटाक्षपूर्ण दृष्टि उन्हें अपने हृदय में गहरी उतरती हुई अनुभव हुई।

"अहो महाभाग देवकीनन्दन! पधारें! स्वागत है आपका। अभी आपको ही स्मरण कर रहा था।" भीष्म ने श्रीकृष्ण का अभिवादन करते हुए कहा।

श्रीकृष्ण का स्मित गहरा गया।

"मेरा दृढ़ विश्वास है कि आप सदा सत्य ही बोलते हैं, किन्तु अभी जो आपने कहा, उसकी सत्यता में मुझे पूरा सन्देह है।" श्रीकृष्ण ने अभिवादन करते

हुए आसन ग्रहण किया।

"सन्देह! सन्देह क्यों मधुसूदन?" आश्चर्य से भीष्म ने पूछा।

"नहीं-नहीं, आपका आश्चर्य उचित है। मैं ही कुछ भूल कर बैठा। सन्देह नहीं, मुझे पूर्ण विश्वास है कि आप ने जो कहा था वह सत्य नहीं था।" श्रीकृष्ण ने प्रफुल्ल हास्य से कहा।

भीष्म पलभर-दो पल तो अवाक् रह गये। फिर बोले—"मैं तो आप की कोई भी बात समझ नहीं पा रहा। हर बात बड़ी अनूठी और गूढ़-सी है। किन्तु माधव, एक बात इस वृद्ध की भी हृदयंगम कर लें क्योंकि वह सदा आप की सहायक सिद्ध होगी। अब आप आश्चर्य में पड़ गये न! आपका यह हितैषी आप को यह समझाना चाहता है कि बहुत अधिक गूढ़ता, अनूठापन और बाँकापन सामान्य जन समझ नहीं पाते हैं। अतः थोड़े सरल बने रहिए। सीधे रहिए, बंकिम नहीं! थोड़े सहज बने रहिए। नहीं तो, मुझे भय है कि आप अपने अनूठेपन और गूढ़ता के नित नये प्रयोग के फेर में कहीं बेचारे भोले-भाले भक्तजन से दूर न हो जाएँ! क्या होगा उनका जो पूरी निष्ठा से आपको चाहते हैं?" इस बार भीष्म के वृद्ध नेत्रों में कोई भेद भरा इंगित था।

"हा हा हा हा..." श्रीकृष्ण का अट्टहास गूँज गया। "हा हा हा हा..." भीष्म का अट्टहास गूँज रहा था। जब हास्य का वह अनिरुद्ध आवेग थमा तब श्रीकृष्ण एकाएक गम्भीर हो गये।

"महाभाग! मैं तो इस विराट सृष्टि का भोला-भाला, सरल, निरीह, और नितान्त अबोध एक जीव हूँ। न मैं अनूठे प्रयोग का अभ्यस्त हूँ, न ही गूढ़ता मुझे कहीं से छू गयी है, न ही मैं कभी रहस्यों का कोई मायाजाल रचता हूँ। फिर भी जैसे सारा संसार मेरे ही पीछे पड़ा रहता है और भाँति-भाँति की नयी-नयी बातें मेरे विषय में गढ़ता रहता है। जो मैं हूँ, वह कोई नहीं कहता। जो मैं नहीं हूँ सब लोग वही राग अलापते रहते हैं। और अब तो आप भी मुझे गूढ़ कहने लगे! चलो, सन्तोष इसी बात का है कि आपने मुझे 'गूढ़' ही कहा, 'मूढ़' नहीं!" और पुनः श्रीकृष्ण अट्टहास कर उठे।

भीष्म ठगे-से रह गये। मन्त्रमुग्ध हो अपलक श्रीकृष्ण की वह अद्भुत छवि निहारते रह गये। तभी श्रीकृष्ण के पीछे के द्वार पर एक छाया उभरी और लुप्त हो गयी।

"कौन है?" श्रीकृष्ण ने बिना पीछे मुड़े, सामने बैठे भीष्म से पूछा।

"कोई नहीं! शिखण्डी था।" भीष्म ने उत्तर दिया और बोले, "कैसा आरोप लगा रहे हैं आप मुझ पर! मैं क्या, संसार में कोई भी मनुष्य आपको 'मूढ़' कहने का दुःसाहस कर सकता है? कल्पना भी नहीं की जा सकती इसकी। किन्तु आप

स्वयं क्या नहीं कर सकते! मुझे झूठा ठहरा दिया! क्या मैं आपको स्मरण नहीं कर सकता?''

''अवश्य कर सकते हैं, महाभाग! किन्तु जब मैं यहाँ आया, तब आप मुझे स्मरण नहीं कर रहे थे, यह सत्य है।''

भीष्म का मुख खुला का खुला रह गया। वे कुछ समझे नहीं।

''गंगानन्दन भीष्म! आप निराकार ब्रह्म के पुरातन उपासक ठहरे। आप ध्यानमग्न थे। निराकार के ध्यान में लीन! महाभाग! आप तो निराकार को स्मरण कर रहे थे। वह तो मेरी ही हठधर्मिता अथवा धृष्टता थी, कि मैं स्वयं बलपूर्वक धँस लिया आपके ध्यान में और अन्तःपट को चीरता हुआ, आप के मन के भी अन्तर्मन के अन्तर्तम बिन्दु तक पैठ गया।....

''जानते हैं, महाभाग! मेरी एक बड़ी ही भोली-भाली, सरल-सी, परम स्नेहशीलता ग्रामीण माता है। बहुत दूर है, द्वादश वनों से घिरे सुदूर ब्रज में। जब मैं छोटा-सा था, तभी वह मेरे लिए कहती थी कि अभी यह ऐसा ढीठ और दुःसाहसी है, तो बड़ा होने पर न जाने क्या करेगा! हठधर्मिता और दुःसाहस के लिए मैं माँ से बहुत मार खाता था, परन्तु धृष्ट था न! फिर वही उत्पात करता था। फिर भी कुछ अंकुश तो था ही मुझ पर! अब तो कोई पीटता ही नहीं मुझे! कितना सारा स्नेह भरा पड़ा था उस पिटाई में! कहाँ चले गये वे सुन्दर से नेह भरे दिन? अब पिटाई नहीं होती, इसलिए और भी अधिक दुःसाहसी और ढीठ हो गया हूँ।'' श्रीकृष्ण बोलते-बोलते अत्यन्त भावुक हो कहीं खो-से गये। शायद स्मृतियों की मृदुल फुहारों में! बचपन में जो माता इतना पीटती थी, वह शायद अभी उन्हें चुपचाप कहीं से दुलरा रही थी! श्रीकृष्ण विभोर हो बैठे रह गये थे।

कुछ समय भीष्म उनकी उस भंगिमा को निहारते रहे।

''धन्य है आपकी हठधर्मिता, वार्ष्णेय! धन्य है आप का दुःसाहस! आप ऐसे ही हठधर्मी बने रहें। इसी प्रकार दुःसाहसी बने रहें। बहुतों का कल्याण हो जाएगा। बहुतों को सन्मार्ग मिल जाएगा। सत्पथ मिल जाएगा। मोक्ष प्राप्त हो जाएगा!''—भीष्म ने गद्‌गद कण्ठ से कहा।

श्रीकृष्ण एकाएक चौंककर बोल पड़े—''अरे! मोक्ष की चिन्ता कर रहे हैं आप तो! और राजसूय यज्ञ का क्या होगा? उसकी भी चिन्ता है आपको? सारी व्यवस्था ठीक तो है न?'' कहकर श्रीकृष्ण हँसे।

भीष्म निहाल थे। वे व्यवस्था की चर्चा करने लगे। तभी द्वार की ओर से श्रीकृष्ण के पीछे कोई परछाहीं उभरी और लुप्त हो गयी।

''कौन है?'' श्रीकृष्ण ने बिना पीछे मुड़े, पुनः सामने बैठे भीष्म से पूछा।

''कोई नहीं। शिखण्डी है।'' भीम ने कहा और पुनः चर्चा करने लगे!

"वासुदेव! व्यवस्था और प्रबन्ध की बात भिन्न है, किन्तु आप की कृपा से ही राजसूय यज्ञ निर्विघ्न सम्पन्न हो सकता है। कोई विघ्न तो नहीं पड़ेगा न? जरासन्ध की ओर से आशंका थी, उसे तो आपने बड़ी कूटनीति से नष्ट करवा दिया। अब क्या सोचते हैं आप? अब तो किसी बाधा-विघ्न की सम्भावना नहीं दिखती?" भीष्म ने गम्भीर होकर पूछा।

"निश्चिन्त रहें महाभाग! मेरा प्रण है कि महाराज युधिष्ठिर का राजसूय यज्ञ सम्पन्न होकर ही रहेगा, उसके लिए मुझे चाहे जो करना पड़े। यदि कोई विघ्न-सन्तोषी प्रकट होगा भी, तो मेरा चक्र जानता है कि किसके साथ क्या व्यवहार करना होगा।"

तभी श्रीकृष्ण के पीछे के द्वार पर पुनः किसी की परछाहीं कक्ष में पड़ी और हौले से लुप्त हो गयी।

"कौन है?" श्रीकृष्ण ने किंचित् विस्मय से भीष्म से पूछा।

भीष्म ने पहले की भाँति टालते हुए उत्तर दे दिया—"कोई नहीं! शिखण्डी था।"

किन्तु इस बार श्रीकृष्ण ने न उन्हें टालने दिया, न ही स्वयं टाला।

"शिखण्डी क्यों बार बार आता है? क्यों चक्कर लगा रहा है? कुछ आवश्यक कार्यवश तो नहीं आना चाहता? आप से कुछ व्यवस्था सम्बन्धी चर्चा तो नहीं करना उसे?" श्रीकृष्ण ने पूछा।

"नहीं! ऐसा मैं नहीं सोचता। शिखण्डी राजसूय यज्ञ का बड़ा कर्मठ तथा कुशल कार्यकर्त्ता है। उसे महायज्ञ के प्रबन्ध की समुचित और व्यापक जानकारी है।" भीष्म ने कुछ व्यस्तता प्रदर्शित करते हुए कहा। विशाल कुरुवंश के पितामह वयोवृद्ध भीष्म न जाने क्यों कई बार इस यदुवीर तरुण के सम्मुख असहज हो जाते थे। इस नित्य-नवतरुण की तीक्ष्ण दृष्टि बड़ी घातक है। देखते ही देखते मर्मस्थल की सारी परतें उधेड़कर रख देती है। लेकिन उसका यह उधेड़ना भी तो भाता है! मन के भीतर सबकुछ उलट-पुलट हो जाता है।

ब्रज के इस गोप से कुछ गोपनीय नहीं रह सकता। पता नहीं, अन्तस्तल में घुसकर, गहरे भीतर छिपा हुआ जाने कौन-सा अणु बराबर तत्त्व उठा लाए और पलक झपकते उस तिल का ताड़ बनाकर संसार में मेरा कोई नया ही यशोगान गाता फिरे! इससे दबकर रहना ही हितकर है।

"किन्तु उसके बार-बार आने से तो प्रतीत होता है कि कुछ महत्त्वपूर्ण बात है अवश्य।" श्रीकृष्ण ने बल देते हुए पूछा।

"नहीं, यदुनाथ! यह उसका स्वभाव ही है। जहाँ भीष्म होंगे, वहाँ शिखण्डी होगा। भीष्म जहाँ भी जाएँगे, शिखण्डी वहाँ अवश्य घूमता-टहलता दृष्टिगोचर

होगा।'' भीष्म ने उत्तर दिया।

श्रीकृष्ण मौन हो गम्भीर विचार में डूब गये।

कुछ समय बाद विचारों में डूबे-डूबे ही उनके मुख से धीमे स्वर में निकला—''शिखण्डी!...शिखण्डी...अर्थात् अम्बा''

भीष्म हठात् कुछ अस्त-व्यस्त-से हो उठे। फिर संयत हुए।

''ऐसा ही प्रतीत होता है। आपका अनुमान सही है।''

''आप के चारों ओर उसके मँडराते रहने का कुछ तो उद्देश्य होगा! वह क्या चाहता है?'' श्रीकृष्ण ने पूछा।

''प्रतिकार!'' भीष्म का उत्तर था।

''प्रतिकार! कैसा प्रतिकार?'' श्रीकृष्ण ने अपनी दृष्टि भीष्म के मुख पर स्थिर करते हुए पूछा।

''अन्याय का!'' भीष्म ने कहा।

''अन्याय कैसा? कौन-सा अन्याय? शिखण्डी के प्रति किसने अन्याय किया?....कब किया?'' श्रीकृष्ण ने मुख पर आश्चर्य का भाव लाते हुए पूछा।

''नहीं केशव! अन्याय शिखण्डी के साथ नहीं...शिखण्डी का ऐसा मानना है कि पूर्व जन्म में उसके साथ अन्याय हुआ था। गत जन्म में नहीं उससे भी पूर्व जो जन्म हुआ था, उसमें।'' भीष्म ने स्पष्ट किया।

''अर्थात् पहले जन्म में हुए अन्याय का प्रतिकार वह अपने तीसरे जन्म में चाहता है? परन्तु कौन-सा अन्याय? यह कौन-सा अन्याय था, महाभाग?''

''सब जानते हुए भी अनभिज्ञ क्यों बनते हैं वासुदेव? क्या आप अम्बा की कथा नहीं जानते?'' भीष्म ने दूसरी दिशा में देखते हुए कहा।

''अहो! अम्बा! अम्बा के साथ तो निश्चित रूप से अन्याय हुआ ही था, किन्तु अम्बा के साथ अन्याय किया क्यों गया? कुछ और विकल्प भी रहा होगा! अम्बा का भी हरण करना अनिवार्य था क्या? राजपुत्री अम्बिका का भी हरण अनिवार्य था? और राजपुत्री अम्बालिका का भी? हरण किया ही क्यों गया था?'' श्रीकृष्ण गम्भीर थे।

''कन्या का हरण क्षत्रियों में क्यों किया जाता है, माधव! आप क्या जानते नहीं? भूल क्यों रहे हैं कि आपने भी विदर्भकुमारी रुक्मिणी का हरण किया था।''

''किया था महाभाग। परन्तु क्यों किया था? वैदर्भी ने मुझे सन्देश भिजवाया था कि वे पतिरूप में मुझे मानसिक रूप से वरण कर चुकी हैं। मुझे उन्होंने आमन्त्रण दिया था कि मैं तुरन्त कुण्डिनपुर पहुँचकर उन्हें बलात् शिशुपाल को सौंपे जाने से बचा लूँ। मैंने विदर्भकुमारी का अनुनय स्वीकार कर उनकी इच्छा के विरुद्ध उनका शिशुपाल से विवाह होने से बचाया था। उनकी इच्छा का सम्मान करते

हुए उनसे विवाह किया। महाभाग! इस प्रसंग में हरण भी कन्या की इच्छा से हुआ और विवाह भी कन्या की इच्छा से ही।'' श्रीकृष्ण ने गम्भीरता से कहा।

''कन्या-हरण का उद्देश्य विवाह ही होता है। मैंने भी काशिराज-पुत्रियों का हरण विवाह हेतु ही किया था। अपने अनुज विचित्रवीर्य से उनका विवाह करने हेतु।''

''किन्तु विचित्रवीर्य स्वयं क्यों नहीं स्वयंवर में गये? यह समझ में नहीं आता।'' श्रीकृष्ण ने कहा।

''जनार्दन! मुझे सन्देह था कि कोई कन्या दुर्बल विचित्रवीर्य को वरेगी। मैंने अपने स्वर्गीय पिताश्री को वचन दिया था कि मैं कुरु-परिवार के कल्याण में सदा संलग्न रहूँगा। यह तो आप भलीभाँति जानते ही हैं कि मेरे लिए वचन से बढ़कर कुछ नहीं है। विचित्रवीर्य के लिए वधू लाना मेरा परमकर्तव्य था।'' भीष्म के वृद्धनेत्र शून्य में कुछ देख रहे थे। शायद अपने अतीत के विराट स्मृतिग्रन्थ का कोई पृष्ठ फिर से दुहरा रहे थे।

''किन्तु एक साथ तीन राजपुत्रियों का हरण! स्मरण नहीं आता, पूर्व में कभी ऐसा हुआ हो!'' श्रीकृष्ण ने स्मरण करने का प्रयास करते हुए कहा।

''यह तो ठीक ही हुआ कि तीन कन्याओं को ले आया। यदि एक ही को लाता और वह अम्बा होती, तो कुरुकुल की समस्या तो ज्यों की त्यों ही रह जाती!''

''यदि आप कन्या का हाथ माँगते तो क्या काशिराज न देते?'' श्रीकृष्ण ने पूछा।

''नरेशों के मन की बात कैसे जानी जा सकती है?''

''महाभाग! आप के प्रताप की दुन्दुभि बज रही थी चारों ओर। साहस था किसी में मना करने का? महाराज धृतराष्ट्र के लिए तो आपने आर्या गान्धारी का हाथ गान्धार-नरेश सुबल से माँगा था। अथवा सुबल-कुमारी को भी हरण करने का विचार था आपका?'' श्रीकृष्ण कौतुक से मुस्कुराये।

भीष्म सहज से हो उठे। मनमन्दिर में नव-प्रतिष्ठित देवता के सामने भला कौन मिथ्या बोल सकता है?

''अब लज्जित न करें वासुदेव! काशिराज-पुत्रियों के हरण का समय भिन्न था। वह अतिउत्साह की वय थी मेरी। कुछ तारुण्य...कुछ अपने अद्वितीय शौर्य का दर्प...! वह प्रगल्भ युवावस्था की वय थी किन्तु जब तक धृतराष्ट्र एवं पाण्डु का समय आया, मेरा वह दर्प, वह अभिमान, वह आवेश, परिपक्वता और गम्भीरता के सूत्र में बँधकर मर्यादित हो चुका था। इसलिए गान्धारी के लिए मैंने पहले सामनीति का प्रयोग करना ही उचित समझा।''

"इसी सामनीति का प्रयोग काशिराज-पुत्रियों के लिए भी किया होता तो उत्तम हुआ होता।" श्रीकृष्ण ने कहा।

भीष्म मौन रह गये।

"साम, दान, भेद और दण्ड की नीति में से किस उपाय का कब प्रयोग होना चाहिए, आपसे अधिक कौन जान सकता है? परन्तु आपने तो प्रथम बार ही दण्डनीति का कर दिया! आश्चर्य है इस घटना के दुष्परिणाम का अनुमान आप जैसा महादूरदर्शी भी नहीं लगा सका!...

"मेरा मानना है कि नारी में बहुत प्रबल शक्ति होती है। उसके क्रोध में भी! वह संसार रचाती भी है, तो दूसरी ओर संहार भी कर सकती है। नारी का अपमान, अनादर उचित नहीं। जब प्रथम बार मुझे अम्बा की व्यथा-कथा ज्ञात हुई थी, तब मैं बहुत विचलित हो उठा था और आज भी जब उन महाभागा का उल्लेख होता है तो मेरा मन आन्दोलित हो उठता है। क्या ज्ञात अम्बा को विधाता किस कार्य का निमित्त बनाना चाहता है। एक कन्या का सम्पूर्ण जीवन वृथा हो गया। अन्य दोनों स्वयंवराएँ भी अपने वर चुनने के अधिकार से वंचित रह गयीं। असहाय स्वयंवराओं का रोगी विचित्रवीर्य से विवाह करने को विवश कर दिया गया। फलतः असमय ही वे विधवा हो गयीं?"

भीष्म मौन थे। यह बड़ा है मुझसे, या मैं बड़ा हूँ इससे? वयोवृद्ध भीष्म इस पौत्र-सम वय के तरुण के सामने कितनी बार स्वयं को असहज व दुर्बल पाते हैं। अचानक ही वे स्वयं को श्रीकृष्ण के समक्ष अपने आप को बहुत छोटा अनुभव करने लगे। स्वयं अपनी दशा पर भीष्म हतप्रभ थे। मैं एक विराट राजवंश का कुलवृद्ध, राजधर्म का निष्णात पण्डित, इस तरुण महा-कूटनीतिक और दण्डनीति-प्रवर के सम्मुख बौना पड़ा जा रहा हूँ! धन्य हो लीलामय! मैं सांसारिक जीव रह-रहकर भूल ही जाता हूँ कि तुम क्या हो!

"वासुदेव! कुरुवंश का अस्तित्व संकट में पड़ गया था। कुरुवंश, इतना प्राचीन वंश, सर्वनाश के कगार पर पहुँच चुका था। मुझे किसी भी भाँति कुटुम्ब तो बचाना ही था अन्यथा इस प्राचीन वंश की ज्योति बुझ गयी होती!" कुछ सोचकर भीष्म ने स्पष्टीकरण दिया।

श्रीकृष्ण मन्थन कर रहे थे। माता देवकी, यशोदा, गान्धारी, पितृष्वसा कुन्ती आदि परम शक्तिशाली महिलाओं के समक्ष मेरा शीश स्वयमेव झुक जाता है उनके सम्मान में! क्या सहनशक्ति है! क्या उदारता! कैसी न्यायप्रियता और निर्भीकता! ये पुरुष होतीं तो कितना कुछ कर सकती हैं! व्यापक कार्यक्षेत्र होने से तब इनकी प्रतिभा कुण्ठित न रह जाती!

एक दीर्घ श्वास लेकर श्रीकृष्ण बोले—"वंशमोह भी कैसा तत्त्व है! यह

उचित-अनुचित का, नीति-अनीति का विवेक मिटा देता है। महाराज धृतराष्ट्र तो अपने घोर वंशमोह के कारण जन-जन में चर्चा के विषय बने जा रहे हैं। और आप...महाभाग गांगेय! आप भी...! महाराज धृतराष्ट्र की मनोदशा समझ में आती है। वे एक सामान्य मनुष्य हैं, सामान्य पुरुष हैं, महारानी गान्धारी के पति हैं, एक सौ दो सन्तानों के जनक हैं। आश्चर्य होता है कि मुझे यह वंशमोह की व्याधि क्यों नहीं ग्रस पाती! कितनी पत्नियाँ हैं मेरी! पुत्र, पौत्र! अग्रज, अनुज, सहित विराट यदुवंश! किन्तु किसी से भी मोह नहीं हो पाता मुझे। पता नहीं मन किस धातु का बना हुआ है?''

''आप तो साधु हैं! वासुदेव! आप की बात भिन्न है। एक विशाल कुटुम्ब के प्रमुख होते हुए भी आप अनासक्त हैं। मैं आप जैसा नहीं हो सकता। कोई भी नहीं हो सकता। हम सब सांसारिक जीव हैं। समझते रहते हैं कि हम केवल अपना कर्त्तव्य कर रहे हैं, किन्तु वास्तव में कर्त्तव्य के आवरण में मोह की गहरी अँधेरी कन्दरा में उतरते जाते हैं। जानते हुए भी रुक नहीं पाते। अपने मन पर हमारा नियन्त्रण नहीं। मन हमें नियन्त्रित करता है। मन के हाथों में हमारी वल्गाएँ हैं। वह हमें जिधर दौड़ाता है, हम विवश-से उसी दिशा में दौड़ पड़ते हैं। वह प्रतोद फटकारता है तो हम उसके सम्मुख झुक जाते हैं। हमारा सारा ज्ञान, सारा धर्म गिरवी रखा रहता है मन के पास! और मन बड़ा क्रूर, बड़ा कठोर महाजन है। छोड़ता नहीं। कितना असहाय है मनुष्य! कितना विवश! मन से हार जाता है।'' भीष्म गम्भीर होकर बोले।

''यह सत्य तो है, कुरुनन्दन! किन्तु उचित कदापि नहीं! युद्धों तथा महायुद्धों में विजयी मनुष्य वास्तव में विजेता नहीं है। विजेता वह है, जिसने मन पर विजय पा ली है। बल-विक्रम तथा शौर्य से शत्रु को धूल में मिला देने से कोई पराक्रमी नहीं हो जाता। पराक्रमी वह है, महावीर वह है जो योगी है, जिसने अपने मन को मुट्ठी में बन्द कर रखा है। मन सूक्ष्म है अवश्य, किन्तु उसमें उत्पात करने की शक्ति का विपुल भण्डार भरा हुआ है। वह पूरी शक्ति से फड़फड़ाता रहता है कि किसी भी भाँति उस महापराक्रमी योगी की मुट्ठी से मुक्त हो जाए, स्वेच्छाचारी हो जाए बिगड़े हुए अश्व की भाँति। इस महाउपद्रवी मन को प्रतोद मार-मारकर ही सन्मार्ग पर चलाया जा सकता है। अपने क्षुद्र से स्वार्थ के लिए मनुष्य दूसरों का कितना अहित कर बैठता है! मुझे इस प्रवृत्ति से बड़ा कष्ट होता है क्योंकि यह संकीर्ण मनोवृत्ति है और इसके आखेट सदा ही वे होते आये हैं जो निर्बल हैं, असहाय हैं। और दुर्बल जन को कष्ट देने की मनोवृत्ति का मैं घोर विरोधी हूँ। इसलिए नारी के अनादर से मुझे हार्दिक क्लेश होता है। मैं नारी को सदा तेजस्वी, शक्तिशाली, ओजपूर्ण, और निर्भीक देखना चाहता हूँ। माता

देवकी और माँ यशोदा, गान्धारी, पितृष्वसा कुन्ती आदि कितनी ओजमयी, कितनी शक्तिशाली हैं! मेरा शीश उनके सम्मान में बार-बार झुक जाता है। क्या तेज है? क्या उदारता है! कैसी न्यायप्रियता और कितनी निर्भीकता! यदि पुरुषों में ये गुण होते तो युग बदल जाता!''

''आप समय से बहुत आगे हैं, वासुदेव! आपके विचार युग के अनुकूल नहीं हैं।'' भीष्म की दृष्टि में प्रशंसा का भाव था।

''तो मैं युग को अपने विचारों के अनुकूल बनाऊँगा।'' श्रीकृष्ण के स्वर में उत्तेजना का पुट था।

''धन्य हैं! धन्य हैं वासुदेव! साधुवाद! साधुवाद!'' भीष्म के गद्गद कण्ठ से निकला।

''सत्य कहता हूँ महाभाग। कभी-कभी मुझे भ्रम होता है कि यह कहीं त्रेतायुग तो नहीं! हम कहाँ आगे बढ़ पाये हैं? वहीं के वहीं तो खड़े हैं! कौन रोक देता है हमें आगे बढ़ने से? हमारे आगे बढ़ते चरणों को कौन बलपूर्वक पकड़कर पीछे से खींच लेता है? विकास के यान को कौन पीछे खींच रहा है?'' श्रीकृष्ण गम्भीर थे।

''देवकीनन्दन! ऐसे प्रतिगामी कर्म के लिए रूढ़िग्रस्त मानसिकता उत्तरदायी है। रूढ़ियाँ बड़ी बलवान होती हैं, माधव! वे लौह-शृंखलाएँ हैं, जो मनुष्य को जकड़े रहती हैं, उसे बदलने नहीं देतीं।''

''क्या कहते हैं? आप जैसा महासमर्थ, महान्-पुरुषार्थी ऐसी बात कह रहा है! विश्वास नहीं होता। महाभाग! पुरुषार्थ का प्रबल बाहुबल किसी भी लौह-शृंखला को निमिष मात्र में एक झटके में तोड़कर, खण्ड-खण्ड कर फेंक सकता है। पुरातन रूढ़ियों के अस्वस्थ, जर्ज़र बिरवों की जड़ में आप क्यों जल ढारते हैं, क्यों श्रद्धा से सींचते हैं? उन्हें तो समूल उखाड़कर फेंक देना चाहिए।''

''यदुनन्दन! आप प्रचण्ड इच्छाशक्ति के स्वामी हैं। आप के लिए कठिन से कठिन निर्णय लेना सरल है। कठोर से कठोर कर्म आप के बायें हाथ का खेल है। किन्तु सब तो ऐसे नहीं हो सकते। मैं तो इतना साहस संचय नहीं कर पाता। बस, मेरे इसी साहस के अभाव के कारण ही शायद अम्बा-प्रसंग घट गया। मैं कभी अम्बा से मुक्त नहीं हो पाया। मुक्त नहीं हो पाता। न उसकी पूर्णतः उपेक्षा कर पाया, न ही उसके हित में कुछ कर पाया। चाहा बहुत, प्रयास भी किया कि उसे समाज में सम्मान-पूर्ण स्थान मिल सके। किन्तु विवश रह गया। क्या करता? यही कर सकता था कि उसके समक्ष शीश झुका देता कि अपनी खंग से वह उसे काटकर अलग फेंक दे। किन्तु पिताश्री ने मुझे दायित्व सौंप रखा था कुटुम्ब की रक्षा का! मैं अपनी प्रतिज्ञा से बँधा रह गया। कर्त्तव्य-पालन से पलायन

कैसे कर पाता?" भीष्म न जाने क्यों अपने विगत आचरण का स्पष्टीकरण अपने आप दिये जा रहे थे।

"क्या प्रतिज्ञा-पालन की हठ मानवता से ऊपर है? क्या प्रतिज्ञा अपने आप साध्य है?" श्रीकृष्ण ने अधीर होकर पूछा।

श्रीकृष्ण की गहरी भेदभरी दृष्टि भीष्म के अन्तस्तल में भारी उथल-पुथल मचाये डाल रही थी। सब कुछ उलट-पुलट हुआ जा रहा था। भीष्म मौन थे।

"पश्चात्ताप? ग्लानि? तो महाभाग गांगेय! अम्बा के प्रति अन्याय से आज आपको ग्लानि का अनुभव हो रहा है? यह शुभ लक्षण है। शुभ संकेत है। इसका अर्थ हुआ कि समय अवश्य बदलेगा। आप जैसे दृढ़ परम्परावादी महापुरुष के विचार यदि परिवर्तित होते हैं, तो निश्चित ही समूचा युग परिवर्तित हो जाएगा।"

तभी प्रतिहारी ने आकर भीष्म को सूचित किया कि महाराज धृतराष्ट्र आवश्यक परामर्श हेतु उन्हें बुला रहे हैं! भीष्म चले गये। उसी समय ज्ञात हुआ कि श्रीकृष्ण से भेंट करने इन्द्रप्रस्थ के कुछ वरिष्ठ नागरिक बड़ी देर से प्रकोष्ठ के बाहर प्रतीक्षा कर रहे हैं। श्रीकृष्ण उन्हें बुला पाते कि तभी उनके पीछे के द्वार पर एक परछाईं उभरी, किन्तु इस बार वह लुप्त नहीं हुई। उनके पीछे से आकर निकट ही खड़ी हो गयी।

श्रीकृष्ण ने मुड़कर देखा। शिखण्डी! शिखण्डी के मुख पर कौतूहल, दबा-दबा-सा उल्लास और कुछ विशिष्ट अपेक्षा का भाव था।

"प्रणाम निवेदन करता हूँ, द्वारकानाथ!" शिखण्डी ने झुककर प्रणाम करते हुए कहा।

"आयुष्मान् भव! प्रसन्न रहो! आओ-आओ शिखण्डी! यहाँ बैठो।"

श्रीकृष्ण ने शिखण्डी को अपने निकट ही आसन पर बैठने को इंगित किया। शिखण्डी के बैठने पर उन्होंने स्नेह से उसके कन्धे पर हाथ रख दिया।

"कैसा चल रहा है गुरु द्रोणाचार्य के आश्रम में तुम्हारा शस्त्र-प्रशिक्षण? समाप्त हो गया क्या?"

"नहीं, अभी नहीं। बहुत कुछ सीखना है अभी तो।" शिखण्डी ने संकोच से कहा।

"तुम्हारी विशेष रुचि किस शस्त्र-कौशल में हैं?" श्रीकृष्ण ने पूछा।

"कुशल धनुर्धर बनना चाहता हूँ, जनार्दन! किन्तु प्रशिक्षण सभी अस्त्र-शस्त्रों का ले रहा हूँ।"

"हाँ, किन्तु हर व्यक्ति हर शस्त्र-विद्या में निपुण नहीं हो सकता। धनुर्विद्या ही उपयुक्त है तुम्हारे लिए। गदा-कौशल के लिए प्रचण्ड शारीरिक बल आवश्यक होता है।"

"महाभाग बलराम तो गदायुद्ध के महानतम गुरु हैं।" शिखण्डी ने कहा।

"ठीक कहते हो। अग्रज जैसा तो गदायुद्ध में कोई भी निष्णात नहीं है। उनके बाद दुर्योधन तथा भीम का स्थान है।"

"मेरे आदर्श पाण्डुनन्दन अर्जुन हैं। उनमें लक्ष्यवेध की प्रतिभा बड़ी चमत्कारपूर्ण है। मैं उन जैसा बनना चाहता हूँ। किन्तु बड़ा कठिन है।"

"कठिन नहीं है, शिखण्डी! अभ्यास करते रहो, अवश्य सफल होगे।" श्रीकृष्ण ने उत्साहवर्धन किया।

"अभ्यास तो गत जन्म से कर रहा हूँ।" शिखण्डी के मुख से रोकते-रोकते भी निकल गया।

श्रीकृष्ण ने विस्मय से शिखण्डी की ओर देखा और देखते रह गये। इतनी सुन्दर भवें पुरुष की? कमान-सी तनी भवें तो स्त्रियों का सौन्दर्य बढ़ाती हैं। और रक्ताभ कमलनयन! कोई भी देखकर कह सकता है कि निश्चित ही यह पहले कभी एक अपूर्व सुन्दरी कन्या रही होगी।

इधर शिखण्डी उस मर्मभेदी दृष्टि से अस्त-व्यस्त हुआ जा रहा था। छिलके पर छिलके उतरते जा रहे थे मन के। वह मोहक दृष्टि अन्तस्तल में परत पर परत उधेड़ती जा रही थी। गहरी पैठती जा रही थी।

"इतनी तुममें लगन है धनुर्विद्या की कि गत जन्म से तुमने अभ्यास प्रारम्भ कर दिया था, तब अर्जुन का ही आश्रय लो। अर्जुन को छोड़ना मत। सदा उसका साथ देना।" श्रीकृष्ण ने कहा।

"अवश्य दूँगा वार्ष्णेय! किन्तु मेरी एक जिज्ञासा है। मेरी शंका का समाधान कोई नहीं कर सकता। पता नहीं क्यों आपसे प्रथम बार मिलकर भी मैं स्वयं को पूर्णत: निर्भीक पा रहा हूँ। मुझे लगता है आप अवश्य मेरी जिज्ञासा को शान्त कर सकेंगे।"

"पूछो शिखण्डी! क्या पूछना चाहते हो! मेरा प्रयास रहेगा कि तुम्हारी शंका का निराकरण कर सकूँ।"

"युद्ध-शास्त्र की शिक्षा से नारी को वंचित क्यों रखा जाता है? उसे शस्त्र-विद्या के अयोग्य क्यों माना जाता है? अस्त्र-शस्त्र संचालन का प्रशिक्षण नारी को क्यों नहीं दिया जाता? क्यों? क्यों? अन्ततः यह अन्याय नारी के साथ क्यों?"

श्रीकृष्ण एकटक देखते रह गये। शिखण्डी क्षोभ और आक्रोश से काँपने लगा था। मुखमण्डल तप्त अंगारे-सा दहक रहा था। श्रीकृष्ण ने वात्सल्य से शिखण्डी के शीर्ष पर हाथ फेरा।

"शिखण्डी, तुम सत्य कह रहे हो। जो दुर्बल होता है, समाज उसे और भी दबाता है, इसलिए किसी को दुर्बल पड़ना ही नहीं चाहिए। हर मनुष्य शक्ति

का पुंज है। बस वह केवल जानता नहीं। भ्रमवश, अज्ञानवश वह अपनी सुप्त शक्ति को समझ नहीं पाता। नारी में शक्ति का अद्भुत स्रोत छिपा हुआ है। मैं द्वारका के दुर्ग का, राजधानी का पुर्निर्माण करवाने की सोच रहा हूँ। मैं उसे ऐसा बना दूँगा कि यदि कभी स्त्रियों को शत्रु के आक्रमण का सामना करना पड़े, तो वे दुर्दान्त शत्रु को भी पूर्णत: परास्त कर सकें। किन्तु केवल दुर्ग अथवा राजधानी सुदृढ़ और सुरक्षित बनवाने से यह सम्भव न होगा। इसके लिए स्त्रियों को योद्धा बनाने का समुचित प्रशिक्षण दिया जाएगा। वैसे भी द्वारका में स्त्रियों को युद्ध-कौशल का प्रशिक्षण दिया जाता है। तुम जानते हो क्या, मेरी अनुजा सुभद्रा बड़ी कुशल सारथी है? उसका सारथित्व अद्‌भुत है। स्त्रियाँ किसी से कम नहीं हैं। वे पुरुष के समान ही हैं। केवल उन्हें अपने गुणों तथा प्रतिभाओं के विकास का अवसर नहीं दिया जाता। अवसर मिले तो स्त्रियों में भी भीष्म, बलराम, दुर्योधन, भीम तथा अर्जुन निकल पड़ेंगे। मणिपुर की राजकुमारी चित्रांगदा कितनी दक्ष धनुर्धर है कि वह किशोरावस्था में ही किंवदन्ती बनी जा रही है।''

शिखण्डी मन्त्रमुग्ध था।

''वासुदेव। आप सत्य ही समय से आगे हैं। भीष्म ने सत्य कहा था। मैंने द्वार पर खड़े-खड़े आप दोनों की चर्चा सुनी थी। यदि आप और भी पहले अवतरित हुए होते, तो निश्चय ही इस अम्बा को तीन-तीन वृथा जन्मों का वेदनापान न करना पड़ा होता। मुझे अत्याचार और अन्याय का हलाहल न पीना पड़ा होता। अपमान, तिरस्कार, और धिक्कार के विषघूँट कण्ठ से न उतारने पड़े होते। आपके विचार सत्य ही समय से आगे हैं। आप धन्य हैं। धन्य हैं महाभाग वासुदेव!'' शिखण्डी अभिभूत था।

राजसूय यज्ञ बिना विवाद के तो नहीं हो पाया, किन्तु हो गया। श्रीकृष्ण का निरन्तर पाण्डवों के हित-साधन में संलग्न रहना कौरवों को कभी नहीं भाया था। श्रीकृष्ण ने राजसूय यज्ञ में सम्भावित विघ्नों को पहले से ही हटाना प्रारम्भ कर दिया था। इस सन्दर्भ में मगध सम्राट जरासन्ध का वध जिस प्रकार चुटकी बजाते हो गया था, वह तो कई बड़े-बड़े राजाधिराजों के मन में शूल-सा गड़ा ही हुआ था। फिर, भरी सभा में श्रीकृष्ण की अग्रपूजा के प्रस्ताव पर विवाद ने तो जैसे विकट झंझावात का ही रूप धारण कर लिया था। अपने ऊपर शिशुपाल द्वारा लगाये जा रहे आक्षेपों तथा प्रयुक्त अपशब्दों का विषघूँट तो श्रीकृष्ण कण्ठ उतार गये। किन्तु जैसे ही शिशुपाल ने उपस्थित जन-समूह में सबसे वयोवृद्ध भीष्म पर आक्षेप लगाते हुए उन्हें नपुंसक तक कहा वैसे ही श्रीकृष्ण का सुनील वर्ण क्रोध से गहन तिमिर वर्ण हो चला। अपनी ही पितृष्वसा के पुत्र और इस प्रकार अपने भाई शिशुपाल का शीश जिस तड़ित् गति से उन्होंने चक्र से काट

फेंका, उससे समूचा राजसमाज स्तब्ध रह गया था। शिशुपाल के मुकुटमण्डित कटे हुए, लहूलुहान मुण्ड का आतंक अन्य सबके साथ-साथ कौरवों के मन में भी गहरा पैठ गया। ऊपर से, नेत्रों को चकाचौंध करनेवाले पाण्डवों के विपुल वैभव-भण्डार से तो दुर्योधन के कलेजे पर साँप लोट गया! कल ही जिन्हें हमने हस्तिनापुर से निर्वासित कर दिया था, आज वे पूजे जा रहे हैं!

और इसलिए राजसूय-यज्ञ सम्पन्न क्या हुआ कि हृदय के किसी कोने में दबी पड़ी ईर्ष्या की चिनगारी हठात् दावानल बन सहस्रों जिह्वाओं से लपलपा उठी। इन्द्रप्रस्थ के वैभव, समृद्धि, यश, और उत्कर्ष को भस्मीभूत कर देने को दुर्योधन क्रुद्ध नागराज-सा उच्छ्वास भरता रात-रात भर करवटें बदलता रहता! पाण्डव इतना आगे पहुँच गये! उन्हें हमारे द्वारा दयावश दिए गये उजड़े-उजड़ाये खाण्डवप्रस्थ का ऐसा वैभव! यह उत्कर्ष! पाण्डवों के राज्य की दुन्दुभि बज रही है! युधिष्ठिर सम्राट हो गये! और हमारा हस्तिनापुर? जहाँ का तहाँ रह गया! कौरव पिछड़ गये!

जो ईर्ष्या की सर्पिणी अब तक किसी भाँति वशीभूत रखी गयी थी, वह फनफनाकर तीव्र गति से चारों ओर उद्भ्रान्त-सी, बलखाती-लहराती-छटपटाती रेंगने लगी थी! इसे डस लूँ! उसे डस लूँ! सब को डस लूँ! उसकी विषैली, श्वासों और फुफकारों से समूचा पर्यावरण विषाक्त हुआ जा रहा था। ईर्ष्या की सर्पिणी अन्धी होती है। क्रोध में आ जाए तो अपनों को ही सबसे पहले डसती है।

किन्तु, इस भयानक नागिन को एक सँपेरे ने फण से पकड़कर उसे अपने सम्मोहन की पिटारी में डाल दिया। विदेशी था वह सँपेरा। गान्धार देश से आया था। फिर तो उस सँपेरे ने जो बीन बजानी प्रारम्भ की, तो नागिन उसी धुन पर झूमती रह गयी। फिर तो कुरुवंश के किसी महाज्ञानी, ध्यानी, मनीषी, महायोद्धा, महाशासक कुलवृद्ध की नहीं ही चल पायी! चली, तो इसी महाधूर्तराज शकुनि सँपेरे की। गान्धारी के सभी सौ पुत्र तो जैसे शकुनि के पास गिरवी हो गये!

अपनी पिटारी से वह एक से एक बढ़कर तुरुप का पत्ता निकालने में दक्ष था। शकुनि सँपेरे ने बीन बजायी और उसकी धुन पर दुर्योधन ने जाकर धृतराष्ट्र से झूठी-सच्ची चुगली लगायी। उसने कहा—वह इन्द्रप्रस्थ में मय दानव द्वारा बनाये गये महल में सूखे स्थल को जलाशय समझा और जलाशय को वास्तु-कौशल का अद्भुत उदाहरण! बस! धोखे से जल में गिर गया, तो लोग हँसे तो हँसे, द्रौपदी तक मुझ पर हँस पड़ी। धृतराष्ट्र चुपचाप बैठे रहे। दुर्योधन ने देखा कि धृतराष्ट्र पर तो कुछ प्रभाव ही नहीं पड़ रहा। शकुनि ने इंगित किया—बढ़े चलो। यह सँपेरे के बीन की नयी धुन थी। दुर्योधन बोला—"तात! द्रौपदी

ने यह भी कहा कि अन्धे की सन्तान भी अँधी ही होती है।''

बस! बीन का जादू काम कर गया! धृतराष्ट्र क्रोध से उफन पड़े। कुरुकुल की पुत्रवधू होकर द्रौपदी ने अपने श्वसुर के प्रति ऐसे अपशब्द कहे! कहा या नहीं कहा, इसकी सत्यता की जाँच करवाना आवश्यक न था। वास्तव में धृतराष्ट्र वंश-मोह में अन्धे हुए थे। मोह में अन्धे धृतराष्ट्र को सबकुछ वैसा ही दिखता था जैसा दुर्योधन उन्हें अपनी आँखों से दिखाता था। दुर्योधन को सबकुछ वैसा दिखता था, जैसा शकुनि उसे दिखाता था।

पाण्डवों का बल, शौर्य, युद्ध-कौशल, उनके संरक्षक श्रीकृष्ण का प्रताप, कुरु-ज्येष्ठों तथा गुरुजन की पाण्डवों पर ममता देखकर यह तो सहज ही शकुनि को समझ में आ गया था कि पाण्डवों से युद्ध करना सम्भव न हो सकेगा। युद्ध यदि हो भी तो, ऊँट किस करवट बैठेगा, इसकी ही भला क्या निश्चितता? पाण्डवों के साथ बल प्रयोग से सफलता पाना सन्दिग्ध है। तो ठीक है! बल नहीं, तो छल!

शकुनि की कुटिल बुद्धि ने तुरुप का पत्ता फेंका कि द्यूत द्वारा छल से पाण्डवों की समृद्धि हर ली जाए। युधिष्ठिर का द्यूत-प्रेम सर्वविदित था। शकुनि ने शायद वशीकरण-मन्त्र सिद्ध कर रखा था। उसने दुर्योधन के कानों में ऐसा छल-मन्त्र फूंका कि देखते-देखते बिसात बिछ गयी। ज्येष्ठ कुरुजन, आचार्यगण एवं साधु-सज्जनों के प्रबल विरोध के होते हुए भी शकुनि की योजना को कौरवों ने हृदय से लगा लिया। जुए में पाण्डवों का सब कुछ छीनकर उन्हें दरिद्र बना देने की कल्पना उनके लिए बड़ी ही सुखद थी। ये जो पाण्डव कण्ठ में विजयमाला झुलाते, सींग उठाये चारों ओर चौकड़ी भरते उछल रहे हैं, कुलाँचें मार रहे हैं, तोड़ दो इनके सींग! जड़मूल से ऐसा जाल बिछाया जाए जिसमें इन मदमत्त गर्वीले पाण्डवों के सींग स्वयं ही उलझ कर रह जाएँ और फिर पाण्डव सदा के लिए जाल में फँसकर कौरवों के बन्दी होकर रह जाएँ। सदा के लिए कौरवों के दास होकर रह जाएँ!

शकुनि की कुटिल बुद्धि के सामने युधिष्ठिर का ज्ञान, भीष्म का बल, अर्जुन की धनुर्विद्या तथा नकुल-सहदेव की बुद्धिमत्ता व दूरदर्शिता सब धरे के धरे रह गये। और तो और द्रौपदी जैसी प्रचण्ड अग्नि भी मुट्ठी भर सुलगती भस्म बनकर रह गयी। पाण्डव पराजित हुए और उनका धन-वैभव, राजपाट सब दुर्योधन को मिल गया। चातुर्वर्णों से भरे सभागृह में द्रौपदी न्याय की गुहार करती रह गयी, किन्तु भीष्म समेत कुलवृद्ध एवं महापण्डितों ने मौन रहकर अपने अन्नदाता का ऋण चुकाने में ही अपना हित समझा। भीरु धृतराष्ट्र के मन में ही न जाने क्यों द्रौपदी की गुहार की प्रतिक्रिया हुई कि पाण्डव एवं श्रीकृष्ण मिलकर कहीं उनके

पुत्रों से अपमान का प्रतिशोध लेने हेतु उनका भारी अनिष्ट न कर दें! अत: उन्होंने भयातुर होकर, बिगड़ी बात को बनाने हेतु द्रौपदी को प्रसन्न करने के लिए वरदान स्वरूप उसकी दो माँगें स्वीकार कर, पाण्डवों को दासता से मुक्त कर दिया और उनका राज्य भी उन्हें लौटा दिया।

किन्तु शकुनि तथा उद्धत कौरवों को पाण्डवों का यों सहज ही मुक्त हो जाना गले नहीं उतरा। शकुनि की कूट-मन्त्रणा के अनुसार दुर्योधन ने धृतराष्ट्र के भयभीत हृदय को और भी आतंकित करने की नीति अपनायी कि मुक्त होकर अब श्रीकृष्ण व पाण्डव दुगुनी शक्ति से कौरवों को दण्डित करना चाहेंगे! कौरवों के प्राण तो अब गये ही माने जाएँ! धृतराष्ट्र काँप उठे। दुर्योधन ने पुन: द्यूत-स्पर्धा करने की अनुमति माँगी और धृतराष्ट्र उसे ठुकरा न सके। फिर जुआ हुआ और भरे समाज में पाण्डवों का सर्वस्व हरकर उन्हें शकुनि की द्यूतनीति ने कौपीन धारण करा दी। पाण्डवों को बारह वर्ष वनवास तथा एक वर्ष अज्ञातवास के लिए निर्वासित करके कौरवों ने निश्चिन्तता की साँस ली। पाण्डवों को यह भी भलीभाँति समझा दिया गया कि तेरहवें वर्ष में अज्ञातवास की अवधि में यदि उन्हें खोज निकाल लिया गया या पहचान लिया गया तो उन्हें फिर से बारह वर्ष का वनवास भोगना पड़ेगा। फलस्वरूप, पाण्डव-बन्धु तथा द्रौपदी चल पड़े अपने अनजान प्रयाण तथा अज्ञात भविष्य की ओर। बारह वर्ष की दीर्घ अवधि के कष्टकर वनप्रवास, कठिन यात्राओं के बाद भला क्या कोई सकुशल लौट सकता है अपनी खोयी हुई राजश्री को पुन: प्राप्त करने? कौरवों को चुनौती देने? असम्भव! इस प्रकार शकुनि की कुटिल-कृपा से कौरवों की राज-सत्ता चुनौती-विहीन हो गयी और उनका राज्य निष्कण्टक रूप से चलने लगा।

बारह वर्ष पाण्डव वन-वन भटकते रहे और तेरहवें वर्ष में अज्ञातवास हेतु वे छद्म वेश में राजा विराट के विभिन्न सेवक बनकर धैर्य से अपने मुक्ति-पर्व की प्रतीक्षा करते रहे। युधिष्ठिर कंक नाम से विराट के मनोरंजन हेतु, उनके साथ पासे फेंकने लगे। भविष्य में पुन: कभी द्यूत-स्पर्धा हो, शायद इस आशंका से वे द्यूत का अभ्यास करते रहे। भीम पाकशाला में बल्लव के रूप में सूपकार हो गये। अर्जुन बृहन्नला होकर राजपुत्री उत्तरा तथा अन्य राजकुमारियों को नृत्य-संगीत की शिक्षा देने लगे। नकुल एवं सहदेव क्रमश: अश्वशाला में ग्रन्थिक एवं गौशाला में तन्तिपाल बन गये। द्रौपदी सैरन्ध्री के रूप में विराट की महारानी सुदेष्णा की सेवा में संलग्न हो गयी।

पाण्डव अपनी स्वाधीनता की प्रतीक्षा करते रहे और इधर शिखण्डी की उद्विग्नता बढ़ती जा रही थी। भीष्म द्वारा किए गये अन्यायों की शृंखला में शिखण्डी की दृष्टि में एक और अध्याय जुड़ गया। वह भी उसी की अनुजा द्रौपदी के

साथ। भरी सभा में कौरवों ने द्रौपदी के साथ अभद्रता की, द्रौपदी बार-बार भीष्म से न्याय और रक्षा की गुहार करती रही किन्तु वह कुलवृद्ध भीष्म षण्ढ सा बैठा रहा शीश झुकाये! अनुचित क्या किया था शिशुपाल ने भीष्म को नपुंसक कहकर, जिसके कारण उसे अपने प्राण ही गँवा देने पड़े? ये द्वारकाधीश की नीतियाँ भी कभी-कभी बिल्कुल समझ में नहीं आतीं! ये महान न्यायप्रिय होकर भी भला भीष्म जैसे अन्यायी पर इतने कृपालु क्यों हैं? धिक्कार है भीष्म को, जिसकी पौत्रवधू का वस्त्रहरण करने का प्रयास उनके स्वयं के पौत्र ही करते रहे और वह उन्हें रोक न पाया, न ही उसने रोकने का प्रयास ही किया! धिक् धिक् धिक् ! कब वह उपयुक्त अवसर आएगा जब मैं भीष्म द्वारा जीवन भर किए गये अधर्मों का प्रतिकार कर उसे सदा के लिए गहरी निद्रा में सुला दूँ? शिखण्डी बेचैन था।

बारह वर्ष के वनवास तथा तेरहवें वर्ष के अज्ञातवास के उपरान्त बृहन्नला रूपी अर्जुन ने राजकुमार उत्तर के रथ का अभूतपूर्व संचालन करके कौरवों द्वारा अपहृत विराट के विशाल पशुधन को मुक्त करा लिया। और तब पाण्डवों ने छद्म वेश त्यागकर अपनी वास्तविक पहचान तथा परिचय को उद्घाटित कर दिया। द्यूत-स्पर्धा की आधारभूत सभी प्रतिज्ञाएँ पाण्डवों ने पूर्ण कर ली थीं। फिर भी जब उन्होंने कौरवों से अपना इन्द्रप्रस्थ माँगा तो कौरव पलट गये। सम्पत्ति-सत्ता के लोभ में अपने पक्ष की प्रतिज्ञाएँ पूरी करने से स्पष्ट रूप से मना करके दुर्योधन ने इन्द्रप्रस्थ राज्य पाण्डवों को लौटाना अस्वीकार कर दिया। वे तो यह मान बैठे थे कि तेरह वर्षों की कठोर यन्त्रणाओं को सहकर पाण्डव जीवित ही नहीं बचेंगे। पहले उनका मनोबल टूटेगा और फिर शारीरिक बल के खँडहर मात्र को ढहने में कितना समय लगेगा! किन्तु पाण्डव जीवित थे! कौरवों पर विराट को विजय दिलाकर पाण्डवों ने उनका पशुधन लौटा दिया और इस प्रकार सबको चकाचौंध करते हुए चमत्कारिक रूप से सहसा पाण्डव प्रकट हो गये! पाण्डवों को विजय तथा प्रशंसा तो मिली ही, अपार सहानुभूति तथा व्यापक समर्थन भी मिल गया। विराट ने अपनी पुत्री उत्तरा का विवाह अर्जुन के पुत्र अभिमन्यु से कर दिया। यह सब देखकर, एक बार फिर ईर्ष्या की नागिन प्रतिशोध से तड़पती-छटपटाती चारों ओर बेचैन हो बलखाती घूमने लगी पाण्डवों को डसने के लिए। कुरुवंश के ज्येष्ठों, आचार्यों, हितैषियों तथा मित्रों ने बहुत प्रयास किये कि कौरव-पाण्डव संघर्ष किसी भाँति टल जाए तथा कुटुम्बी ही कुटुम्बी का रक्तपात न करें। किन्तु 'विनाशकाले विपरीत बुद्धिः' उक्ति चरितार्थ हुई। शान्ति हेतु श्रीकृष्ण पाण्डवों के राजदूत बनकर हस्तिनापुर आये। दोनों पक्षों में सन्धि कराने के उन्होंने भी यथासम्भव प्रयास किये तथा युद्ध की विभीषिका, युद्ध के दुष्परिणाम, कितनी दूर तक जा सकते हैं, इस पर ध्यान आकर्षित किया। कौरव राज-सभा में उन्होंने साम, दान, भेद, की नीति का भी प्रयोग किया। किन्तु दैव के समक्ष उन्होंने

भी शस्त्र डाल दिये। यदि यही होनी है, कौरवों ने यदि मृत्यु का आह्वान कर ही लिया है, तो यही सही! श्रीकृष्ण के सन्त-प्रयास विफल हो गये। पाण्डवों का अस्तित्व दाँव पर लग गया था। उनके सामने आजीविका की समस्या सहस्त्र फण फैलाये खड़ी थी। नीति कहती है कि साम दान भेद के उपाय जब असफल हो जाएँ, तब अन्तिम विकल्प अथवा उपाय एक ही बचता है, वह है दण्ड! बलप्रयोग! अर्थात् युद्ध! युद्ध न केवल अस्तित्व तथा आजीविका और अपनी खोयी सम्पत्ति व राज्य पाने हेतु, बल्कि युद्ध करना अनिवार्य हो गया था, पाण्डवों के स्वाभिमान की रक्षा हेतु भी।

युद्ध के महामेघ गरजने लगे। ललकारों और चुनौतियों की दामिनियाँ कड़कड़ा उठीं। सैन्य-संग्रह होने लगे। अस्त्र-शस्त्रों के निर्माण में गति आ गयी। पुराने शस्त्रों की धार पैनी की जाने लगी। युद्धाभ्यास होने लगे।

जब से राजनीतिक वातावरण युद्धोन्माद से ग्रस्त हुआ, शिखण्डी का व्यवहार लोगों को बड़ा ही विचित्र लगने लगा। उसके हाथ से शस्त्र कभी हट ही न पाता। रात को सोते समय भी नग्न खंग की मूठ पर हाथ रखे रहता। एक उद्‌भ्रान्त और उद्विग्न व्यक्ति के रूप में शिखण्डी को बेचैनी से विचरते देख लोगों की आँखें विस्मय से भरकर प्रश्न-सूचक हो जातीं।

युद्धनीति हेतु पाण्डवों का मुख्यालय मत्स्यराज विराट के राजा के उपप्लव्य नगर में स्थित था। वहाँ पांचाल, मत्स्य, यादव तथा पाण्डव वीर तो एकत्रित थे ही, राजमहिलाएँ भी बड़ी संख्या में आयी हुई थीं। द्रौपदी की माता, विमाताएँ, बहनें, भावजें एवं अन्य महिला-सम्बन्धी द्रौपदी को धैर्य बँधाने पहुँच चुकी थीं।

उस रात चिन्ता और थकान से गहरी निद्रा में निमग्न द्रौपदी सहसा चौंक कर जाग पड़ी। दीपक के मद्धिम आलोक में, कक्ष में एक आकार टहलता हुआ दिखा। कोई था रक्ताम्बर ऊपर से नीचे तक ओढ़े हुए। द्रौपदी उठकर बैठ गयी।

"कौन है?" द्रौपदी ने पूछा।

"द्रौपदी! विचलित न हो। भयभीत न हो।" कहते हुए आकार ने रक्ताभ दुकूल एक ओर कर दिया। शिखण्डी! द्रौपदी विस्फारित नेत्रों से शिखण्डी को देखती रह गयी।

"यह क्या कर रहे हो अग्रज?" द्रौपदी ने किसी भाँति पूछा।

शिखण्डी ने कटिबन्ध से नग्न खंग निकालकर चमकायी और उच्छ्वासें लेता हुआ बोला।

"अभी कहाँ किया मैंने कुछ! अभी तो करना है! बहुत कुछ करना है।

तू विचलित न हो पांचाली! अब करूँगा। अवश्य करूँगा। निश्चित रूप से करूँगा। भीष्म का वध। भीष्म का वध और अपने जन्म-जन्म की साध की पूर्ति! भीष्म ने मेरी अनुजाओं अम्बालिका और अम्बिका को कष्ट दिये। मुझे कष्ट दिये। और जब इसका मन नहीं भरा, तब तेरे प्रति हुए अन्यायों में भी वह भागीदार रहा। पांचाली! तीन जन्मों से मेरे कष्ट और दु:ख का मूल कारण यही रहा है। भरी सभा में इसने तेरा अपमान मौन होकर सहा! तेरे साथ अभद्रता हुई, तू न्याय हेतु गुहार करती रह गयी! वह कुलप्रमुख होकर, पितामह होकर भी अपने उद्धत पौत्रों पर नियन्त्रण नहीं कर सका! राजसभा को त्यागकर उठकर भी नहीं जा सका! राजधर्म और नीति की बड़ी-बड़ी डींगें हाँकता है, भीरु! पांचाली! किन्तु तू चिन्ता मत कर। बस डटी रहना! दबना नहीं! झुकना नहीं! पलायन मत कर जाना! सन्धि की माँग मत कर बैठना! धर्मराज युधिष्ठिर की पाँच ग्रामों की माँग का समर्थन कदापि न करना! खड़ी रहना! अपने प्रति हुए अन्याय के प्रतिकार हेतु डटी रहना मेरे साथ। मैं और तू मिलकर दण्डित करेंगे। मैं भीष्म को दण्डित करूँगा और तू उसके धृष्ट पौत्रों की कालपाश बन जाना! कृत्या बनकर उसका सर्वनाश कर डाल। दबना नहीं! झुकना नहीं!''

द्रौपदी अवाक् होकर सुन रही थी! शिखण्डी को एकटक देख रही थी। यह तो शिखण्डी नहीं! तो फिर कौन? अम्बा का प्रेत?

शिखण्डी सामान्य नहीं रह गया था। जैसे-जैसे युद्ध निकट आता जा रहा था, भीतर बैठी अम्बा के फण फैलते जा रहे थे जैसे। राजनीति अपने शिखर पर पहुँच चुकी थी। दिन भर कूटनीति के दाँव-पेंच चलते। गुप्त मन्त्रणाएँ होतीं। रणनीति का एक-एक चरण तय किया जाता। विभिन्न नरेशों को अपने पक्ष से लड़ने हेतु निमन्त्रण भेजे जाते। दूत भेजे जाते। चतुरंगिणी सेनाओं का गठन होता। नव-सैनिकों को प्रवेश दिया जाता। इन नव-प्रशिक्षुओं को सैन्य-प्रशिक्षण दिया जाता। युद्धाभ्यास होते। शिखण्डी इन सभी गतिविधियों में, कार्यकलापों में दिन भर बढ़-चढ़कर भाग लेता।

रात को शिखण्डी अम्बा हो जाता। साँझ ढलते ही उसका व्यवहार असामान्य-सा होने लगता। उस पर रणोन्माद छा जाता। जैसे वह रणभूमि में खड़ा महासेनापति हो, इस प्रकार किसी कल्पित सेना का संचालन करने के हाव-भाव करता। जैसे-जैसे रात गहराती, शिखण्डी का व्यवहार और विचित्र होता जाता। एक रक्ताम्बरी धारण कर कभी वह एकान्त में किसी कल्पित भीष्म पर लक्ष्य-वेध करता तो कभी तलवार से उस भीष्म का वध कर डालता। कभी अन्यमनस्क होकर एकाकी-सा भटकता रहता। और कभी धूनी रमाकर घण्टों बैठा रहता, समाधिस्थ रहता। भीष्म के वध हेतु कृतसंकल्प!

और अन्ततः महाकाल जैसे स्वयं अठारह अक्षौहिणी सेनाओं को लीलने महायुद्ध का रूप धारण करके कुरुक्षेत्र में प्रकट हो गये!

यह कुटुम्बियों का कुटुम्बियों से युद्ध था। एक ओर कौरवों की ग्यारह अक्षौहणी सेना थी, दूसरी ओर पाण्डवों की केवल सात अक्षौहिणी सेना। कौरवों की ओर श्रीकृष्ण की उद्धत नारायणी सेना थी जिसे दुर्योधन ने बड़े अनुरोध से माँगा था। पाण्डवों की ओर स्वयं श्रीकृष्ण थे जिन्हें अर्जुन प्रेम से अपनी ओर ले आये थे और जिनकी दूरदर्शिता, नीति-पटुता, राजनीतिक आकलन की क्षमता की कोई बराबरी नहीं कर सकता था। किन्तु वे मात्र एक सारथी थे! शस्त्र उठाना उन्होंने अस्वीकार कर दिया था। युद्ध में भाग लेना उन्होंने अस्वीकार कर दिया था और स्वयं ही श्वेतवाहन अर्जुन के कपिध्वज रथ का सारथित्व स्वीकार किया था।

कुरुक्षेत्र में दोनों पक्षों की महासेनाएँ हुंकारती हुई एक-दूसरे को चुनौती के रूप में खड़ी थीं। एक ओर कौरवों के मेरुदण्ड भीष्म! दूसरी ओर पाण्डवों के मेरुदण्ड अर्जुन! पितामह और पौत्र आमने-सामने! शत्रुवत्! यही है क्षत्रिय धर्म!

अर्जुन के आग्रह पर पार्थसारथी ने रथ को दोनों पक्ष की सेनाओं के मध्य लाकर खड़ा कर दिया था। अर्जुन द्वारा शत्रुसेना का सिंहावलोकन चल रहा था! सामने ग्यारह अक्षौहिणी कौरव-चमू गरज रही थीं। पीछे सात अक्षौहिणी पाण्डव सेनाएँ हुंकार रही थीं। अर्जुन की दृष्टि सामने खड़ी सेना के प्रमुख वीरों को पहचानने का प्रयास कर रही थी।

पितामह! आचार्य द्रोण! आचार्य कृप! तात बाल्हिक! तात भूरिश्रवा! मातुल शल्य! गुरुपुत्र अश्वत्थामा! और समस्त बन्धु-बान्धव! और फिर बन्धु-बान्धव! बन्धु-बान्धव! और कोई नहीं। केवल बन्धु-बान्धव! अस्त्र-शस्त्रों से सज्जित! सैनिक वेश में! समस्त बन्धु-बान्धव! केवल बन्धु-बान्धव। शत्रुओं का नहीं, यह तो बन्धु-बान्धवों का महासिन्धु हरहरा रहा है सामने। महावृद्ध भीष्म से लेकर नवकिशोर बालक तक रणचण्डी की बलि चढ़ जाने को व्यग्र लग रहे थे।

भावुक अर्जुन का हृदय आन्दोलित हो उठा। संवेदनशील, स्नेहशील और मानवीय भावनाओं के मूर्तिमान रूप अर्जुन का हृदय काँप उठा। यहाँ तो कोई शत्रु है ही नहीं! इन्हें मारने जा रहा हूँ मैं? इन वयोवृद्ध कुलप्रमुख को? इन वृद्ध, अपने ही आचार्यगण को? दुर्योधन आदि अपने भ्राताओं के इन नन्हे-नन्हे किशोरों को लहूलुहान करने, क्षत-विक्षत करने, इनका वध करने जा रहा हूँ मैं? और इनका वध क्यों? केवल सत्ता पाने हेतु!

अर्जुन के अन्तर्मन में जैसे ग्लानि और पश्चात्ताप का कोई छिपा हुआ स्रोत

फूट पड़ा। और देखते-देखते उसने महासागर का रूप धारण कर अर्जुन-मन को पूर्णतः आप्लावित कर दिया। इतना रक्तपात! हिंसा! संहार! हा अर्जुन! तू यह क्या करने जा रहा है? तुझ जैसा नीच, नराधम कोई न होगा! कुछ सोना, कुछ चाँदी, कुछ भूखण्ड हेतु एक प्राचीन वंश का, अपने ही वंश का नाश करने चला है! क्या जीवन में यही सब कुछ है? और मानव-रक्त? उसका मूल्य कुछ नहीं? यही है उसका मूल्य! नहीं-नहीं, यह सम्भव नहीं।

अर्जुन का तन स्वेद से नहा गया। पाँव काँपने लगे। कन्धे झूल गये। हाथ शिथिल पड़ चले। गाण्डीव हाथ से छूटने लगा।

"नहीं! युद्ध नहीं। अच्युत! मैं युद्ध नहीं करूँगा।" अर्जुन के अवरुद्ध कण्ठ से काँपता हुआ स्वर निकला।

जहाँ युद्ध का उन्माद भूत की भाँति हर वीर पर चढ़ा बैठा था, वहाँ परम वीर अर्जुन के ऐसे दीन और कातर स्वर! श्रीकृष्ण चौंक पड़े। पलायन! मोह! भीरुता! युद्ध के मुहाने पर आकर सहसा क्लीबता का यह दौरा!

फिर जो हुआ वह ऐसा हुआ जैसा कभी नहीं हुआ था। एकाएक समीकरण उलट-पलट गये। नीचे बैठा, हाथ में अश्वों की वल्गा और प्रतोद थामे सारथी तो गुरु बन बैठा! और जो ऊपर बैठा महारथी था, वह एक हारा-लुटा-सा दीन शिष्य बन गया! पलक झपकते ही सारथी और रथी की स्थिति बदल गयी। भूमिका बदल गयी। महारथी के मन में मोहजन्य भ्रान्तियों के महामेघ परत-पर-परत चढ़े चले आये थे। घना कोहरा था। वह दिग्भ्रमित था। उसे मार्ग न सूझ रहा था। कर्तव्य न सूझ रहा था। 'क्या करूँ, क्या न करूँ' की मनःस्थिति में अर्जुन के नेत्रों से अश्रु प्रवाहित थे।

सहसा ही रणक्षेत्र धर्मक्षेत्र में बदल गया। महान् तत्त्वज्ञानी योग-योगेश्वर पार्थसारथी श्रीकृष्ण के मुख से कर्म, भक्ति और ज्ञान की त्रिवेणी निःसृत हो उठी। मरुभूमि के शुष्क हृदय घूँट-घूँट आचमन करने लगे।

"अर्जुन! कर्म कर! युद्ध कर! तेरा कर्म है युद्ध! तेरा धर्म है युद्ध।"

अर्जुन के कानों में जैसे सहस्रों कण्ठों का महाघोष था "यह मत सोच कि कौन जीतेगा, कौन हारेगा।"

वृक्षों से जैसे ध्वनियाँ आ रही थीं—"तेरे मारने से कोई मरेगा नहीं। और तेरे बचाने से कोई बचेगा नहीं।"

पहाड़ियाँ गरजती हुई कह रही थीं—"मनुष्य कर्म के अधीन है। मनुष्य की मृत्यु पूर्व-नियोजित है।"

समूची धरती, अम्बर, सृष्टि से जैसे एक ही स्वर गूँज रहा था—"न तू मारने में समर्थ है, न तू जीवित रखने में समर्थ है।"

दसों दिशाएँ दुहरा-दुहराकर प्रचण्ड घोष कर रही थीं—"क्लीबता त्याग दे! मोह त्याग दे! कर्म कर! यदि तू युद्ध में वीरगति पा जाएगा तो तुझे स्वर्ग की प्राप्ति होगी। यदि शत्रु को पराजित करेगा तो, विजयश्री तेरा अभिनन्दन करेगी। तेरी गौरव-गाथाएँ सदा-सदा पृथ्वी पर गायी जाती रहेंगी। अर्जुन! मोह त्याग दे! छोड़ दे क्लीबता। तू क्षत्रिय है। खड़ा हो जा युद्ध करने! क्योंकि युद्ध ही तेरा कर्म है। युद्ध ही तेरा धर्म है।"

और जब श्रीकृष्ण का प्रवचन थमा, तब तक अर्जुन के मन का कोहरा छँट चुका था। ज्ञान की ज्योत्स्ना थी और शरदपूर्णिमा के पूर्णचन्द्र की भाँति गीता का अमृत कलश संजीवनी छलका रहा था। अर्जुन के तन पर से स्वेद-बिन्दु भाप बनकर कब के उड़ चुके थे। अब तो रोम-रोम वीर सैनिक की मुद्रा में उठ खड़ा हुआ था। अब पावों में किंचित् भी कम्पन नहीं था, पाँव स्थिर थे। शिराएँ तनी हुई थीं। वृषभस्कन्ध सीधे थे। गाण्डीव पर लौह-पकड़ थी। गाण्डीव एक कसी हुई लौह मुट्ठी में था। अब नहीं छूट सकता पकड़ से!

अर्जुन ने गाण्डीव की टंकार की। श्रीकृष्ण के पांचजन्य शंख से महोघाष गूँजा और महासंग्राम प्रारम्भ हो गया। फिर जो युद्ध प्रारम्भ हुआ तो ऐसा हुआ कि समाप्त होने का नाम ही न लेता!

युद्ध! युद्ध! युद्ध! एक दिन। दो दिन! तीन दिन! चार दिन! पाँच दिन! युद्ध जैसे अनन्त हुआ जा रहा था। युद्ध के अन्त की दूर-दूर तक कोई सम्भावना दिखाई ही नहीं पड़ती। किसी निर्णायक मोड़ पर युद्ध पहुँच ही नहीं पा रहा था। भारी अनिश्चितता और विफलता सबके मन में घर कर गयी थी।

प्रत्येक रात शवों से पटे कुरुक्षेत्र में कोई विक्षिप्त पुरुष एकाकी भटकता रहता है। रह-रहकर उसकी तलवार चमचमा जाती है। कभी-कभी वह रक्तिम आवरण से स्वयं को ढके रहता है। शवों को पहचानने का प्रयास करता है। एक-एक को देखकर निराशा से शीश हिलाता चलता है। दोनों हाथ ऊपर उठाकर ईश्वर से कुछ माँगता है। निराश होने पर उसका कठोर अट्टहास गूँज उठता है। सुनते ही शवों को चीथते हुए श्वान-शृगाल भयभीत हो छिटककर भाग चलते हैं।

कौन है यह रहस्यमय व्यक्ति? कौन है यह श्मशान का मित्र जो अहोरात्र किसी के हेतु मृत्युजाप करता रहता है?

प्रतिदिन प्रातः होते ही रोमहर्षक रणभेरियाँ गूँज उठतीं। असंख्य महाशंखों का रौद्रघोष दिग्दिगन्त को कँपकँपा उठता। प्रणव-नाद के साथ दोनों पक्षों की अक्षौहिणी सेनाएँ गरजतीं, हुंकारतीं, ललकारती हुई रण-प्रयाण पर चल पड़तीं। डट जातीं एक-दूसरे के समक्ष! मरने-मारने को उतारू रणोन्मादी सेनाएँ। युद्धोन्माद से अन्धे वीर एक-दूसरे को दो फाँक कर डालने को व्यग्र। दूसरी ओर श्वान,

शृगाल, शिवाओं और गिद्धों की जैसे सेना की सेनाएँ उतरी आ रही थीं, निर्जीव तनों को चीर डालने को, फाड़ खाने को।

युद्ध चल रहा था। प्रतिदिन सहस्त्रों वीर काल के ग्रास में समा जाते किन्तु काल को तृप्ति न होती। महाकाल की क्षुधा ने महाक्षुधा का विकराल रूप धारण कर लिया था। नित्यप्रति उसकी और-और की माँग बढ़ती ही जा रही थी। वीरों की मन:स्थिति अब नियन्त्रित न रह पा रही थी। यह क्या हो रहा है?

यह कैसी विनाशलीला! कैसा महासंहार! जैसे-जैसे महासंग्राम एक-एक दिन को लीलता जा रहा था, वैसे-वैसे उद्विग्नता बढ़ती ही जा रही थी।

भोर होती और भीष्म बैसाख-जेठ के प्रचण्ड सूर्य की भाँति धधकते-भभकते चले आते और पाण्डव सेनाओं को अपने उग्र ताप से दहका-दहकाकर व्याकुल कर देते। भीष्म का तेज असहाय होता जा रहा था। उनकी संहार-शक्ति का कोई उत्तर पाण्डव-पक्ष के पास न था। भीष्म के नाम का आतंक छाया हुआ था। पाण्डव-सेना में हर सैनिक उनसे भयभीत था। सब जानते थे कि भीष्म अजेय हैं। भीष्म को उनके गुरु महाबली परशुराम तक पराजित नहीं कर पाये थे। भीष्म को इच्छा-मृत्यु का वरदान प्राप्त है। भीष्म को कोई नहीं हरा सकता। भीष्म को कोई नहीं मार सकता। भीष्म जब स्वयं चाहेंगे, तभी मृत्यु उनके पास फटक सकती है! भीष्म अजेय हैं! भीष्म अमर हैं।

भीष्म आ रहे हैं। पितामह आ रहे हैं। बचो! हटो! सावधान! भीष्म के आते ही पाण्डव-सेनाओं में भारी भगदड़ मच उठती जैसे वन के हिरणों ने सिंह को देख लिया हो। प्राण बचाने जिसको जिधर सूझता उधर ठौर ढूँढ़ता वह भयातुर हो दौड़ पड़ता। भीष्म आ रहे हैं! भागो, दौड़ो! बचो! चीत्कार-पुकार से आकाश-पाताल एक हो जाता। भीष्म का धनुष उठता और पाण्डव-सेनाओं में त्राहि त्राहि मच जाती। भीष्म के धनुष से कई-कई तीर एक साथ छूटते और सैकड़ों सैनिकों के तन लहूलुहान हो धूल में लोट जाते। प्रतिदिन भीष्म का ऐसा रौद्र ताण्डव चलता और प्रतिदिन पाण्डव सेना क्षार-क्षार होती जाती।

साँझ होती। युद्ध-विराम होते ही व्याकुल युधिष्ठिर हाथ जोड़े कातर स्वर में गुहार उठते—"बचाएँ वासुदेव! पितामह से हमें बचाएँ! पितामह के अतुल पराक्रम का सामना करने का सामर्थ्य हमारी ओर केवल अर्जुन में है। किन्तु वार्ष्णेय! अर्जुन तो पितामह को मारता ही नहीं! पितामह जिस कठोर निर्ममता से हमारे सैनिकों को मार डाले रहे हैं, वह देखकर भी आप का यह सखा पितामह पर कुपित नहीं हो पाता! अर्जुन अपने सैनिकों की रक्षा नहीं करता! यह पितामह को बचा- बचाकर युद्ध करता है! अर्जुन के बल पर तो हम स्वयं को सुरक्षित समझते थे! अर्जुन के बल पर तो हम अपने आप को विजयी माने बैठे थे! किन्तु

अर्जुन तो कौरवों का हित कर रहा है! उसे अपने पक्ष की चिन्ता ही नहीं! यदि यह ज्ञात होता कि अर्जुन इतना दुर्बल है तो मैंने युद्ध का निर्णय लिया ही न होता। मुझसे यह तो भूल हो गयी, वासुदेव! मुझसे देखा नहीं जा रहा। मेरे लिए यह अपमान-जनक स्थिति असह्य हो गयी है। अब आप जानें। मैं तो वन को चला!''

श्रीकृष्ण स्वयं विकट रूप से अर्जुन से असन्तुष्ट थे। कुपित थे। वे अर्जुन के सारथी बने प्रतिदिन देखते कि अर्जुन बच्चों की भाँति, नौसिखियों की भाँति युद्ध कर रहा है। श्रीकृष्ण क्षुब्ध हो उठते। जैसे ही वे अर्जुन को फटकारते, अर्जुन विकल हो तुरन्त हाथ जोड़ लेते।

''बस! एक अवसर और! कल! कल मैं पितामह को अवश्य गिराऊँगा। मुझे क्षमा करें वासुदेव! कल अवश्य! कल निश्चित रूप से पितामह का पराभव मेरे हाथों होगा। कल मेरे शौर्य को संसार देखेगा। कल अर्जुन को कोई नहीं रोक सकेगा।''

और....! फिर! कल आता! भीष्म के सम्मुख पहुँचते ही अर्जुन फिर दुर्बल पड़ जाते! भावुक हो उठते। पितामह की ओर उनका हाथ उठाये न उठ पाता। फिर भीष्म प्रचण्ड सूर्य से तपते। फिर पाण्डव सेनाएँ कुशाग्रास-सी भूमि पर बिछ जातीं।

पाण्डवों की वास्तविक समस्या कौरवों की सेना का अपनी सेना से ड्योढ़ी होना न था। पाण्डवों की समस्या सौ कौरव-बन्धु कदापि न थे। पाण्डवों की समस्या एक से एक दुर्धर्ष वीरों का कौरवों के पक्ष में होना न था। पाण्डवों की समस्या थे....पितामह। अपने ही पितामह पाण्डवों को वह दुर्गम महाशैल प्रतीत हो रहे थे जिन्हें लाँघ पाना दुष्कर था। भीष्म रूपी पर्वतराज का पार पाना सम्भव नहीं। भीष्म पाण्डवों की एक बड़ी समस्या बन गये थे। भीष्म पाण्डव-सेनाओं को समाप्त किये दे रहे हैं। भीष्म को मारो! पितामह को मारो! पितामह से मुक्ति चाहिए! मुक्ति चाहिए पितामह से! पाण्डव पितामह से त्रस्त थे।

कौरव भी पितामह से त्रस्त थे। पितामह से आकान्त थे। कौरवों की समस्या श्रीकृष्ण की तीक्ष्ण कूटनीतिक प्रखरता न थी। कौरवों की समस्या थे भीष्म! महाबलशाली भीष्म। अजेय और महाधनुर्धर पितामह के सेनापति होते हुए भी पाण्डवों की कोई क्षति नहीं हो पा रही। दिन पर दिन युद्ध चलता जा रहा है और पाँचों पाण्डव जीवित हैं! पाण्डवकुल जीवित है! पाण्डव जीवित हैं! पाण्डवों के समस्त कुटुम्बी, सम्बन्धी, हितैषी तथा मित्र जीवित हैं! वह भी तब, जब कौरवों की ओर से पितामह जैसे अद्वितीय पराक्रमी युद्ध कर रहे हैं! प्रतिदिन दुर्योधन अधीरता से प्रतीक्षा करता। आज अवश्य पितामह कोई भारी उपलब्धि कौरवों

की झोली में डाल देंगे। आज अवश्य पितामह किसी पाण्डव का वध कर डालेंगे। पितामह के लिए भीम अथवा अर्जुन का वध कर डालना बायें हाथ का खेल है। आज अवश्य पाण्डवकुल में हाहाकार मचेगा। दुर्योधन दिनभर युद्ध-क्षेत्र में घूम-घूमकर व्यग्रता से प्रतीक्षा करता ऐसे शुभ मुहूर्त की! ऐसे सुसंवाद की।

किन्तु! साँझ होती। युद्ध विराम होता! और दुर्योधन की हताशा भरी उच्छ्वासें दूर-दूर तक सुनाई पड़तीं। उसके क्षोभ, निराशा और पीड़ा की सीमा न थी। वह ग्यारह अक्षौहिणी सेना का स्वामी था जबकि पाण्डवों के पास तो मात्र सात अक्षौहिनी सेना ही थी! दुर्योधन रह-रहकर अपना कपाल ठोकता। उसके पास एक से एक श्रेष्ठ महाबली महायोद्धा थे, जिसकी तुलना में पाण्डव अति दीन और विपन्न थे! भीष्म, द्रोणाचार्य, कृपाचार्य, भूरिश्रवा, अश्वत्थामा, कर्ण, शल्य, भगदत्त! तब भी दुर्भाग्य कि पाण्डव अजेय हुए जा रहे हैं! पाण्डव अमर हुए जा रहे हैं। यह सब पितामह की उन पर कृपा के कारण! पितामह अवसर पाकर भी किसी पाण्डव का वध नहीं करते! किस प्रकार वे अपना ध्यान दूसरी ओर कर लेते हैं, यह किसी से छिपा है क्या?

हर साँझ व्याकुल दुर्योधन शिविर से शिविर तक हाथ जोड़ गुहारता, गिड़गिड़ाता, घूमता-फिरता। यह कैसा युद्ध है! न जय, न पराजय! अन्ततः वह कर्ण से गिड़गिड़ा उठा—

"अंगराज! मेरी दयनीय स्थिति पर तो विचार करो। मेरे मित्र हो तुम! मुझे युद्ध के मँझधार से उबारो मित्र! मुझे तारो मित्र! कृपया युद्ध में सम्मिलित हो जाओ। युद्ध करो तथा अर्जुन का वध कर डालो! तुम ही मुझे विजय दिला सकते हो। अर्जुन का वध करने का तुम्हारा प्रण है! तुम्हारा स्वप्न है। आओ मित्र! अर्जुन का वध करके अपनी पुरातन प्रतिज्ञा पूर्ण करो! मित्र! केवल तुम्हारा ही अवलम्ब है मुझे। तुम्हारे ही बल पर तो मैंने युद्ध छेड़ा है। अब और युद्ध-विमुख न रहो। मुझे बचाओ। मेरी प्रतिष्ठा धूल में मिली जा रही है। हस्तिनापुर का सम्मान रखो। कौरवों का मान रखो। मेरी बात मानो मित्र! अब तो युद्ध में आ जाओ।"

किन्तु कर्ण का दर्प फुफकार उठता—"पहले अपने वृद्ध सेनापति को युद्ध से पृथक् करो, राजन्! मैं युद्ध में तभी प्रवेश करूँगा जब कुरुज्येष्ठ भीष्म युद्ध से बाहर हो जाएँगे। भीष्म ने मुझे अर्धरथी की हीन श्रेणी में गिनकर मेरा जो तिरस्कार किया है, मैं उसे पल भर को भी भूल नहीं पाता! मेरे शौर्य का अपमान किया! मैं उनके सेनापतित्व में युद्ध नहीं करूँगा, यह मेरी प्रतिज्ञा है। पहले कुरुनन्दन भीष्म को युद्ध से निकालो, तब देखना कैसा युद्ध होगा। अर्जुन जीवित न रहेगा। तुम्हारे नाम की दुन्दुभि बजेगी संसार में! किन्तु पहले भीष्म को युद्ध

से बाहर करो।"

दुर्योधन को कोई राह न सूझ पा रही थी। कैसे समर-सिन्धु को पार किया जाए! वह आर्त्त हो उठा।

"मित्र अंगराज! वे मेरे पितामह हैं! पूरे कुरुवंश के ज्येष्ठ हैं। कुलवृद्ध हैं। समूचे कुरुवंश की बागडोर उनके हाथ है। हमारे पोषक हैं, पालन-कर्त्ता हैं। वे महा-प्रतिष्ठित, हमारे पूज्य हैं। उन्हें कैसे हटाया जा सकता है? उन्हें हटाने से कुरु-कुटुम्ब में भारी भेद उत्पन्न हो जाएगा। शत्रु इसका लाभ उठा लेगा। मेरी परिस्थिति समझो। मुझे तुम्हारे अबलम्ब की बहुत आवश्यकता है। मेरा साथ दो मित्र, युद्ध में सम्मिलित हो जाओ।"

परन्तु कर्ण कुण्डली मारे बैठा रहा। भीष्म के युद्ध में रहते, कर्ण युद्ध में शामिल न होगा। यह दो-टूक निर्णय था उसका।

भीष्म ने जानबूझकर कर्ण को अर्धरथी कहा था, ताकि वह स्वयं को अपमानित अनुभव कर युद्ध से बाहर हो जाए। कुटुम्ब-कलह को टालने के कितने प्रयास किये थे उन्होंने। किन्तु दोनों भ्रातृज, धृतराष्ट्र तथा पाण्डु के पुत्रों के मध्य वैमनस्य की खाई दिन-पर-दिन बढ़ती ही गयी। दुर्योधन की महत्त्वाकांक्षा तथा हठधर्मिता के सामने भीष्म क्या, समूचे कुरुवंश ने विवश हो शस्त्र डाल दिये थे। जब भीष्म ने समझ लिया कि गृह-युद्ध अवश्यम्भावी है, तब उन्होंने सेनापतित्व स्वयं सँभालने का निर्णय लिया ताकि कौरव-पाण्डव, दोनों पक्षों के हित वे यथासम्भव साध सकें तथा इस दिशा में निरन्तर प्रयास करते रह सकें।

इतना सब सहते हुए भी कर्ण तथा अर्जुन के मध्य युद्ध की कल्पना करने से वे सिहर उठते। उन्हें ज्ञात था कि कर्ण कुन्ती का पुत्र है। दो कौन्तेयों में परस्पर युद्ध! सहोदरों में युद्ध! नहीं! दो भाइयों के पुत्रों में युद्ध का विषग्रास उनके कण्ठ में अटका ही हुआ था, किन्तु दो सहोदरों में युद्ध! उनके जीते-जी असम्भव! और उन्होंने कर्ण को जानबूझकर अर्धरथी ठहरा कर उसे युद्ध से हट जाने को बाध्य कर दिया। कौरव-राज का अन्न खाने से वे उसके प्रति प्रतिबद्ध थे। किन्तु उन्हें दुःख होता कि पाण्डवों के शीश पर किसी ज्येष्ठ कुरु का वरद-हस्त नहीं है। पाण्डवों के पक्ष में कोई कुरु ज्येष्ठ नहीं! किसी कुरुज्येष्ठ का मार्गदर्शन उन्हें सम्भव नहीं, क्योंकि सबका अन्नदाता दुर्योधन था! यही सान्त्वना थी कि श्रीकृष्ण जैसे राजनीति-मर्मज्ञ पाण्डवों के परामर्शदाता हैं। किन्तु, अर्जुन को कर्ण के घातक लक्ष्यवेध से बचाने का दायित्व उन्होंने अपने ऊपर ओढ़ लिया था। सहोदरों को आमने-सामने कदापि वे नहीं आने देंगे। कर्ण तथा युधिष्ठिर, भीम, अर्जुन में युद्ध न हो सके, इस हेतु वे प्रयत्नशील थे। कौन्तेयों तथा दोनों माद्रेयों के अतिरिक्त कर्ण भी पाण्डु-पुत्र था। पाण्डु का कानीन पुत्र! पाण्डु-पुत्रों में परम संघर्ष न छिड़

जाए, भीष्म के लिए यह चिन्ता का विषय था। इसीलिए कौरव-पक्ष के सैन्यसंचालक का सूत्र उन्होंने अपने हाथ में थाम लिया था।

भीष्म के बलविक्रम से बड़े-बड़े योद्धा थर्राते थे। प्रारम्भ में कौरव हर्ष से उछल पड़े थे। किन्तु गान्धारी ने चेतावनी दी थी दुर्योधन को ''इन आधे मन के योद्धाओं के बल पर तू युद्ध करने चला है मूढ़! अरे ये पितामह, तेरे ही पितामह नहीं, पाण्डवों के भी तो पितामह हैं! ये द्रोणाचार्य, कृपाचार्य, भूरिश्रवा, बाल्हीक, शल्य आदि पाण्डवों के ही हित-साधन में संलग्न रहेंगे। ये विवशता में तेरी ओर से लड़ रहे हैं। तेरे अन्न पर पलने के कारण, ये तेरे पक्ष से लड़ने को बाध्य हैं, पर ये केवल आधे मन से तेरे साथ हैं। ये पाण्डवों का अहित कदापि न होने देंगे।''

गान्धारी का आकलन बिल्कुल सही था। सेनापति भीष्म युद्ध नहीं, खिलवाड़ कर रहे थे। डोर को ढील दिये हुए थे। कदाचित् दुर्योधन को सद्बुद्धि आ जाए और सन्धि हो जाए दोनों पक्षों में। भीष्म सैनिकों का संहार करते, किन्तु पाण्डव-पक्ष के किसी प्रमुख योद्धा पर आँच न आने देते।

एक एक दिन आगे सरकता जा रहा था। साथ ही युद्ध भी दिन-प्रतिदिन आगे सरकता जा रहा था। दूर-दूर तक न किसी की विजयश्री का आभास हो पाता, न ही किसी की पराजय की आशंका प्रतीत होती। युद्ध चलता जा रहा था। सहस्रों सैनिक प्रतिदिन हताहत होते। रक्त से रणभूमि भर गयी थी। मनुष्यों तथा अश्वों व हाथियों की मृत देहें, कटे हुए अंगों, हाथ-पावों, शुण्ड-मुण्ड, धनुष, बाण, भाले, शूल, त्रिशूल, खंग आदि के टूटे हुए टुकड़े चारों ओर फैले हुए थे। दिन-प्रतिदिन मृतकों की संख्या बढ़ती जा रही थी। श्वान, शृगाल, शिवाओं के सामूहिक रुदन-स्वर बढ़ते जा रहे थे। सुनकर प्राण दहल जाते। महाभोज चल रहा था। गिद्ध, चील तथा कौओं से आकाश ढक गया था। तो क्या यह महाभोज चलता ही जाएगा? श्रेष्ठ नरमांस के भोज का यह विराट आयोजन क्या अनन्त है?

दुर्योधन क्षोभ से पागल हुआ जा रहा था। पितामह को सेनापति बनाकर बड़ी भारी भूल कर दी। इधर युधिष्ठिर हताशा से कभी हाथ मलते, तो कभी अपना कपाल ठोकते कि वृथा ही युद्ध का निर्णय लिया।

उस रात कौरव-सेनापति भीष्म के शिविर से आक्षेपों भरा उच्च स्वर में प्रलाप सुनकर बाहर खड़े सैन्य-अधिकारी, अंगरक्षक, प्रहरी तथा सेवक भौंचक थे। किसका है यह उद्दण्डता भरा स्वर? कौन उद्धत इस प्रकार अशिष्टतापूर्वक महासेनापति महाराजकुमार भीष्म पर अनर्गल आरोप लगाता जा रहा है? कौन हो सकता है इतना धृष्ट? स्वर पहचानने में विलम्ब न हुआ। यह विक्षिप्तप्राय प्रलाप स्वर उनके स्वामी राजा दुर्योधन का था।

''यदि आप के हृदय में पाण्डवों के प्रति ऐसा ही ममत्व था, तो पहले

ही क्यों न बता दिया आपने ताकि सेनापतित्व आपको न सौंपकर किसी अन्य महारथी को सौंपा जाता! न आप हमारे सेनापति बनते, न हमारी सेनाओं की दुर्गति हुई होती! देखते नहीं आप कि किस नृशंसता से अर्जुन हमारी सेनाओं का सर्वनाश करता है! आप जैसे अजेय, श्रेष्ठतम योद्धा हमारी ओर से लड़ रहे हैं और हमारे शत्रु जीवित हैं? आप हैं, गुरुवर द्रोणाचार्य हैं, कृपाचार्य हैं, अश्वत्थामा है! फिर भी अर्जुन का शीश उसके धड़ पर विद्यमान है! यदि आप में वृद्धावस्था के कारण सामर्थ्य नहीं रह गया, तो कह देते, हम द्रोणाचार्य को सेनापति बना देते! तब कर्ण भी युद्ध में रहा होता। आप पाण्डवों का बाल-बाँका नहीं होने दे रहे! न आप स्वयं पूरे मनोयोग से लड़ते हैं, न किसी और को रणसंचालन करने देते हैं। कर्ण को आपने अपमानित कर युद्ध से बाहर कर दिया!....

"कर्ण युद्ध करता होता, तो निश्चित रूप से पहले दिन ही अर्जुन काल के ग्रास में समा गया होता। आप को सेनापतित्व सौंपकर मैं कहीं का नहीं रह गया। आप खाते यहाँ का हैं, गाते वहाँ का हैं! मुझ पर कृपा करें पितामह! मुझ पर दया करें, पितामह!"

पितामह समझ गये कि दुर्योधन उनको युद्ध से बाहर करना चाहता है। क्रोध से उनका वृद्ध तन काँप उठा।

"मूढ़! पहले ही तुझे समझाया था कि पाण्डवों से वैर मोल मत ले! पहले ही तुझे बता दिया था कि पाण्डवों का बाल-बाँका भी नहीं हो सकता, तू चाहे जितनी अक्षौहिणी सेना जोड़ ले! श्रीकृष्ण कूटनीति के मूर्तिमान रूप हैं। उनके मस्तिष्क में बीस अक्षौहिणी सेना समायी हुई है, मूर्ख! भय खा उनसे! श्रीकृष्ण के रहते पाण्डवों का कुछ अहित नहीं हो सकता, यह तू क्यों नहीं समझ पा रहा? तू उनके रहते कभी विजय नहीं पा सकता।....

"मेरे शौर्य पर आक्षेप करता है! इस वय में पूरी शक्ति से युद्ध कर रहा हूँ, वह क्या अपने लिए? मुझे राज्य चाहिए? मुझे सत्ता चाहिए? सारा संसार जानता है कि भीष्म का बल-पराक्रम क्या है, और तू मुझे रणनीति समझाने आया है? मुझे इस वय में दिन-दिन भर भीषण युद्ध करने में सुख मिल रहा है? यह मेरे युद्ध करने की अवस्था है? प्रतिदिन, मैं पाण्डव-पक्ष के सहस्रों सैनिकों का वध कर रहा हूँ, वह क्या अपने लिए? यदि तुझे लगता है कि मैं युद्ध करने में असमर्थ हो चला हूँ, तो तू तो तरुण है! युवक है! वीर है! तू क्यों नहीं स्वयं ही पाण्डवों को मार डालता! किसने रोका है तुझे! यदि तुझे पाण्डवों का वध करना सरल लग रहा है, तो जा, जाकर उनसे युद्ध कर! वध कर उनका! स्वयं लड़! जा, स्वयं वध कर अपने शत्रु का।"

दुर्योधन विकल हो उठा। यहाँ तो बात और बिगड़ी जा रही थी। हाथ

जोड़कर गुहार उठा।

"नहीं पितामह! मैं आपके आश्रय में हूँ। आपका अवलम्ब लेकर ही तो युद्ध छेड़ा है मैंने! मैं तो बालपन से ही वाचाल रहा हूँ, पितामह! आप तो जानते हैं, मुझे क्षमा कर दें क्योंकि मैं आवेश में बहक जाता हूँ और फिर उचित-अनुचित का भी विवेक नहीं रह जाता मुझमें। पितामह! आप हमारे कुलवृद्ध हैं। इस भीषण रक्तपात से पार लगाएँ हमारी नौका। आप अजेय हैं! आपको इच्छा-मृत्यु का वरदान प्राप्त है। आप से कोई शस्त्र नहीं रखवा सकता। एक बार आप निश्चित कर लेंगे तो कौरवों की विजय-पताका फहरा जाएगी। पितामह! मेरी धृष्टता क्षमा कर दें। विजय दिलाएँ! कौरवों को विजय दिलाएँ।"

दुर्योधन चला गया। किन्तु भीष्म का हृदय छलनी हो चुका था। अगले दिन भीष्म जैसे आर-पार की लड़ाई हेतु तत्पर होकर आये थे। दुर्योधन के वाक्‌बाण मर्मस्थल में गहरे बिंधे हुए थे। भीष्म के बाणों से पाण्डव सेनाओं में हाहाकार मच उठा। भीष्म नहीं, ये तो साक्षात् काल हैं। त्राहि-त्राहि मच गयी। पाण्डव सेनाएँ भाग चलीं।

श्रीकृष्ण उद्विग्न हो उठे। अधीर हो उठे। प्रतोद तो उन्होंने अश्वों पर फटकारा था, किन्तु ऐसा लगा जैसे अर्जुन पर प्रतोद फटकारा हो।

"मार भीष्म को। मारता क्यों नहीं भीष्म को? देखता नहीं, तेरी समस्त वाहिनियों को भीष्म घास-फूस के तिनकों-सा भस्म किये डाल रहा है? तेरे सैनिक तेरा मुँह जोह रहे हैं। रक्षा कर उनकी। भीष्म को मार!"

अर्जुन व्याकुल हो उठे। यहीं पर वे सदा परास्त हो जाते थे। इसी बिन्दु पर आकर उनके शौर्य का दुर्ग जैसे ढह जाता था।

"कैसे मारूँ वासुदेव! वे मेरे पितामह हैं। मेरा पालन-पोषण उन्होंने ही किया है। आज जो कुछ हूँ, वह उन ही के कारण हूँ। छोटा था तो धूल से सना दौड़ा हुआ आकर, 'तात तात' कहता, उनके अंक में चढ़ जाता। उनके शुभ्र वस्त्रों को मलिन कर देता था। किन्तु वे हँसते हुए अपने अंक में लेकर कहते, "मैं तेरा तात नहीं, तेरे पिता का तात हूँ।' और आज उन्हीं वात्सल्य और ममता मूर्तिमान रूप, अपने ही पितामह पर बाण चलाऊँ! धिक्कार है मुझे! अच्युत! मेरा हाथ नहीं उठता उन पर।"

श्रीकृष्ण गरज उठे। अर्जुन भारी मन से युद्ध करने लगे। स्वयं से संघर्ष कर-करके, वे भीष्म से संघर्ष का प्रयास ही करते रह गये। परिणाम, वही ढाक के तीन पात!

सन्ध्या होते ही युद्ध-परिषद की बैठक हुई। आज युधिष्ठिर की व्याकुलता का पार न था। श्रीकृष्ण न केवल पाण्डवों के परामर्शदाता थे, वे आश्रयदाता भी

थे। उन्हें देखते ही युधिष्ठिर आर्तनाद-सा कर उठे।

"बहुत हो गया द्वाराकाधीश! अब मुझमें प्रतिदिन की यह विफलता और अपमान सह पाने की शक्ति नहीं रह गयी। प्रतिदिन धनंजय प्रतिज्ञा करता है कि वह कल प्रातः पितामह को अवश्य रथ से गिरा देगा। दूसरे दिन भोर से युद्ध होता है, पितामह हमारी सेनाओं को धूल में मिला डालते हैं, और हर सन्ध्या पितामह की जयजयकार करती हुई कौरव सेनाएँ दर्प से शीश उठाये लौट जाती हैं! अब नहीं! अब नहीं सहा जाता। अब एक ही विकल्प बचा है मेरे सम्मुख! वासुदेव! मैं अग्नि-प्रवेश करूँगा। अग्नि की ज्वालाओं को मैं आत्मसमर्पण करूँगा।"

अर्जुन अपराधी से शीश झुकाये बैठे रह गये। सबकी दृष्टि उन्हीं पर थी। उनमें साहस न था श्रीकृष्ण से दृष्टि मिलाने का। श्रीकृष्ण उद्विग्न थे।

"राजन्! आप चिन्ता न करें। अर्जुन मेरा सखा है। अतः उसकी प्रतिज्ञा पूर्ण करने का दायित्व मेरा भी है। यदि कल धनंजय भीष्म को नहीं मारेगा, तो मैं मारूँगा। निश्चित रूप से, कल मैं भीष्म को मारकर अपने मित्र की प्रतिज्ञा को पूर्ण करके रहूँगा।" श्रीकृष्ण ने कहा।

अर्जुन फिर हाथ जोड़ उठे। फिर अनुरोध करने लगे कि कल वे अवश्य पितामह को मार गिराएँगे। बस एक अवसर उन्हें और दिया जाए।

युद्ध! युद्ध! युद्ध! युद्ध चलता जा रहा था। महासमर अपना कालमुख फाड़े कितने ही अमूल्य प्राण तथा एक-एक दिन लीलता चला जा रहा था! श्रीकृष्ण गहन चिन्तन में डूबे हुए थे। यह नहीं हो सकता। यह नहीं चल सकता। कल युद्ध का नौवाँ दिन होगा और युद्ध का अन्त दिखाई नहीं दे रहा। यह योद्धाओं की मनमानी अब नहीं चलेगी। उनकी स्वेच्छाचारिता को विराम देना होगा। इन निर्दोष सहस्रों प्राणियों का बलिदान क्यों? क्या इन निरापराध दीन-हीन सैनिकों ने राजमुकुट के सपने पाले थे? नहीं! तो फिर, क्यों यह विकट नरसंहार? यह दिशाहीन युद्ध क्यों? युद्ध न होना सदैव ही उत्तम है, किन्तु, विवशता में यदि युद्ध छेड़ना पड़े तो उसका अन्त शीघ्रातिशीघ्र होना चाहिए।

पार्थसारथी अपने अद्भुत सारथित्व से वीरों को चकित कर रहे थे, किन्तु उनके मन में गहन मन्थन चल रहा था। भीष्म ही समस्या हैं कौरवों की! भीष्म ही समस्या हैं पाण्डवों की। भीष्म कौरवों के कण्ठ में ऐसे ग्रास की भाँति अटक गये हैं, जिसे न निगल पाना सम्भव हो रहा है, न ही उगल पाना! भीष्म पाण्डवों के कण्ठ में भी ऐसे ग्रास की भाँति अटक गये हैं, जिसे न निगल पाना सम्भव है, न उगल पाना। नौ दिन से भीष्म खिलवाड़ कर रहे हैं। नौ दिन से अर्जुन खिलवाड़ कर रहा है! अब नहीं चलेगा इन पितामह-पौत्र के अनुरागमय युद्ध का झाँसा! युद्ध का दिखावा!

रथ भीष्म के सामने पहुँच चुका था। सहसा श्रीकृष्ण कठोर स्वर में कड़क उठे—"मारता क्यों नहीं मूढ़! सामने तेरा वैरी है, और तू लक्ष्यवेध नहीं कर पा रहा! मार भीष्म को!"

अर्जुन के हाथ-पाँव फूल गये। ललाट पर स्वेद-बिंदु छलक आये। वे जैसे-तैसे गाण्डीव पर शर-सन्धान करने लगे। सहसा श्रीकृष्ण रथ से कूद पड़े। भूमि पर किसी रथ से अलग हुआ पहिया पड़ा था। श्रीकृष्ण वही रथचक्र उठाकर क्रोध-प्रकम्पित हो झपट पड़े भीष्म की ओर—"आज मैं भीष्म का वध करूँगा। आज भीष्म जीवित नहीं रह सकते! मैं मारूँगा भीष्म को!"

अर्जुन एकाएक कुछ समझ न पाये थे कि यह क्या घट गया। किन्तु जैसे ही समझे, उनका शरीर सनसना उठा। वे भी रथ से तुरन्त कूदकर श्रीकृष्ण के पीछे-पीछे दौड़ पड़े।

सेनाओं में तुमुल कोलाहल गूँज उठा। "पितामह गये। पितामह बचें। कुरुनन्दन भीष्म को बचाओ! पितामह की रक्षा करो। दौड़ो! द्वारकाधीश से भीष्म को बचाओ।"

श्रीकृष्ण काल बने भारी रथचक्र उठाये भीष्म की ओर तड़ित् वेग से झपटते चले जा रहे थे। अर्जुन ने श्रीकृष्ण के चरणों को कसकर पकड़ लिया। वे लोट गये चरणों में। लिपट गये चरणों में।

श्रीकृष्ण भयंकर शक्तिशाली, वेगमय झंझावात से चले जा रहे थे। अर्जुन श्रीकृष्ण के चरणों में लिपट गये थे, गुँथ गये थे।

"वासुदेव! एक बार और क्षमा करें! आप शस्त्र न उठाने की अपनी प्रतिज्ञा को, मुझ जैसे दीन-दुर्बल मनुष्य के लिए न भंग करें। मैं वचन देता हूँ। मैं अपनी प्रतिज्ञा पूरी करूँगा। मैं पितामह को आज, अभी ही मार गिराऊँगा। आप मेरे कारण अपयश के भागी न बनें! अपनी प्रतिज्ञा पर स्थिर रहें। मैं वध करूँगा! आप की प्रतिष्ठा पर आँच आये, यह मैं नहीं सह सकूँगा। आप पर प्रतिज्ञा-भंग का आक्षेप मेरे कारण लगे तो इससे बढ़कर मेरे लिए लज्जा और ग्लानि का कोई और विषय नहीं हो सकता। मुझे क्षमा करें। वासुदेव, बस एक बार।"

रोते—गिड़गिड़ाते अर्जुन श्रीकृष्ण के चरणों में लिपटे, गुँथे हुए, बिंधे हुए, घिसटते चले जा रहे थे। अर्जुन की समूची शारीरिक शक्ति भी श्रीकृष्ण के वेग को थाम पाने में विफल थी। रक्तरंजित भूमि पर पड़े हुए भाले, शूल, त्रिशूल, खंग, कृपाण, और तीरों के असंख्य टूटे हुए नुकीले टुकड़ों से अर्जुन का बलिष्ठ तन छिलता-छिलाता, कटता, बिंधता लहूलुहान होता, घिसटता चला जा रहा था। दसवें पग पर कहीं जाकर श्रीकृष्ण रुक सके। गहन उच्छ्वासों से उनका तन क्रोध- प्रकम्पित था। नेत्रों से जैसे अग्नि स्फुलिंग छूट रहे थे। उनका सुनील वर्ण

गहन श्याम-वर्ण हो गया था। आग्नेय दृष्टि से वे अर्जुन को देखते रहे दो पल को।

यह दुर्बल मानव! इसने गीतामृत आचमन किया था। कहता था कि घूँट-घूँट कर समूचा गीताज्ञान उतार गया अन्तर में। सारी भ्रान्ति मिट गयी! भ्रम दूर हो गये! पौरुषहीन! अकर्मण्य! इस पर मैंने ज्ञान-योग की वर्षा की! इस मूढ़ को कर्मयोगी बनाना चाहा! इसे शक्ति की महिमा समझायी थी। और यह कुपात्र ही रहा! प्रमादी ही रह गया। क्या मेरा आकलन त्रुटिपूर्ण था। नहीं! भावुक है। दुर्बल है। इसकी अति संवेदनशीलता, इसके हृदय की निर्मलता ही इसकी सबसे बड़ी शत्रु है! इसे व्यावहारिक बनाने के लिए ही तो जब-तब, इसकी हृदयतन्त्री के तारों को कसते रहना पड़ता है। कितना उत्तम होता कि यह ऐसा भोला, अबोध और सरल न होता! वे अर्जुन को विकल होते नहीं देख सकते थे।

श्रीकृष्ण के हृदय में ममत्व उमड़ पड़ा। किन्तु ऊपर से कठोर बने हुए ही उन्होंने रथ पर लौटकर वल्गाएँ और प्रतोद सँभाल लिये।

उधर भीष्म गद्गद हो उठे थे! श्रीकृष्ण मेरे हेतु अपनी प्रतिज्ञा भंग करने को तत्पर हैं! धन्य भाग्य! आएँ वासुदेव! आप के हाथ अपनी मृत्यु को तो मैं आपका महाप्रसाद मानकर ग्रहण करूँगा।

सन्ध्या हो चली। युद्ध थम गया। युद्ध-परिषद् की बैठक हुई। समस्या वही! भीष्म! भीष्म! और भीष्म! भीष्म-वध तो सम्भव न था। उन्हें इच्छा-मृत्यु का वरदान प्राप्त था। केवल उन्हें रथ से गिरा देना ही उनके लिए पर्याप्त है। यही उनका पराभव होगा। किन्तु रथ से उन्हें गिरा पाना तक भी तो असम्भव लग रहा था। भीष्म तो महापर्वतराज हिमालय की भाँति अलंघनीय हुए जा रहे थे। भीष्म का पार पाना दुरूह था। क्या किया जाए? इधर युधिष्ठिर अग्नि-प्रवेश को उतारू बैठे थे।

तो क्यों न उनको पराजित करने का उपाय उन्हीं से पूछ लिया जाए? श्रीकृष्ण ने कहा! और वे भीष्म से ही भीष्म-वध का उपाय पूछने पाण्डवों सहित जा पहुँचे उनके शिविर में।

भीष्म के युद्ध के नियम, व्रत बड़े कठोर थे। मूर्च्छित शत्रु, जिसने शस्त्र डाल दिये हो, जो गिरा पड़ा हो, निःशस्त्र हो, जो कवच, ध्वज-विहीन हो, जो भयभीत हो भाग रहा हो, जो स्त्री हो अथवा स्त्री जैसा नाम रखता हो, इकलौता पुत्र हो, जिसकी ध्वजा पर अमांगलिक चिह्न हो, उन पर शस्त्र नहीं उठाते। वे स्त्री पर भी वार नहीं करते अन्य योद्धाओं की भाँति। किन्तु एक अन्तर है। भीष्म ऐसे पुरुष पर भी प्रहार नहीं करते, जो कभी स्त्री रहा हो!

अन्तिम बात तड़ित् सी कौंध गयी! शिखण्डी! कुंजी मिल गयी। अब भीष्म का जाना तय है।

शिखण्डी कहाँ? शिखण्डी को लाया जाए। भोर से पूर्व ही शिखण्डी की पुकार मच उठी। शिखण्डी हर्षातिरेक से उछल पड़ा। आज शिखण्डी के नेतृत्व में पाण्डव-सेनाएँ रण-प्रयाण करेंगी। आज का नायक शिखण्डी! शिखण्डी को लग रहा था जैसे उसका राजतिलक हो रहा हो! राज्यारोहण हो रहा हो! आज जन्म-जन्म के वैरी को मारने की उसकी पुरातन लालसा पूरी होगी! शिखण्डी प्रसन्न था।

शिखण्डी का रथ सबसे आगे था। अर्जुन कह रहे थे—"शिखण्डी! पितामह का वध करना तुम्हारा दायित्व है। मैं तुम्हारी रक्षा करूँगा। आगे बढ़ो।" भीष्म के रक्षकों के भयानक घातक प्रहारों से शिखण्डी को बचा पाना भी सरल न था। भीष्म तो शिखण्डी पर प्रहार नहीं करेंगे। किन्तु भीष्म के प्रमुख रक्षक, दुःशासन तथा अन्य कौरव वीर तो शिखण्डी पर आक्रमण करेंगे। अतः शिखण्डी की सुरक्षा का अत्यन्त सावधानी-पूर्वक सूक्ष्मता से प्रबन्ध किया गया।

शिखण्डी के रथ के दोनों पहियों की रक्षा का भार अर्जुन तथा भीम पर था। द्रौपदी के पाँचों पुत्र तथा सौभद्र अभिमन्यु रथ के पृष्ठ भाग की रक्षा हेतु नियुक्त थे। इन ही के साथ वृष्णिवीर सात्यकि तथा चेकितान भी थे। सबसे पीछे धृष्टद्युम्न सबकी रक्षा हेतु चल रहा था। इनके पीछे युधिष्ठिर, नकुल तथा सहदेव थे। तब, विराट और उनके पीछे द्रुपद थे। पाँचों कैकय तथा धृष्टकेतु व्यूह के जघन भाग की रक्षा कर रहे थे।

कौरव-वीर आज आशंकित थे। उन्हें गुप्त सूचना मिल चुकी थी कि चूँकि पितामह शिखण्डी पर वार नहीं करेंगे, इसलिए पाण्डवों की आज दसवें दिन की रणनीति का केन्द्र-बिन्दु शिखण्डी रहेगा। दुर्योधन दौड़-दौड़कर सबको सावधान कर रहा था। "पितामह की रक्षा करो! पितामह की रक्षा करो! हमारे महापराक्रमी कुलवृद्ध को कहीं शिखण्डी जैसा तुच्छ जीव छीन न ले हमसे सदा के लिए! क़हीं हमारी लेशमात्र असावधानी से हमारे सिंहराज का वध, वह भेड़िया न कर डाले! सावधान! सावधान! पितामह की रक्षा करो।"

भीष्म की रक्षा का प्रमुख दायित्व दुःशासन का था। भीष्म के पीछे द्रोणाचार्य व अश्वत्थामा थे। इनके पीछे भगदत्त अपनी गजसेना के साथ थे। तब काम्बोजराज सुदक्षिण, मगधदेशीय जयत्सेन तथा सुबलपुत्र बृहद्बल थे। सुशर्मा आदि जघनभाग की रक्षा हेतु नियुक्त थे।

भीष्म ने शिखण्डी को सम्मुख देखा। तीन जन्मों से जो प्रतिशोध की अग्नि से भभकता रहा है, आज वह वैरी उनके सामने है। वैरी? या वैरिन? वे हँसे।

"शिखण्डिनी! तू मुझ पर कितने भी प्रहार कर ले। तू स्वतन्त्र है मुझ पर वार करने हेतु। तू कितना भी उकसाने का प्रयास कर ले, मैं तुझ पर वार नहीं करूँगा। क्योंकि मेरे लिए तू शिखण्डी नहीं है, तू शिखण्डिनी है।" भीष्म ने कहा, किन्तु मन में अम्बा की पुरातन छवि उभर आयी थी।

"भीष्म! आप कितना भी बढ़-बढ़ कर बोल लें। किन्तु आज मेरे हाथ से आप छूटने वाले नहीं। मैं चाहे शिखण्डी हूँ, चाहे, शिखण्डिनी, मेरे हाथ आपकी मृत्यु तय है।"

आज अज्ञात आशंकाओं से सभी वीरों के हृदय तीव्र गति से धड़क रहे थे। आज अर्जुन ने स्वयं शिखण्डी को आगे किया है। अर्जुन स्वयं शिखण्डी की रक्षा करते हुए उसे निरन्तर प्रोत्साहित कर रहे हैं। युद्ध के इस दसवें दिन के गर्भ में पता नहीं क्या छिपा है!

भीष्म दुर्योधन से कह रहे थे, "तुम मेरे राजा हो। तुम्हारा अन्न खाया है मैंने। तुम्हारे अन्न का मुझ पर ऋण चढ़ा हुआ है। दुर्योधन! आज मैं तुम्हारे अन्न का ऋण उतार दूँगा।"

भीष्म को चारों ओर से घेरने पाण्डव-सेनाएँ आगे बढ़ रही थीं। धृष्टद्युम्न, द्रौपदेय, सौभद्र, कुन्तिभोज, द्रुपद, नकुल, सहदेव तथा युधिष्ठिर की सेनाएँ निकट आ रही थीं। घटोत्कच तथा सात्यकि की सेनाएँ पूरी शक्ति से आगे बढ़ रही थीं। यह देख, कौरव-वीर सचेत हो गये। घटोत्कच को राक्षसराज दुर्मुख ने रोका। सात्यकि को दुर्योधन ने, अभिमन्यु को सुदक्षिण तथा विराट एवं द्रुपद को अश्वत्थामा ने। भूरिश्रवा, चित्रसेन, विकर्ण तथा कृपाचार्य आदि अन्य वीरों को रोकने में संलग्न हो गये।

द्रोणाचार्य को सारे लक्षण आज सर्वथा विपरीत दिख रहे थे। उनका मन अशान्त था। उद्विग्नता बढ़ती जा रही थी। भीष्म हेतु उनकी चिन्ता प्रतिपल बढ़ रही थी। उन्होंने पुत्र अश्वत्थामा को बुलाया और उसे निर्देश दिये।

"पुत्र, जाओ! शीघ्रता से धृष्टद्युम्न को रोको। आज का अर्जुन, कल तक के अर्जुन से भिन्न है। वह समस्त योद्धाओं को हटाते हुए द्रुतगति से भीष्म तक पहुँच जाएगा। आज अर्जुन पूरी तैयारी से युद्धक्षेत्र में आया है। आज युधिष्ठिर का क्रोध चरम बिन्दु पर है। पुत्र! आज अर्जुन भीष्म को नहीं छोड़ेगा। शीघ्र जाओ। भीष्म की रक्षा करो।

अर्जुन के विषय में द्रोणाचार्य का आकलन पूर्णतः सही था। आज के अर्जुन तथा गत नौ दिन के अर्जुन में भारी अन्तर था। कल तक अर्जुन भीष्म के सामने पड़ने से ही कतराते रहे थे। आज वे पूरी शक्ति से सेनाओं को चीरते-बेधते, लाँघते-फाँदते,तीव्रगति से भीष्म की ओर बढ़ रहे थे। उनकी कल तक की भावुकता, हृदय की कोमलता को शायद श्रीकृष्ण हर लेने में सफल हो गये थे। अर्जुन द्वारा शिखण्डी को निरन्तर आगे बढ़ाते रहना कुछ विशिष्ट इंगित कर रहा था।

शिखण्डी अपने हृदय में जमा हुआ वैर-विष पूरी शक्ति से बाणों के माध्यम से निकाल रहा था। एक से एक शक्तिशाली बाण उसके धनुष से छूटते और भीष्म के वृद्ध तन में बिंध जाते। किन्तु शिखण्डी के बाण भीष्म को मर्मान्तक पीड़ा

पहुँचाने में समर्थ न थे। सहसा शिखण्डी के एक बाण ने भीष्म का धनुष काट डाला। उन्होंने दूसरा धनुष उठाया ही था कि शिखण्डी के बाण ने उसे भी नष्ट कर डाला। उनके एक के बाद एक सारे धनुष सहसा ही शिखण्डी के बाणों से नष्ट होने लगे।

तभी एक बाण के वज्र-सम प्रहार से भीष्म पीड़ित हो उठे। वे चारों ओर बाणवर्षा करते, किन्तु शिखण्डी पर नहीं। दूसरी ओर शिखण्डी कहीं भी लक्ष्य न राधता, केवल भीष्म को छोड़कर? देखते-देखते एक के बाद एक कठोर से कठोर बाण शिखण्डी की ओर से आकर भीष्म के वृद्ध तन को झकझोरने लगे।''

अर्जुन ने देख लिया था कि शिखण्डी के शक्तिशाली बाणों में भी वह शक्ति नहीं जो महाबली पितामह को विचलित कर सके। श्रीकृष्ण का इंगित पा, अर्जुन स्वयं शिखण्डी के ओट से धुआँधार बाणवर्षा करने लगे भीष्म पर। आज युद्ध की दिशा निश्चित हो जानी चाहिए। श्रीकृष्ण की तीक्ष्ण दृष्टि से सूक्ष्म से सूक्ष्म तथ्य भी छूट नहीं पा रहा था। भीष्म का समय आ गया। आज उन्हें शस्त्र रख देना होगा। उन्हें महासमर से विरत होना ही होगा सदा के लिए। गत नौ दिन से चल रहे खिलवाड़ की परिणति आज दसवें दिन भीष्म के पराभव से होनी ही होगी। आज का युद्ध आर-पार का युद्ध है।

''छोड़ो मत अर्जुन! छोड़ो मत शिखण्डी! मारो भीष्म को! भीष्म को मार कर सहस्रों निरीह, निर्दोष सैनिकों को प्राणदान दो! बहुत हो गया रक्तपात।''

शिखण्डी जानता था कि वह महाधनुर्धर अर्जुन की बराबरी नहीं कर सकता। किन्तु पूरे मनोयोग से वह भीष्म पर बाण छोड़ रहा था। शिखण्डी गर्वोन्मत्त था। भीष्म जैसे युग-प्रचण्ड महाबली को परास्त करने का दायित्व आज उसे मिला है। शिखण्डी का सोया स्वाभिमान आज दर्प से खड़ा हो चुका था। एक महान् दायित्व उसे आज पूरा करना ही है। शिखण्डी गर्व से चारों ओर देखता प्रसन्न होता। आज समूचे पाण्डव पक्ष का भविष्य पूर्णतः शिखण्डी पर निर्भर है। पाण्डवों को उनका राज्य फिर से मिल सकेगा तो शिखण्डी के ही कारण! शिखण्डी ढाल बना पाण्डव सेनाओं के सबसे आगे खड़ा है। पाण्डवों का महारक्षक है वह! आज संसार देख ले कि शिखण्डी क्या है! शिखण्डी कितना महत्त्वपूर्ण है! शिखण्डी इतिहास में कितनी विशिष्ट भूमिका निभा रहा है! शिखण्डी की भूमिका को आगे की सन्तति कभी भुला न सकेगी। शिखण्डी का नाम अमर रहेगा! सब कहेंगे, यह वही शिखण्डी है जिसने अजेय भीष्म को पराजित किया!

वह वही शिखण्डी है जिसने अम्बा तथा अन्य नारियों के साथ भीष्म द्वारा किए गये अन्यायों का प्रतिकार किया। भीष्म! तुमको केवल इच्छा मृत्यु का वरदान प्राप्त है, किन्तु मैं हूँ अम्बा! हाँ, वही अम्बा, जिसे अपने जन्म तथा मरण पर समान नियन्त्रण प्राप्त रहा है। जब चाहा अम्बा ने मृत्यु वरण की, फिर चाहने

पर पुनः जन्म लिया। फिर मृत्यु वरण की! किन्तु उद्देश्य-पूर्ति हेतु पुनः जन्म लिया! स्मरण रखना हे संसार! अम्बा जैसा कोई नहीं हुआ, न होगा। स्मरण रखना हे इतिहास! अम्बा जैसा दृढ़-प्रतिज्ञ मानव भी कोई नहीं हुआ! भीष्म! तुमने चाहे जो कुछ किया, कितने भी प्रचण्ड वीर रहे तुम, किन्तु स्मरण रखना! तुम हारे तो एक नारी से! तुमने मुझे अभी शिखण्डिनी कहा था न, इस प्रकार तुमने भी स्वीकार कर ही लिया न, कि तुम्हारे पराभव की मूल शिखण्डिनी है! वस्तुतः तुम्हारे पराभव के मूल तुम्हारे वे कर्म हैं, जिनके द्वारा तुमने अम्बा को तीन जन्म तक कष्ट ही कष्ट दिये हैं! आज, हे महाबली भीष्म! आज तुम उसी अम्बा से पराजित होगे! नारी से! यही तुम्हारा दण्ड है!

भीष्म पर सटाक्-सटाक् तीक्ष्ण बाणों की वर्षा हो रही थी। वृद्ध शरीर काँप जाता। उनके कवच को भेदकर बाण तन को असह्य पीड़ा पहुँचा रहे थे। दुःशासन चारों ओर घूम-घूमकर भीष्म की रक्षा करने में लगा था। भीष्म चकित थे। शिखण्डी महारथी है। वीर है। किन्तु वह इतना विलक्षण धनुर्धर और महायोद्धा है, यह तो वे सोच भी न सकते थे। वे बाणों की निरन्तर वर्षा से व्याकुल हो उठे। बार-बार पीड़ा से कराह उठते थे। उन्हें शिखण्डी के धनुःकौशल पर आश्चर्य था, किन्तु आश्चर्य के साथ-साथ धीरे-धीरे अब उन्हें सन्देह होने लगा था।

"दुःशासन! वत्स! द्रुपदकुमार शिखण्डी ऐसा अद्भुत धनुर्धर है, यह तो मैंने स्वप्न में भी नहीं सोचा था। मुझे उसके युद्धकौशल पर सन्देह हो रहा है। जब तक श्रीकृष्ण पाण्डवों के राजनीतिक परामर्शदाता हैं, तब तक उस पक्ष से कुछ भी अघटित घट सकता है। वे महान् कूटनीतिज्ञ एवं रणचातुर्य के विलक्षण मर्मज्ञ हैं। नहीं-नहीं! दुःशासन, ये शिखण्डी के बाण नहीं हो सकते! ये शिखण्डी के बाण नहीं।" कहते-कहते भीष्म एक बाण के आघात से पुनः कराह उठे।

"निकृन्तमाना मर्माणि दृढावरणभेदिनः॥
मुसला इव मे घ्नन्ति नेमे बाणा शिखण्डिनः।
वज्रदण्डसमस्पर्शा वज्रवेगदुरासदाः॥
मम प्राणानारुजन्ति नेमे बाणाः शिखण्डिनः।
नाशयन्तीव मे प्राणान् यमदूता इवाहिताः॥..."

"ये निरन्तर, बिना व्यतिक्रम के, जो बाण छूटते चले आ रहे हैं, ये शिखण्डी के बाण नहीं हो सकते। ये जो मेरे कवच को भेदकर मर्मस्थानों पर मूसल की भाँति आघात कर रहे हैं, ये शिखण्डी के बाण नहीं। ये मेरे प्राणों में पीड़ा उत्पन्न करने वाले, यमदूत की भाँति मेरे प्राणों का नाश कर रहे हैं, ये शिखण्डी के बाण नहीं।"

भीष्म जितने आहत होते जा रहे थे, उतना ही उनका सन्देह दृढ़ होता जा

रहा था।

"दुःशासन! ये गदा और परिघ की भाँति स्पर्श करने वाले बाण कदापि शिखण्डी के बाण नहीं। ये जो बाण क्रुद्ध भुजंग की भाँति मुझे दंश दे रहे हैं ये निश्चित रूप से शिखण्डी के बाण नहीं।..."

"समाविशन्ति मर्माणि नेमे बाणाः शिखण्डिनः।"
अर्जुनस्य इमे बाणा नेमे बाणाः शिखण्डिनः॥
कृन्तन्ति मम गात्राणि माघमां सेगवा इव।

जैसे केकड़ी के बच्चे अपनी माता का उदर विदीर्ण करके बाहर निकल पड़ते हैं, उसी प्रकार ये बाण मेरे मर्मस्थानों को भेदकर प्रवेश कर, मेरे अंगों को विदीर्ण किये जा रहे हैं। नहीं! नहीं! ये शिखण्डी के बाण नहीं! ये अर्जुन के बाण हैं। अर्जुन के ही बाण ऐसे पीड़ादायक हो सकते हैं। निश्चित रूप से ये शिखण्डी के बाण नहीं हैं।...ये अर्ज़ुन के बाण हैं।"...कहते-कहते असह्य पीड़ा के कारण भीष्म सन्तुलन गँवा कर रथ से गिर पड़े।

भीष्म के गिरते ही हाहाकार मच गया। पितामह पराजित! पितामह पराजित की पुकारें गूँज उठीं। भीष्म गये! भीष्म पराजित हुए! हा पितामह! हा पितामह! तुमुल जनरव फूट पड़ा। भारी अराजकता फैल गयी। कौरव एवं पाण्डव वीर रो पड़े। अपने कवच खोलकर भूमि पर डाल दिये उन्होंने। अपने अस्त्र-शस्त्र भूमि पर डाल दिये और व्याकुल हो दौड़ पड़े उन महामहिम कुल वृद्ध के चरणों में लिपट जाने को, जो गिरकर भी भूमि पर नहीं गिरे थे। शरासन पर स्थिर थे। शरीर में बिंधे बाणों ने उन्हें भूमि-स्पर्श नहीं करने दिया। भीष्म अपनी अद्‌भुत वीरशय्या पर लेटे हुए थे। यह देखकर सब हतप्रभ थे। ऐसा तो कभी किसी ने देखा तो क्या, सुना तक न था! वैद्य-चिकित्सक दौड़े आ रहे थे। औषधियाँ लायी जा रही थीं। दुर्योधन, दुःशासन आदि फूट-फूटकर रो रहे थे। अर्जुन हाथों में मुँह छिपाये खड़े थे। उनके अश्रु रुकने का नाम न लेते थे।

भीष्म ने वैद्य-चिकित्सा की सेवा अस्वीकार कर दी। अतः दुर्योधन ने उन्हें सम्मान-दान देकर विदा कर दिया। एक प्राचीन विराट वटवृक्ष गिरा था जो सैकड़ों पक्षियों का सुखद आश्रयस्थल रहा था। वे पक्षी निराश्रित हो विकल चीत्कार करते इधर-उधर भटक रहे थे। युद्ध-विराम हो गया था। दोनों पक्ष के वीर अपने विलक्षण महानतम पुरुष को शीश नवाने आकुल-व्याकुल हो सुध-बुध गँवाये दौड़ आ रहे थे। भारी क्रन्दन था। रुदन था। गुहारें और पुकारें थीं।

भीष्म का शीश लटक रहा था। बड़ा कष्ट था। उन्होंने उपधान माँगा। तुरन्त एक से एक श्रेष्ठ उपधान लिये पौत्र दौड़े आये।

''नहीं। ये उपधान वीरोचित नहीं। वीरशय्या के अनुकूल उपधान दो, ताकि मेरा शीश स्थिर हो सके। अर्जुन कहाँ? अर्जुन समझेगा मेरे मन की बात।''

अश्रु-प्लावित मुख लिये अर्जुन हाथ जोड़े खड़े हुए। वे समझ गये पितामह की इच्छा। उन्होंने तीन बाण मारे लक्ष्यवेध कर, और भीष्म का झूलता हुआ शीश उन पर स्थिर हो गया।

''जल! भीष्म के मुख से निकला। चारों ओर ताम्रपात्र, कलश तथा गंगाजली एकत्रित हो गये। नहीं। यह नहीं। फिर अर्जुन ने रथ पर खड़े होकर, मन्त्र पढ़ते हुए पितामह के निकट की भूमि पर बाण मारा और बाण भूमि में इतना गहरा गया कि वहाँ से जलस्त्रोत फूट पड़ा जिसकी धार सीधे भीष्म के मुख में जा रही थी।

कितने अचम्भे एक साथ! भीष्म की पराजय! क्या कभी किसी ने कल्पना भी की थी? अजेय भीष्म की पराजय ! फिर भीष्म की अनोखी वीरशय्या! और अर्जुन द्वारा उनके लिए उपधान तथा जल की अद्भुत व्यवस्था करना! युद्ध का दसवाँ दिन कितने आश्चर्यों से भरा हुआ है! कितने दुःख से भरा हुआ। किन्तु पांचाल और मत्स्य के विजय-शंख भी गूँज रहे थे। भीष्म जटिल समस्या थे। भीष्म का पार न था। वे ही भीष्म अपने पौत्र द्वारा लिटाये जा चुके थे।

तुमुल कोलाहल मचा था जैसे युगान्त हो गया हो। लेकिन शोक, व्याकुल, अनिश्चितता, क्रन्दन, भ्रम और भ्रान्ति के वातावरण को चीरता हुआ एक युवक अपना रथ युद्धक्षेत्र से बाहर तीव्रता से दौड़ाता चला जा रहा था। बाहर पहुँचकर वह निर्द्वन्द्व, आत्मबल से परिपूर्ण युवक रथ से उतरा। छपाक् से वह सरोवर में कूद पड़ा।

तन का ताप, मन का ताप, इस जन्म का ताप, गत जन्म का ताप, विगत जन्म का ताप? सम्पूर्ण अतीत तथा वर्तमान का ताप आज ब्रह्म-सरोवर में वह धो डालना चाहता था। बार-बार डुबकी लगाता। अब तो दग्ध तन-मन को शीतलता अनुभव हो? शान्ति मिले। अहो शान्ति! अहो शीतलता! शिखण्डी सरोवर में कितनी ही देर तक नहाता रहा। जब बाहर निकला तो अपनी बलिष्ठ, भुजाओं को उसने गर्व से निहारा। दोनों भुजाओं ने एक-दूसरे को बलपूर्वक हर्ष और उत्साह से थपथपाया! अब कुछ शेष नहीं रहा!

भीष्म! शर-शय्या पर पड़ा हुआ भीष्म! महाबली भीष्म! जितने शूल तुमने मुझे तीन जन्मों में दिये, आज तुम्हें एक ही बार में चुभ रहे हैं न! नारी का तिरस्कार किया था न तुमने! अम्बा को नगर-नगर, डगर-डगर भटकाया था न तुमने! जन्म-जन्म भटकाया था न! महाभियुक्त भीष्म! महापराधी भीष्म! अब सोओ सुख की नींद! तीन जन्मों से निरन्तर पीछा करते-करते आज पकड़ में आया! आज दण्डित हो पाया! मेरी विवशता के बदले आज तुम भी विवशता का स्वाद चखो और पड़े रहो! कष्ट भोगो! अपने ही मकड़जाल में उलझे हुए भीष्म! पौत्रों ने कितना

सुख पहुँचाया न तुम्हें! कष्ट भोगो! इसी वंश के लिए अम्बा का अपमान किया था न! इन्हीं पौत्रों को पाने का कैसा सुखद अनुभव हो रहा है न!

चलो शिखण्डी! निश्चिन्त हो! अब काम पूरा हुआ।

उधर भीष्म की वन्दना करने समाज जुड़ा था। भीष्म ने सबको जाने के लिए कहा। इसी स्थिति में रहकर सूर्य के उत्तरायण होने पर प्राण त्यागेंगे। उन्होंने एक बार फिर दुर्योधन को समझाने का असफल प्रयास किया कि अर्जुन के कौशल के समक्ष कौरव नहीं जीत सकेंगे। श्रीकृष्ण की प्रखर कूटनीति का कौरव पार नहीं पा सकेंगे। सन्धि कर ले! कौरव-पाण्डव एक हो जाएँ इसलिए तो दस दिन वे महाशुभचिन्तक युद्ध भी करते रहे, और कौरवों तथा पाण्डवों की कोई क्षति भी नहीं होने दे रहे थे। दुर्योधन दुःखी था। अन्ततः तो वे उसके पितामह थे। किन्तु राज्याभिलाषा पूर्ण होने में अब मार्ग का सबसे बड़ा रोड़ा हट गया था। दुर्योधन आतुर था, अधीर था, अगले दिन हेतु रणनीति शीघ्र बनाने को। नया सेनापति नियुक्त करने को। कर्ण को मनाकर युद्ध में सम्मिलित करने को! भीष्म के पराभव से उसके सपने कुछ अधिक ही सुहावने हो चले थे।

"मित्र! कर्ण! अब तुम युद्ध में निःसंकोच प्रवेश कर सकते हो। कल का युद्ध महत्वपूर्ण होगा। अंगराज! अर्जुन का वध करने की अपनी प्रतिज्ञा तुम शीघ्र ही पूर्ण कर सकोगे। अब गुरुवर द्रोणाचार्य हमारे सेनापति होंगे। अब हमारी विजय दूर नहीं। अब पाण्डवों का अन्त दूर नहीं! मित्र! युद्ध में तुम्हारा स्वागत है।"

दुर्योधन ने दोनों बाँहें स्वागत में फैला दीं। कर्ण तथा दुर्योधन आलिंगन में बद्ध हो गये। दुर्योधन युद्धपरिषद की बैठक हेतु कर्ण को आमन्त्रण देकर चला गया।

कर्ण का हृदय भर आया। भीष्म के साथ-साथ जैसे एक युग का अवसान हो गया। भले ही उन्होंने मुझसे कितने भी कठोर शब्द कहे हों, किन्तु भीष्म सा दूर-दूर तक कोई अन्य नहीं दिखता। गत शताब्दियों में भी नहीं! महावीर योद्धा, प्रचण्ड शासक, अजेय, मृत्यु जिसकी मुट्ठी में थी, जिसने कुरुवंश की डूबती नौका को कैसे-कैसे हर ज्वार से निकालकर पार लगाया था। वे महापुरुष वीरशय्या पर लेटे हैं। कर्ण का रोम-रोम सिहर उठा। एक बार उस युगपुरुष को नमन कर के अपना जीवन सार्थक कर लूँ! उसी शताब्दी-पुरुष का आशीर्वाद पाने के उपरान्त विजय-अभियान पर चलूँ! वे मेरे भी तो पितामह हैं। मैं भी तो महारानी कुन्ती का पुत्र हूँ। मुझे अवश्य ही उनका आशीर्वाद चाहिए।

कर्ण ने प्रतिहारी को पुकारकर कहा कि सारथी से रथ तैयार करने को कहे। और कर्ण भीष्म को प्रणाम निवेदन करने हेतु युद्धक्षेत्र जाने की तैयारी करने लगा।

शर-शय्या पर भीष्म की दीर्घ काया का चन्द्रकिरणें जैसे अभिषेक कर रही थीं।

शुभ्र ज्योत्सना में भीष्म की श्वेत काया, श्मश्रु और भी अधिक धवल दिख रहे थे? गौरवर्ण अधिक श्वेत हो चला था। अब रक्त ही कहाँ बचा था उस तन में! धवल ज्योत्सना का झीना आवरण ओढ़े भीष्म भव्य दिख रहे थे। कौन-सी तिथि होगी आज? भीष्म सोचने लगे। अमावस्या से युद्ध प्रारम्भ हुआ था। आज दसवाँ दिन था। नवमी की तिथि। शुक्ल पक्ष की नवमी! चन्द्रमा की किरणें बड़ी सुखद और शीतल थीं। घावों की पीड़ा उनके कारण कम लग रही थी। पूरे तन पर पार्थ के बाण बिंधे हुए थे। अर्जुन! सबसे होनहार पौत्र! सर्वश्रेष्ठ पौत्र? कितना दुःखी हो जाता था, जब-जब उसे मुझ पर वार करना पड़ता था! मेरे सामने पड़ते ही उसके नेत्र सजल हो आते थे! भोला है। अबोध है। सरल है! निष्कपट है।

किन्तु ऐसे भोले और सरल पौत्र से ही तुमने उसके पितामह का वध करवा ही दिया वासुदेव! तुम अपने प्रण के धनी हो! संकल्प के धनी हो! जो सोचते हो, स्वयं तो करते ही हो, यदि किसी से कुछ करवाना होता है, तो वह करवा कर ही छोड़ते हो! पितामह और शत्रु में क्या अन्तर है, यह भी तुमने बड़ी चतुराई से उस भोले-भाले मेरे पौत्र को बता दिया! वीरवेश में युद्ध हेतु तत्पर खड़े योद्धा में से, तुमने पितामह को खींचकर पृथक कर दिया? फिर जो बचा, तुमने कहा, यह शुद्ध रूप से शत्रु है! केवल शत्रु! मार भीष्म को, अर्जुन!

वासुदेव! पौत्र द्वारा पितामह के वध को तुमने कर्मयोग का सर्वश्रेष्ठ सिद्धान्त निरूपित कर दिया! पौत्र द्वारा पितामह के वध की तुमने क्या विलक्षण दार्शनिक मीमांसा कर डाली! पौत्र द्वारा पितामह के वध को तुमने दार्शनिक तटस्थता और कर्मयोग के शिखर पर पहुँचा दिया! उसे अपूर्व भव्यता प्रदान कर दी! ऐसा महिमामण्डित कर दिया कि पितामह स्वयं पर गौरवान्वित होने लगा और पौत्र स्वयं पर गौरवान्वित होने लगा! धन्य हो वासुदेव तुम! तुम्हारी हर बात निराली है! तुम्हारी हर बात लीला है! ओम् वासुदेवाय नमः!

सत्य कहते हो वासुदेव! मैं वंशमोह में लिप्त था। मैं वंश बढ़ाता गया किन्तु, दैव वंश को घटाता गया। जैसा बीज, वैसा फल! जैसा कर्म, वैसा फल!

मन्थनरत भीष्म का मन करवट लेने का हुआ। स्मरण आ गया कि वे शर-शय्या पर हैं। बाण बिंधे हुए हैं तन में। करवट लेना सम्भव नहीं। किन्तु यदि अर्जुन वहाँ होता, तो निश्चित ही इस असम्भव को सम्भव कर दिखाता।

ॐ वासुदेवाय नमः। ॐ वासुदेवाय नमः। कहकर भीष्म ने अपने मन को करवट दिला दी।

तभी भीष्म को किसी को उपस्थिति का आभास हुआ।

''कौन?'' उन्होंने दुर्बल स्वर से पूछा।

कोई उत्तर नहीं।

स्वर्णतारों के बेलबूटे से सजी एक रक्ताम्बरी उन्हें दिखाई दी। शिर से नीचे

तक लाल मांगलिक-वस्त्र में कोई नवोढ़ा?

"कौन हो तुम? क्या चाहती हो इस वृद्ध से?" भीष्म ने थके हुए नेत्र उस पर स्थिर करते हुए पूछा।

नवोढ़ा ने रक्ताम्बर हटा दिया मुख से! भीष्म देखते रह गये! कमान-सी तनी भवें! रक्ताभ कमलनयन! अम्बा! जो मर-मरकर बार-बार जीवित हो उठती है, वही अम्बा? अम्बा-शिखण्डिनी!

"शिखण्डी! तुम?"

"मैं शिखण्डी नहीं! अम्बा नहीं, मैं भीष्मा!" नवागन्तुका ने पुरुष स्वर में कहा।

"सत्य है। तुम भीष्मा हो! तुम्हारे समान प्रबल इच्छाशक्ति कम ही देखने में आती है। तीन जन्मों से तुम अपनी तलवार की धार पैनी करती रहीं, ताकि मुझे मार गिराओ? तीन जन्मों से तुमने पुरुषत्व पाना चाहा ताकि मुझे मार गिराओ! तीन जन्मों से तुमने नारी की कोमलता को कठोरता से कुचल दिया, ताकि तुम मुझे मार गिराओ। आज तुम अवश्य सन्तुष्ट होगी। अपनी बहुप्रतीक्षित कामना तुमने पूर्ण कर ही ली! अब तो तुम प्रसन्न हो?" भीष्म ने पूछा।

शिखण्डी ने अपना रोमयुक्त बलिष्ठ हाथ ऊँचा करके हिलाया। लम्बी-सी नग्न खंग ज्योत्सना में लपलपाती चमक उठी।

"अहो! मेरा वध करने की तुम्हारी इच्छा अभी पूरी न हो पायी! अम्बे! आज यह इच्छा पूरी कर ही डालो।"—भीष्म ने कहा।

"कपट मत करो, भीष्म! छल मत करो! मिथ्यावचन मत कहो! मुझे मूर्ख बनाने का प्रयास सफल न होगा। तुम्हें इच्छामृत्यु का वरदान प्राप्त है। तुम्हें कोई नहीं मार सकता। यह सब जानते हैं। मैं भी! तब भी तुम मुझे भुलावे में डाल कर स्वयं पर खड्ग से वार करने को मुझसे कहते हो?" अम्बा गरज उठी।

"नहीं अम्बे! यदि तुम अपनी खड्ग से मुझ पर वार करोगी, तो तत्काल मैं मृत्युवरण कर लूँगा। मुझ पर विश्वास करो!"

"इतनी दया मुझ पर क्यों?"

"दया नहीं! दण्ड! मुझे दण्ड चाहिए। मुझे दण्डित करो, अम्बे! मेरे कारण तुम्हारे तीन जन्म वृथा हुए, यह सत्य है। मैं अपराधी हूँ। मारो! वार करो! खंग उठाओ और इस भीष्म का शीश धड़ से अलग करके फेंक दो!"

अम्बा पास आ गयी। उसने दाहिना हाथ उठाकर तलवार लहरायी। चन्द्रमा की असंख्य रश्मियों में तलवार चमक उठी। भीष्म ने नेत्र मूँद लिये थे। वे अम्बा के वार की प्रतीक्षा कर रहे थे।

"मारो, अम्बे!"

अम्बा ने तलवार उठायी मारने को किन्तु उसका हाथ उठा का उठा रहा

गया। तलवार ऊपर ही ठहर गयी।

"मारती क्यों नहीं अम्बे! मारो भीष्म को!"

अम्बा पुनः पुरुष स्वर में गरज उठी।

"क्या तुम यह आश्वासन दे सकोगे कि तुम्हारा वध कर देने के बाद संसार में फिर कभी शान्तनुकुमार देवव्रत नहीं होगा? पहले विश्वास दिलाओ कि भविष्य में अब कभी किसी कन्या का हरण नहीं होगा? इसका क्या विश्वास कि तुम्हारा वध कर देने के बाद, कभी कोई अम्बा किसी के द्वारा उत्पीड़ित नहीं होगी?"

"यह आश्वासन? यह आश्वासन कौन दे सकता है सिवा विधाता के?" भीष्म ने चकित होकर कहा।

"तो एक मरे हुए भीष्म को मारकर मुझे क्या मिलेगा?"

"दग्ध हृदय को शान्ति!" भीष्म ने कहा।

"नहीं! यदि आज तुम्हें अम्बा ने मार दिया, तो प्रतिकार पूरा हुआ मान लिया जाएगा! किन्तु एक भीष्म का वध कर देने से उद्देश्य पूरा नहीं हो सकता। क्योंकि फिर-फिर भीष्म उत्पन्न होंगे। फिर-फिर अम्बाओं के साथ अन्याय रचे जाएँगे। नहीं! वध नहीं! अम्बा को शक्तिशाली बनाना होगा। ताकि फिर कभी वह अन्याय की आखेट न हो सके। प्रतिकार इतना सरल न समझो, भीष्म! प्रश्न एक अम्बा के साथ हुए अन्याय का नहीं है, भविष्य में हर अम्बा को सुरक्षित करने का है।"

जब तक भीष्म कुछ समझ पाते, अचानक अम्बा हाथ ऊँचा करके तलवार चमकाती हुई, रक्ताम्बरी को वायुप्रवाह में लहराती हुई, झपटकर वहाँ से चल दी। जाते-जाते एक प्रहरी के हाथ से उसने प्रज्वलित उल्का छीन ली।

अम्बा पुकारती जा रही थी। ऊँचे स्वर में गुहारती जा रही थी। अम्बा हुंकारती जा रही थी।

"जागो अम्बाओ! जागो! सावधान! कोई तुम्हें उत्पीड़ित न कर पाए! कोई तुम्हारा शोषण न कर पाए! शक्ति बनो! अबला नहीं! फिर कहीं कोई पुरुष किसी अम्बा का हरण न कर पाए! अब कभी कोई पुरुष किसी अम्बा का जीवन नष्ट न कर पाए। सावधान! जागो! उठो अम्बाओ! सावधान अम्बाओ! जागो...जागो...।"

एक हाथ में जलती हुई मशाल उठाये और दूसरे हाथ से चमकती तलवार ऊँची कर लपलपाती हुई अम्बा रक्ताम्बरी लहराती, लम्बे-लम्बे डग भरती, झपटती हुई चली जा रही थी।

जिस ओर अम्बा चली जा रही थी उस ओर से आकाश में उजाला फैल रहा था।

पौ फट रही थी।

❑❑❑